정용선의 낯선섬김

언제나 웃음 가득한 얼굴로
경찰동료들과 다정하게 소통하면서
치안 약자들을 향한 사랑을 진정성 있게 실천하던 사람!

경찰관으로서의 임무를 완수하기 위하여
하루 25시간 1년 365일 내내 열정을 불사르고,
옳은 일을 위해서는 어떠한 불이익도 기꺼이 감수하던 사람!

뼛속까지 경찰관이자
모든 사람을 귀하게 섬길 줄 아는
정용선 前 치안정감의 인생과 경찰 이야기

책머리에

경찰이 무엇인지 잘 알지도 못하면서 경찰에 투신한 후 30년 가까이 휴일과 밤낮의 구분도 없이 참으로 열심히 근무했다. '세계에서 최고로 일 잘하는 경찰관은 아니라 할지라도 가장 성실하고 바르게 일하는 모범경찰관이 되겠다.'는 스스로의 다짐 때문이었다.

함께 일하던 동료경찰관들이 임무수행 과정에서 안타깝게 순직하거나 부상을 입어 가슴 아픈 적도 여러 번 있었다. 하지만 동료경찰관들을 위해 그리고 국민들을 향해 작은 사랑을 실천했을 때 되돌아오는 감사의 미소와 눈빛 속에서 행복을 느끼고 희망을 보았다. 이는 결코 쉽지만은 않은 경찰의 길을 자신 있고 당당하게 걸어갈 수 있는 원동력이었고, 힘들 때 마다 기댈 수 있는 버팀목이 되었다.

선배나 상사들로부터 능력과 성실성을 인정받는 것보다 후배들에게 부끄럽지 않은 선배가 되는 것을 더 중요하게 여겼다.

경찰조직을 발전시키는 것은 물론이고, 국민의 생명과 안전을 제대로 지켜내고자 많은 고뇌를 했고, 다양한 시도도 해 봤다. 때로는 '이게 경찰이 할 일이냐? 왜 그런 일까지 하느냐? 전시행정 아니냐?'는 일각의 불평과 비난을 받기도 했다. 하지만, '가지지 못하고 배우지 못했다는 이유로, 사회적 지위가 낮고 권력이 없다는 이유만으로, 서럽고 불편하고 억울하고 답답한 일을 겪거나 그로인해 눈물짓는 국민이 단 한사람이라도 있어서는 안 된다.'는 생각에서 그러한 비난들은 기꺼이 감수해 왔다.

　바르게 산다는 것, 남들 보다 열정적으로 산다는 것, 불의와 타협하지 않는다는 것이 언제나 많은 사람으로부터 박수와 칭찬 그리고 인정을 받고, 많은 이들에게 교훈과 감동을 줄 것 같지만, 결코 그렇지만은 않은 것이 세상의 이치인 것이다. 적당히 때 묻고, 적당히 타협하고, 적당히 양보하지 않으면 보이지 않는 곳에서부터 아니 내가 믿고 의지하던 내 주변에서부터 비난과 반대, 왜곡과 조롱이 뒤따르기도 한다.

잠시의 인기에 연연하기 보다는 묵묵히 제 갈 길을 가야만 하는 것, 옳다고 믿는 것을 양심껏 실천하는 것, 이는 내게 주어진 운명 내지 숙명이라고 받아들였다.

경찰 생활하는 동안 나로 인해 더 많은 일을, 그리고 더 힘든 일을 해야 했던, 아니 그 길을 기꺼이 함께 걸어와 준 수많은 동료들께 진심으로 감사드린다. 조금 더 다정하고 따뜻한 역할을 하려 애를 썼지만, 턱없이 부족했음을 반성한다. 지나가는 순찰차와 제복 입은 경찰관들을 마주칠 때 마다 가슴이 뭉클하고 미안한 마음이 앞서는 이유이기도 하다.

시간적 여유가 있고 기억도 생생할 때 지나온 삶을 중간정리도 하고 경찰생활도 되돌아 볼 생각에서 글을 쓰기 시작했다.

경찰관으로서 매 순간마다 가졌던 생각과 자료들을 잘 정리해 놓는 것이 바람직하다는 선배님들의 충고를 흘려듣지 않았기에 자료는 충분했지만, 모든 경험들을 적나라하게 다루지는 못했다. 플로피디스크에 담겨있는 아주 오래된 자료들은 이사를 자주 다니다 보니 어디에 있는지 찾기도 어렵고, 찾는다 하더라도 읽어볼 방법도 마땅치 않아 포기했다. 퇴직 후 게으름에 익숙해져 가는 탓이리라.

앞으로는 경찰관으로 근무하면서 직접 제안하고 시작했던 치안시책들에 대해 추진배경, 추진과정, 성과와 한계, 향후 발전 방안 등을 정리할 기회도 가지려 한다.

이 책을 읽으시는 분들께 '이런 생각을 가지고 일했던 경찰관도 있었구나!' 라는 느낌만 드린다 하더라도 작은 보람이 될 것이다.

지극한 사랑을 보내주셨던 부모님과 세분의 형님들과 동생, 시의적절한 충고와 격려를 아끼지 않으셨던 선배님들과 친구들께도 감사드린다. 무엇보다 내 인생 최고의 선물인 아내, 그리고 사랑하는 혜원, 승원이와 출간의 기쁨을 함께 하고 싶다.

차례

제1장 감사하는 마음으로

제2장 사랑을 실천하며

제3장 혼신을 다해 마무리한 마지막 경기경찰청장

제4장 약자가 더 안전한 사회를 꿈꾸며

제5장 퇴임 후 받은 문자들

제1장

감사하는 마음으로

현직에 있을 때 어머니가 가끔씩
내게 묻거나 당부하셨던 말씀은
"사람이 지위가 높아질수록 어려운
사람들을 잘 돌봐야 하는 거야. 그러고 있지?"
그럼 나는 '예. 그래야지요!' 라고 대답한다.
또 물으신다.
"조금이라도 억울한 사람 없게 해라"
나는 또 '예!' 라고 대답하며
어머니 손을 잡아 드리곤 했다.

1. 태몽

요즈음은 모든 것이 풍족한 세상이다.

매월 통신요금이 몇 만 원씩 부과되는 고가의 스마트폰을 초등학생은 물론이고 유치원 어린이들까지 사용하는 경우가 적지 않다. 스마트폰뿐일까? 아이들이 가지고 노는 장난감 또한 상당히 비싼 것도 많다. 고가의 메이커 옷도 즐겨 입는다. 가디건, 점퍼, 운동화마저 또래 아이들이 선호하는 메이커가 아니면 따돌림 당하는 경우까지 있다고 하니 세상이 많이 바뀌었다.

4~50여 년 전 우리나라는 왜 그리 가난했을까?

북풍이 몰아치는 추운 겨울에는 방안에 떠다놓은 물에 살얼음이 얼 지경이었다. 몸을 따뜻하게 해 줄 점퍼 하나도 변변한 게 없었다. 형이나 언니가 입던 낡은 옷을 물려 입는 것은 지극히 당연한 일이었다. 나 역시 경제적으로 넉넉하지 않은 집에서 태어났다.

아흔이 다 되신 어머니는 지금도 가끔 내가 태어나던 날을 말씀하시곤 한다.

"그 때는 시계가 없었지. 그래서 우리 용선이가 태어나던 시간은 정확하게 알 수가 없어. 저녁에 아버지가 쇠죽을 막 끓여 놓았을 때 태어났단다. 조금만 일찍 태어났어도 그 날 아버지는 소여물을 끓이지 못했을 거야. 그랬다면 아마 소들은 그날 밤 마른 볏짚을 씹어 먹었겠지? 용선이 너는 말 못하는 짐승조차도 먹을 것을 든든하게 준비시키고 나서 태어났어."

어머니 이야기에 나는 아이처럼 묻는다.
"그 때가 언제였어요? 봄이었어요? 가을이었어요?"
아직까지 치매기가 거의 없으신 어머니는 살짝 핀잔하시며 말씀을 이어 나가신다.
"봄이거나 가을이면 소여물을 끓일 필요가 없지. 사방에 풀들이 많은데 소여물을 왜 끓이겠니? 네가 태어나던 날은 겨울이야. 음력 동짓달하고도 열사흘 날이지."

어머니는 지금도 내가 태어나던 날을 이야기 하실 때면 먼 추억에 잠기듯 행복해 하신다. 그런 어머니의 행복을 더 길게 해드리고 싶어 나는 또 묻는다.
"태몽은 꾸셨어요?"
어머니는 살짝 웃으시며 대답하신다.
"그럼. 태몽이 얼마나 좋았다고? 그런데 그 좋은 태몽에도 불구하고 네 위로 형이 셋이나 있어서 아버지와 상의하여 그만 낙태하기로 결정 했었단다."

이쯤에서 나는 놀란 척 여쭙는다.
"하마터면 저는 세상에 나오지 못할 뻔 했네요?"
어머니는 또 웃으신다. 얼굴에 가득한 주름마저 웃고 있는 것 같다.
"그랬지. 그런데 태몽이 너를 살려낸 거야."
"어머니, 태몽이 나를 어떻게 살려냈어요?"

"뱃속에 있는 아가를 지우기로 마음먹고 합덕에 있는 병원에 갔었어. 그런데 갈 때 마다 태몽이 생각나는 거야. 그렇게 병원에 갔다가 돌아오기를 세 번이나 했지. 도저히 지울 수가 없었어."

"무슨 태몽이었는데요?"

"용꿈 이었지. 하얀 옷을 입은 도인 같은 분이 따라 오라기에 산꼭대기에 올라가 있는데, 눈이 부셔서 쳐다보지 못할 정도로 광채가 나는 용이 나한테 달려드는 꿈이었단다."

"그래서 제 이름을 용'龍'과 신선'仙'字로 지었나요?"

"그랬단다."

어머니의 깊은 고민 끝에 태어난 때문일까? 나는 고집이 센 아이였다고 한다. 어머니는 그 때의 일을 지금도 자주 들려주신다.

"학교에 들어가기 전에 네 고집이 대단했지. 뜻대로 안 되면 까무러치기를 서 너 번씩 했었지. 네가 까무러치면 잘못될까 봐 옷을 챙겨 입지도 못하고 너를 업고 가재골의 의원 댁으로 뛰었어. 언젠가는 숨이 다 넘어가는 너를 겨우 살려 놓은 적도 있단다. 그 의원의 뛰어난 침술이 아니었다면 너는 아마 살아 나지 못했을 거야. 그 어르신 잊으면 안 된다."

어머님의 당부대로 고향에 가면 그 옛날 침으로 나를 살려 주셨다는 의원 어르신을 찾아뵙고 인사를 올리곤 했었다. 그 어르신이 돌아가시기 전까지.

2. 풀빵과 누가사탕

　어린 시절, 우리 집은 당진에 있는 순성면, 그것도 면소재지에서 5Km쯤 떨어진 양유리란 동네에 있었다. 순성초등학교에 가는 것이 당연했지만 집에서 더 가까운 거리에 있던 면천초등학교를 다녔다. 학군 자체가 면이 다른 면천초등학교로 배정되어 있었던 것이다.

　지금은 초등학교에 입학하기 전에 아이들 대부분이 한글을 다 읽고 쓸 줄 안다. 어린이집에 가면 대여섯 살만 되어도 책을 줄줄 읽는 아이들의 모습도 흔하다. 어디 그 뿐인가? 초등학교에 들어가기 전 이미 영어까지 할 줄 아는 아이들도 많다.
　나의 어린 시절은 지금과는 사뭇 다른 상황이었다. 고학년이 되어도 한글을 모르는 친구들이 가끔 있었고, 심지어 구구단은 물론 더하기와 빼기에 서투른 경우도 있었다.

　초등학교 입학 전 부터 한글을 배우기 시작했다. 형들이 있었기 때문에 가능한 일이었다. 형들의 책을 물려받거나 달력 뒷장에 써주는 자음과 모음을 배우면서 한글을 익혔다. 초등학교에 입학했을 때는 교과서를 제법 읽을 줄 아는 아이가 되었다.
　초등학생 시절에는 학교를 마치면 곧장 집으로 와서 숙제를 하거나 집안일을 돕는 것이 당연한 일이었다. 당시에는 모든 농사일을 대부분 손으로 할 때여서 저학년 때에는 학교에 다녀오면 주로 염소들을 산과 들로 끌고 나가 풀을 뜯기는 일을 했었다. 중학생이 되어서는 소에게 풀을 뜯기거나 먹일 풀을 베어오는 일을 했었다. 학교에 남아 친구들과 놀거나 장 구경을 다니는 일은 일종의 금기사항이었다. 자칫 소나 염소가 저녁을 굶는 일이 생길 수 있기 때문이다.

초등학교 입학 후 얼마 지나지 않은 어느 날!
하굣길에서 시장에 가시던 어머니를 만났다. 시장 구경을 하고 싶었다. 그래서 어머니께 여쭈었다.
"엄마 사 올 거 많아요? 제가 따라가서 무거운 거 있으면 들어 드릴게요."
1학년 어린 아이가 어머니의 짐을 어떻게 들어 드린단 말인가? 장 구경을 하고 싶은 아들의 마음을 알아챈 어머니는 옅은 미소를 지으시며 고개를 끄덕이셨다.
"그래. 같이 가자."
어머니 말씀을 듣는 순간 하늘에 오를 것처럼 기분이 좋았다. 신이 난 나는 상가의 간판들이 보이기 시작하자 어머니께 내가 글을 얼마나 잘 읽는지 보여드리고 싶었다. 시장에 들어서자마자 일부러 간판들을 큰소리로 읽기 시작했다. 내가 간판을 하나씩 읽어 댈 때마다 어머니는 나를 돌아보셨다. 때로는 머리도 쓰다듬으시고 깜짝 놀라는 표정을 짓기도 하셨다.
나는 더욱 신이 나서 간판을 읽어 댔다. 간판 밑에 있는 작은 글씨와 전화번호들까지...
시장 사람들도 나를 칭찬했다.
"아이고, 요렇게 작은 꼬맹이가 글을 다 읽을 줄 아네."
"거 참, 똑똑하게 생겼네."

"그러니까요. 벌써 한글을 다 깨우쳤네요."

그 날, 어머니의 기분은 상당히 좋으셨던 것 같다. 당시 10원에 10개나 주는 국화꽃 모양의 풀빵 한 봉지와 10원에 20개를 주는 '누가'라는 사탕도 한 봉지 사주셨다.

짐을 들어드리기는커녕 어머니를 졸졸 따라 다니며 우물우물 먹었던 고소하고 맛있었던 풀빵, 그리고 너무나 달콤했던 누가사탕, 지금도 여전히 나에게는 추억의 간식거리다.

충남경찰청장으로 근무하던 2012년 5월경 당진에 있는 '해나루시민학교'에 특강을 하러 갈 일이 있었다. 어려서 글을 배우지 못하셨거나 학교를 제대로 다니지 못하신 어르신들이 한글을 배우고, 초등학교와 중학교 과정을 이수하거나 검정고시를 통해 고졸 학력을 인정받는 특수학교다. 특강 준비를 하면서 나는 어머니 생각에 하염없이 울었다.

어머니도 그리 넉넉한 집안에서 자라신 것은 아니지만 그래도 외삼촌 두 분은 고등학교까지 졸업하셨다. 외할아버지께서는 '여자가 배워서 무엇 하나?'는 고지식한 논리로 말씀하셨다지만, 어머니는 '외할아버지께서 딸 보다는 두 아들을 꼭 가르쳐야 한다는 욕심에서 그러신 것이다.'고 해석하셨다. 어머니 또한 배우고 싶었지만, 동생들을 가르치는 일이 우선이라고 생각하셨다고 한다.

어쨌든 '한글을 모르시던 어머니였는데, 아들이라는 녀석은 한글 깨우친 것이 자랑스러워 어머니 앞에서 뽐만 냈지, 어머니에게 한글을 가르쳐 드릴 생각을 왜 못했을까?'라는 반성과 후회의 눈물인 것이다.

내가 어릴 적 어머니는 혼자서 서울 큰댁이나 인천의 외삼

촌댁에 가실 때에는 버스표를 들고 이리저리 기웃거리시다가 글씨를 알만한 마음씨 착한 젊은이들에게 버스 행선지를 물어보곤 하셨다고 한다. 외할머니께 편지를 쓰고 싶으시면 형님이나 나를 앉혀놓고 받아쓰라며 불러주셨다. 얼마나 답답하셨을까?

지금 생각해 보면 청각장애인들이 글자를 그림처럼 인식할수밖에 없는 답답함과 같았으리라. 그러니 반평생 가까이를 장애인처럼 사신 것이다.

물론 어머니는 내가 중학교 2학년이던 1978년 여름부터 교회에 다니시면서 한글을 깨우치신 이후 성경을 띄엄띄엄 읽으시곤 했다.

해나루시민학교 강의 중에 '저는 참 불효자입니다. 이제야 답답하셨을 어머니를 생각하면서 반성하고 있습니다.'는 참회의 말씀을 드렸다. 듣고 있던 어르신들의 눈에서도 눈물이 글썽글썽 했다.

그래서 일까?

경찰교육원장으로 재직하던 2014년 가을에 해나루시민학교 어르신들이 교육원을 단체로 방문하신 적이 있었다. 다녀가신 어르신들 중에서 제법 한글을 잘 쓰시는 열 분이 감사편지를 보내오셨다. 더러 맞춤법과 띄어쓰기가 틀리셨지만, 한 글자 한 글자 힘을 들여 정성스레 쓰신 내용에 감동 받았다. 다음 날 새벽 4시 까지 나도 직접 펜을 들어 일일이 답장을 정성스레 써서 보내 드렸다. 마치 나의 어머니께 보내는 것처럼 존경과 감사의 마음을 듬뿍 담아서….

3. 칭찬으로 커 가는 아이

초등학교 다닐 때에는 몸이 그리 건강한 편이 아니었다. 몸살감기를 자주 앓았기 때문에 비가 많이 오거나 심하게 추운 날씨에는 학교에 가지 않거나 조퇴를 했다. 그러나 3학년이 되면서 건강해져 고등학교 졸업할 때까지 조퇴나 결석은 물론, 지각 한 번 없이 다닐 수 있었다.

초등학교 1학년을 마치는 종업식 날에 우등상을 탔다. 당시에는 한 반에서 3명 정도만 우등상을 주었던 것 같다. 이 상을 들고 집으로 달려가서 부모님께 상장을 드리며 큰 절을 올렸다. 상을 받아온 것도 대견한데, 부모님께 감사하다며 큰 절을 올리는 어린 아들이 기특하셨는지 아버님이 50원이나 되는 거금을 주셨다.

지금은 50원 짜리가 찾아보기도 쉽지 않을 정도로 적은 돈이지만, 그 당시 나에게 50원은 어마어마하게 많은 돈이었다. 요즘은 길거리 포장마차에서 파는 국화빵이 천 원에 세 개다. 당시에는 10원에 국화빵이 10개였다. 50원이면 국화빵을 50개나 살 수 있는 돈이다. 지금 가치로 환산하면 1만 7천 원 정도이지만, 당시의 경제력에 비추어볼 때 초등학교 1학년에게는 많은 액수인 것이다. 그러니 나의 가슴이 벌렁벌렁 뛰었던 것은 당연한 일이다.

아버지는 "과자나 먹고 싶은 거 실컷 사먹어라."고 하셨다.

아버지가 주신 50원, 먹고 싶은 과자도, 갖고 싶은 장난감도 있었다. 하지만 그 50원을 손에 꼭 쥔 채 우체국으로 달려가 저금을 했다. 어린 마음에도 힘든 농사일을 하시는 부모님을 기쁘게 해드려야겠다는 생각에서다.

어렸을 때부터 부모님의 자랑거리가 되는 아들로 성장해야겠다는 마음을 먹었다. 이런 내 마음을 아셨을까? 부모님은 나를 늘 대견해 하셨고, 칭찬도 아끼지 않으셨다. 부모님의 칭찬은 나를 더욱 모범적인 아이로 만들어 갔다. 친구의 부모님들이나 동네 어르신들도 만날 때 마다 "용선이는 1등만 한다며?" 라고 칭찬해 주시곤 하셨다.

2002년도에 총경으로 승진하여 충남경찰청 수사과장으로 근무할 때다. 내가 면천중학교에 다닐 때에는 우리 학년에 6개 반이 있었다. 3학년을 담임하셨던 선생님들 중 다섯 분이나 당시 대전에 있는 중·고등학교에서 근무하고 계셔서 친구들과 함께 저녁 식사를 모신 일이 있었다.
소주잔이 몇 번 오가고 난 뒤 한 친구가 내 옆으로 와 앉더니 뜬금없이 "내가 학교 다닐 때 너를 얼마나 미워했는지 아냐?"고 물었다.
"너한테 감정 살 일이 별로 없었던 것 같은데?"라며 의아해하자, "우리 아버지가 장날에 면천에 다녀오시기만 하면, 용선이 좀 봐라. 그 아이는 공부도 잘하고 집안일도 잘 도와주는데, 너는 공부도 못하지, 집안일도 거들지 않지."라며 혼을 내곤하셨다는 것이다.
괜히 미안한 생각이 들었다. "내가 잘못했네."라며 서로 얼굴을 쳐다보며 한참을 웃었다.

4. 판사와 경찰 사이

중학교를 졸업할 때 까지 농촌의 여느 학생들처럼 학교에
다녀오면 부모님 일손을 도와드리며 열심히 공부하는 평범한
학생이었지만, 내 가슴속에는 언제나 꿈으로 가득했다.

우선 일차적으로는 충남 지역의 수재들이 모이는 대전고등
학교로 진학하겠다는 목표를 세웠다. 그런데 중학교 2학년으
로 올라갈 무렵인 1977년 말에 정부의 학교 평준화 정책에 따
라 대전지역의 인문계 고등학교의 입시제도가 학교별 선발고
사에서 통합시험 후 학교를 추첨으로 배정하는 방식의 연합고
사 제도로 바뀌었다. 이에 천안지역의 고등학교로 진학을 하
려 했는데, 그 다음 해에는 천안지역마저 연합고사로 바뀌었
다.

하는 수 없이 대전지역 연합고사 준비를 하였다. 하지만, 대
전에 있는 고등학교에 진학하고 싶은 것은 내 생각이었을 뿐
부모님께는 감히 말씀드리지 못하고 있었다. 넉넉지 못한 집
안 형편에 형님과 동생도 학교에 다니고 있는 터여서 쉽사리
꺼낼 수가 없었다.

그저 고민만 하고 있던 중에 허정승 담임선생님께서 부모님
을 만나셨다. 상의 끝에 부모님께서는 경제적인 문제는 어떻
게 든 감당해 보시기로 하고, 나의 대전 유학을 결정하셨다. 나

아가 대전에서 나를 하숙시키겠다는 어려운 결정까지 하신다. 부엌일을 전혀 해보지 않았을 뿐더러 밥상을 챙겨주지 않으면 밥을 먹지 않는 습관 때문에 혼자 자취를 시켰다가는 밥을 굶고 다녀 건강을 해칠 염려가 크다는 것이 이유였다.

도회지로 나가서 친구들과 잘못 어울리면 공부는 안하고 비행이나 탈선에 빠지기 쉽다는 부모님의 염려 때문에 대전으로 이사를 간 고향 어르신의 집에서 하숙생활이 시작되었다.

고등학교 3년 동안 혹시 시골에서 땀 흘려 일하시는 부모님께 걱정을 끼쳐 드릴까봐 열심히 공부만 했다. 다행히 성적이 좋았다. 1학년 2학기부터는 장학금을 받으면서 다닐 수 있었다. 당시 등록금과 한 달 하숙비가 쌀 한가마니에 해당하는 5만 5천원 내외였으니 얼마나 감사할 일이었는지 모른다.

사실 우리 집이 소유한 논이 2,000여 평 정도였으니 1년 농사를 지어봐야 쌀 40 가마니가 고작이었다. 1년에 하숙비로 쌀 12가마, 등록금으로 4가마, 용돈 등으로 4가마를 지출해야 함을 감안하면 우리 집 논에서 생산되는 소득의 절반을 내 학비로 사용하셨던 것이다. 결국, 고등학교 진학을 하지 못했던 둘째 형님이 내 뒷바라지를 하는 수고를 도맡았다.

당시 나의 성적은 명문대학 법대에도 진학이 가능한 수준이어서 계속 열심히 공부하면 어릴 적부터 꿈꾸어 왔던 판사가될 수 있다는 생각을 가졌었다. 2학년 어느 날, 당시 허영 교감 선생님께서 우리의 미래를 주제로 특강을 하시면서 앞으로 유망해질 직업이 경찰과 한의사라며 경찰대학교와 한의학과를 소개하셨다.

경찰관이 되리라고는 생각해 본적이 없었다. 하지만 학비와 생활비가 전혀 들지 않는다는 점, 그리고 졸업 후 파출소장급인 경위로 임용이 되며, 졸업 후 10여 년 만에 경찰서장인 총경까지 승진이 가능하다는 점, 1기생 선발시험에서 전국의 수재들이 몰려들어 225대 1이라는 어마어마한 경쟁률까지 기록했다는 점에 내 마음이 끌렸다.

판사의 꿈을 접어야 하나? 고민은 시작되었다.
다행히 경찰대학에 내가 가고 싶어 하던 법학과가 있어서 결정은 그리 오래 걸리지 않았다. 문제는 명문대학 진학을 바라시던 담임선생님과 부모님을 설득하는 일이었다.

겨울방학동안 집에 내려와 있다가 우연히 부모님의 말씀을 엿듣게 되었다.
"아무래도 빈상골의 논은 팔아야 할 것 같소."
"그렇게 해요. 그래야 용선이 고등학교를 마칠 수 있지요."
나는 밤새 고민하다가 다음 날 아침 안방으로 건너가 부모님께 말씀드렸다.
"땅 팔지 마세요. 대전 가서 공부해 봐도 별 것 없더라고요. 제가 당진으로 전학 와서 조금 더 열심히 하면 될 것 같아요."

그 날, 나는 몹시 큰 꾸중을 들었다. 아버님한테 태어나서 처음 듣는 꾸중이다. 부모님은 "돈 걱정은 하지마라. 대전으로 유학 보내 살림이 쪼들리는 것은 사실이나, 너를 가르치느라 땅을 파는 것은 아깝지 않은 일이다. 반드시 네 꿈을 이뤄봐라"고 하셨다.

고등학교 2학년 말 겨울방학 때 빈상골의 논 두어 마지기는 그렇게 남의 손에 넘어갔다. 나는 죄송함에 며칠 동안 마음 앓이를 했었다.

이 일을 겪으면서 경찰대학으로 진학하겠다는 나의 마음은 더욱 확고해졌다. 경찰대학 진학 계획을 들으신 담임선생님은 아예 나한테 말씀조차 안하실 정도로 실망감을 표출하셨다. 물론 내 마음에도 아쉬움의 자리가 컸다. 그러나 가정형편을 생각하면 달리 방법이 없었다.

당시에는 과외금지조치로 인해서 과외나 아르바이트를 통해 학비를 조달할 수 있는 방법도 없었다. 대한민국의 경찰관이 되는 것을 운명으로 받아들이기로 했다.

5. 적덕은 백년

　치안정감으로 승진하고 나면 경찰관으로 근무할 수 있는 기간이 짧으면 1년, 본청장으로 승진하여 임기 2년을 채운다 하더라도 길어야 3년이다.
　퇴직 이후에 무엇을 할지를 생각해 보려는데 하고 싶은 일보다 퇴직 후에 좋은 점이 먼저 다가온다.
　퇴직 후에 좋은 점, 우선 시간이 많아질 것이라는 점이다.
　그동안 가족과 함께 보내는 시간이 참으로 적었다.
　가족과 많은 시간을 함께 하고 싶다.
　누구든지 가족이라면 아내와 딸과 아들을 먼저 생각할 것이다. 그러나 가장 먼저 다가오는 사람은 어머니다.

　현직에 있을 때 아내와 함께 어머니를 찾아뵙곤 했다. 하지만 오래 머물 수 있는 시간이 부족해 어머니는 나를 '활동사진'이라거나 '시계불알'이라고 놀리셨다. 잠시 왔다 가버린다는 뜻이다.

　아내는 어머니를 찾아 뵐 때마다 어머니와 함께 잔다. 어머니와 아내와 함께 누우면 세상에 더 이상 가지고 싶은 것이 없다. 자다가 어머니 손을 잡으면 마음이 뭉클해진다. 어머니는 그렇게 손 하나씩을 아들과 며느리에게 주시고 곤히 주무신다. 나는 자다 말고 일어나서 어머니 얼굴을 가만히 쓰다듬어본다. 주름이 가득하다. 그러나 어머니의 주름은 참 곱다. 검버

섯조차 꽃인 듯 아름답다.

어머니는 평생 고기를 드시지 않았다. 그래서 그런지 골다 공증이 심하시다. 더구나 2012년도에 대퇴부가 골절되어 수술을 하신 후로는 잘 걷지도 못하신다. 그러나 정신이 늘 초롱초롱 하시고, 눈매는 여전히 아름다우시다.

사람들이 가끔 나에게 사회적 약자들을 잘 돌본다고 이야기할 때가 있다. 어려운 사람들을 잘 돌본다는 칭찬, 이는 내가 받아야 할 칭찬이 아니라 어머니가 받으셔야 할 칭찬이다. 어려운 사람들을 위해 작은 일이라도 하는 것이 있다면 그건 온전히 어머니의 가르침 덕분이기 때문이다.

어린 시절 우리 집은 넉넉하지 않았다. 하지만 어머니는 밥을 할 때마다 조금 더 넉넉하게 밥을 지으셨다. 그리고 식사시간이 되어 구걸하러 오는 사람에게는 밥 주는 일을 잊지 않으셨다. 당시에는 구걸하러 오는 분들이 대문 밖에서 '밥 좀 달라.'고 소리치면 밥을 한 그릇 퍼가지고 나가서 들고 있던 바가지나 그릇에 쏟아 주는 것이 일반적인 일이었다.
그러나 나의 어머니는 그러지 않으셨다. 언제나 그 분들을 집안으로 들어오게 하셨고, 밥상까지 차려 주셨다. 우리가 먹는 상에 올라오는 반찬까지 그대로 똑같이 나눠 주셨다. 숭늉까지 챙겨 주셨다. 물론 식사가 끝나고 돌아갈 때는 허리춤에 매달린 자루에 쌀이나 보리쌀도 조금 부어 주셨다.
구걸하는 분들이 대문 안으로 함부로 들어오지 않는 것은 일종의 불문율이다. 그것도 아침에는 말이다. 여름철에는 아침 식사 전에 아버지께서 아침 일찍 나가 일을 하시곤 하셨다.

집에 들어오시다가 대문밖에 있는 이 분들을 발견하면 어머니께 '여보, 당신 친정오라버니 오셨어. 친정 오라버니.' 하시면서 이 분들이 대문밖에 와 있음을 웃으며 알리셨다. 아버지도 어머니가 친정 오빠에게 하듯이 이 분들을 대하고 있다는 사실을 알고 계신 까닭이다.

어느 날 형이 어머니께 여쭈었다.

"뭐 하러 쌀까지 준대요?"

어머니의 대답은 단순했다.

"집에 가족들이 있을 거 아니니? 쌀을 좀 가져가야 집에 식구들도 먹지."

어머니는 그렇게 구걸하는 분들의 식구까지 생각하셨다.

하지만 나는 구걸하러 오는 분들과 같은 공간에서 밥을 먹는다는 것이 정말 싫었다. 우리 가족과 그 분들의 밥상은 따로 차려져 있었지만, 그 분들의 숟가락이 내 입으로 들어오는 것 같아 이마가 저절로 찌푸려졌다. 어느 날인가 어머니께 불평을 늘어놨다.

"어머니, 거지들한테는 그냥 밥만 쏟아주셔요. 더러워서 정말 옆에서 밥 먹기 싫어요."

어머니는 정색을 하시고 나를 꾸중하셨다.

"사람 위에 사람 없고, 사람 밑에 사람 없단다. 적덕은 백년이요, 앙해는 금년이란다."

당시에는 너무 어려서 그게 무슨 말씀인지 다 이해하지 못했다. 하지만 나이가 들면서 '좋은 일을 하면 오래도록 그 공이 남으니 재앙과 손해를 입어도 덕을 쌓으며 좋은 일을 해야 한다.'는 어머니의 가르침은 나의 뇌리 속에 깊이 박혀 들었다.

더구나 어머니는 독실한 크리스천이시다. 늘 어려운 사람들을 위해 헌신하시며 기도하셨다. 좋은 일을 했다고 해서 그 공이 기억되기를 바라지 않는 것은 기독교 신앙을 가진 사람들의 공통된 마음이리라. 어머니는 성경 말씀대로 좋은 일은 왼손이 모르게 하라고 늘 당부하셨다.

이제 아흔을 앞두고 계신 연로하신 어머님, 그러나 어머님은 지금도 여전히 나를 물가에 내 놓은 어린 자식 대하듯 걱정하신다. 얼마 전에는 "아들을 하나 더 낳지 그랬냐?"며 아쉬워하셨다.

현직에 있을 때 가끔씩 내게 묻거나 당부하셨던 말씀은 "사람이 지위가 높아질수록 어려운 사람들을 잘 돌봐야 하는 거야. 그러고 있지?"

그럼 나는 '예. 그래야지요!'라고 대답한다,

또 물으신다.

"조금이라도 억울한 사람 없게 해라"

나는 또 '예!' 라고 대답하며 어머니 손을 잡아 드리곤 했다.

경찰관으로 근무하면서 우리 사회에서 배우지 못했다는 이유로, 많이 가지지 못했다는 이유로, 사회적 지위가 낮다는 이유로 서러움과 불편함, 또 억울함과 답답함을 겪으면서 우는 사람들을 많이 보아왔다. 이런 분들의 눈물을 닦아드리고 손잡아 드리는 것이 경찰의 중요한 임무중의 하나라고 생각하게 된 것, 그리고 쉬지 않고 그 길을 일관되게 달려올 수 있었던 것은 모두 어머니의 가르침 덕분이리라.

6. 네 뜻대로 하거라

'아버지!'

누구에게나 그리움과 애틋함과 뭉클함이 먼저 고여 오는 대상이다.

나도 그렇다.

아버지가 세상을 떠나신 지 14년이 지났다. 그러나 늘 내 곁에 계신 분이다.

앨범 속에 간직해 놓고 가끔씩 꺼내어 읽는 아버지의 편지, 더러 맞춤법도 틀리지만 하숙비와 용돈을 우편환으로 보내주셨던 아버지의 편지엔 사랑이 가득하다.

대부분의 편지가 아주 오래 전, 그러니까 내가 고등학생 시절에 주로 받았던 편지다. 나는 얼마나 자주 소식을 전해 드렸던가? 어김없이 답장을 드리려 했지만, 아버지처럼 먼저 편지를 보내드린 기억은 거의 없다.

집을 떠나 타지에서 공부하는 열일곱 살의 아들에게 자주 편지를 쓰시던 아버지! 아버지는 그렇게 다정다감하신 분이었다.

아버지의 편지는 특별했다. 고등학생 아들에게 공부만 강요하지 않으셨다. 먼저 '건강한가? 그리고 불편한 일은 없는가?'를 물으셨다. '밥을 먹을 때 마다 하숙집 주인에게 고맙다는 인사를 하고 있는지?'도 물으셨다. 편지를 보내실 때 마다 집안에서 일어나는 소소한 일들을 마치 이야기 들려주시듯 적어 주셨다.

어느 날은 염소를 얼마에 팔았다는 이야기를, 어느 날은 실하게 아주 많이 달린 감자를 캔 이야기를 적어서 보내셨다.

아버지의 편지를 읽다보면 멀리 두고 온 고향집 냄새가 코끝을 시리게 만들었다. 그 뿐 아니다. 아버지의 편지 속에는 파란 하늘 아래 누렇게 익어가는 들판의 벼이삭이 보이는가 하면 앞마당 밀짚 멍석 위에 가지런히 널어놓은 빠알간 고추도 보였다. 또한 커다란 키가 수줍은 듯 콩밭 둑길에서 고개를 숙이고 있는 수숫대도 보였다. 그 모든 풍경들은 아버지의 음성과 아버지의 체온을 실어왔다. 아버지의 편지를 다 읽기도 전에 눈물이 핑 돌곤 했었다.

아버지는 편지의 마지막에 '건강을 잘 챙겨라.'는 당부와 함께 '하숙집 주인 어렵지 않게 식사시간 잘 지켜라.'는 말씀도 빼 놓지 않으셨다. 어려운 살림을 조금도 내색하지 않으셨다. 행여 아들이 기가 죽을까봐 하숙비는 기일을 지켜 꼬박꼬박 보내 주셨다.

결국 넉넉하지 않으셨던 아버지는 땅 일부를 팔고 빚까지 지셔야만 했다. 아버지에게 땅은 생명과도 같은 것이었다. 그러나 아버지의 기대대로 자라고 있는 어린 아들을 위해서는 생명도 아까워하실 분이 아니었다. 아버지가 당시 지고 계셨던 가난의 무게를 생각하면 지금도 눈물이 핑 돈다.

아버지는 넉넉하지 않은 살림에도 남의 것을 탐하거나 욕심을 부리는 모습을 보이신 적이 없다. 사촌이 땅을 사면 배가 아프다는 말이 있지만 그 말이 우리 아버지께는 해당이 되지 않았다. 아버지는 사촌이 잘 되면 우리 일처럼 기뻐하셨다. 이웃이 땅을 사도 '잘했다. 애썼다.' 칭찬하시면서 마음껏 축하해 주시는 분이었다. 이런 우리 아버지를 누가 좋아하지 않겠는가?

또한 부지런하고 근면하셨다. 늘 새벽부터 밤늦도록 일하셨다. 한겨울에도 어김없이 일어나셔서 바깥마당과 큰 길로 나가는 도로를 하루도 빼놓지 않고 쓰시곤 하셨다.

빗질 소리 때문에 잠이 깨곤 했던 나는 어느 날 "빗자루로 쓸 것도 별로 없을 텐데 이젠 새벽에 좀 쉬시지 그러세요?"라고 했더니, "농사짓는 사람이 게으르면 품앗이도 해주지 않는 게 농촌 인심이다."고 웃으시던 아버지! 그런 아버지를 보면서 언제나 성실해야 함을 배웠다.

우리 집은 비닐하우스에서 꽈리고추를 재배했었다.
어느 해 이른 봄, 비바람에 그만 비닐하우스가 날아가 버렸다. 한겨울 내내 아침에는 거적을 걷었다가 해가 지는 저녁 무렵에는 다시 거적을 덮는 일을 반복했고, 비닐하우스 위의 눈을 쓸어내리느라 바지가 흠뻑 젖는 것쯤은 아랑곳하지 않으며 정성을 다해 키우던 고추들이 죽어가는 것을 보았다. 눈물이 났다.

그러나 아버지는 "하늘이 하는 일을 어떻게 하겠니? 다시 시작하면 되지. 이만한 일로 울지 마라."고 달래주셨다. 내게 쉽게 포기하거나 좌절하지 않는 강인함이 있다면 이러하셨던 아버지를 닮은 것이다.

아버지는 어려운 일도 참 많이 겪으셨다.

일제치하에 태어나셔서 일본에 징용을 다녀오셨다. 일본인들이 먹을 것을 주지 않아 쓰레기통을 뒤져 귤껍질까지 주워 드셨다고 하셨다. 한국전쟁에 참전하셔서 꼬박 5년 가까이 군 복무도 하셨다. 물려받은 재산이 없어 남의 땅을 빌어 농사를 지으시다가 내가 태어나던 해부터 점차 땅을 장만하기 시작하셨다.

힘들지만 꿋꿋하게 살아온 당신의 인생이 있으셔 그랬는지 어떤 일이 닥쳐도 아버지는 실망하거나 슬퍼하지 않으셨다. 아무리 힘든 일이 있더라도 이만한 일은 충분히 이겨나갈 수 있는 일이라고 여기셨다.

어린 내 마음에 아버지는 백두산보다 더 높으신 분이었다. 나는 아버지를 존경했다. 아버지가 세상에서 최고라고 생각했다. 그런 아버지를 언제나 기쁘시게 해드리고 싶었다. 농사를 지으시느라 얼굴은 언제나 구릿빛이 되셨고, 손발이 갈라지셨던 아버지를 위해 내가 할 수 있는 일은 오직 열심히 공부하는 일뿐이었다.

고등학교 3학년 초에 아버지가 기대하던 서울대학교 대신에 경찰대학교로 진학하겠다는 결심을 굳히고 아버지와 마주 앉았다.

　　"네 공부를 위해서 나머지 땅도 팔아야 한다면 그건 행복한 일이다. 그러니 너는 공부나 열심히 하고, 집안 형편을 생각해서 네 꿈을 포기하지 마라."

　　부모님의 마음속에는 명문대학에 다니는 아들의 모습을 기대하면서 그 힘든 농사일을 해내셨고, 나의 대학공부를 위해 남은 땅마저 다 팔기를 이미 작정하고 계셨다.

　　그러나 경찰대학교에 가서도 얼마든지 내 꿈을 펼칠 수 있다고 간곡하게 말씀 드렸다. 더 이상 아버지의 목숨과도 같은 땅을 팔아서는 안 된다고 생각했던 것이다. 내 뜻이 강경함을 아시고 아버지가 무겁게 입을 여셨다.

　　"네 뜻대로 하거라. 네가 그리 선택 했다면 할 말이 없다."

　　하지만 서운함이 역력하셨다.

　　아들의 뜻을, 아들의 마음을 그 무엇보다 중요하게 여기셨던 아버지!

　　아버지는 한 동안 아들을 서울대학교에 보내지 못하셨던 일을 많이 자책하셨던 것 같다. 그러나 경찰대학교 졸업식장에서 학부모와 경찰관 등 4,000여명이 지켜보는 가운데 내가 대통령상을 받고, 졸업생 대표로서 대통령이 직접 내 양 어깨에 계급장을 달아주는 모습을 보여드릴 수 있었다. 이를 보신 아버지의 얼굴에는 아들에 대한 자랑스러움과 대견함이 가득하신 듯 했다.

그런 아버지는 내가 고향인 당진경찰서장으로 근무할 때 뺑소니 교통사고로 하늘나라로 가셨다. 이후 경무관으로 승진하고, 충남경찰청장, 대전경찰청장, 경찰교육원장, 경기경찰청장으로 부임하여 아버지 묘소를 찾아가 뵐 때마다 '살아 계셨더라면 얼마나 좋아하셨을까?' 하는 생각에 가슴이 저리곤 했다.

아버지!
언제나 잘 성장하고 있는 나를 지켜보시던 든든하신 분!
참 그리운 이름이다.
부를 때 마다 그리움이 사무치는 이름이다.

7. 내 인생 최고의 선물

경찰청에서 과장이나 국장으로 근무할 때에는 이른 아침인 5시 45분경 아내와 함께 집을 나섰다. 운동을 가는 것이 아니다. 아내는 새벽기도 하러 교회에 가고, 나는 사무실로 출근 한다.

경찰청 수사국장으로 근무하던 어느 날에는 사무실에 도착해서 한참 일하다가 문득 어제 아내가 궁금해 하던 일이 생각나서 전화를 걸었다. 궁금해 하던 것을 알려주고 나서 아내에게 물었다.

"새벽기도 잘 다녀왔어요?"

"네. 잘 다녀왔지요. 오늘은 더 많이 기도했어요."

"무얼 기도했는지 궁금한 걸?"

"우리 남편을 바꿔 달라고 기도했어요."

그러나 아내의 음성은 참으로 상냥하다.

지방에서 서울로 올라와 집에서 출퇴근 하면서 오히려 업무가 더 바쁘다는 핑계로 아내와 통화도 자주 못했고, 퇴근도 거의 매일 늦었다. 아내에게 미안해서 다정한 목소리로 말했다.

"그랬어요? 내가 스스로 고쳐야지. 가능하면 오늘이라도 집에 일찍 들어가도록 해 볼게요."

그런데 아내의 다음 말이 뜻밖이다.

"그럴 필요 없어요."

"왜요?"

순간 아내의 웃음소리가 먼저 들려온다.

"남편을 아예 다른 사람으로 바꿔 달라고 기도하고 있으니까요."

아내의 웃음을 따라 한참 웃었다. 그러나 나도 아내에게 질수가 없다.

그래서 한마디 얹었다.

"그건 가정폭력보다 더 무섭고, 심각한 가정 쿠데타인데?"

순간 아내가 다시 웃음보를 터트렸다. 그렇게 나는 아내와 한참을 웃었다. 웃음 끝에 아내가 당부한다.

"바빠도 식사는 제 때 하세요."

늘 유머가 넘치는 사랑스러운 나의 아내 김영신!

아내는 유머가 가득해 주변 사람들을 즐겁게 하지만 거짓말을 무척 싫어한다. 아이들이 어렸을 적 아주 작은 거짓말도 매섭게 야단을 치면서 바로 잡곤 했다. 아내는 비록 선의의 거짓말일지라도 해서는 안 된다고 생각하는 사람이다. 나에게 아무리 큰 손해가 생겨도, 설령 큰 불이익을 당한다고 해도 거짓말을 해서는 안 되는 것이다. 나는 그런 아내가 든든하다.

결혼 후 지금까지 25년 넘게 가계부를 쓸 정도로 남들이 보기에 까다롭게 느껴질 만큼 꼼꼼한 성격이지만, 다른 사람을 배려해 주는 일에는 따라 올 사람이 없다.

종갓집 맏딸이라 그럴까?

친인척들의 애경사까지 빠짐없이 챙기는데 늘 기쁜 마음으로 한다. 그런 것은 돈으로 할 수 있는 일이 아니다. 공부를 많이 했다고 해서 되는 일도 아닌 것이다.

대한민국의 대다수 공직자의 부인들은 검소하게 살고 있다.
그 중에서 나의 아내가 검소한 생활면에서 거의 1등일 것이
라고 자부한다.
가난하셨던 나의 부모님은 내게 별다른 재산을 물려주지 못
하셨다.
대신 재산보다 더 큰 가르침을 주셨다.
"믿음 안에서 착하고 성실하게 살아라."
아내는 부모님이 물려주신 정신적인 재산을 나보다 더 소중
하게 생각하며 생활한다. 생활이 검소하고 소탈하면서도 어려
운 사람을 돕는 일에는 누구보다도 먼저 달려가는 것이다.
소위 명품가방이라는 것에 관심도 없고 변변한 장신구 하나
없다. 늘 시장패션이다.
내가 고위공무원이 된 이후에도 친구들 보다 옷차림은 오히
려 아내가 더 수수할 정도다. 그런 아내에게 어느 해 추석에는
큰아버님이 '백화점에 가서 옷 좀 사 입으라.'며 용돈을 주실
때도 있었다.
검소한 아내는 살림살이도 바꾸는 일이 없다.
그릇도 유행을 따지지 않는다.
그래서 우리 집 살림살이들은 대체로 나이를 많이 먹었다.
침대 역시 중간에 매트리스를 한 번 교체하기는 했지만 25
년 넘게 사용 중이다.

아내에게 고마운 것이 참 많다.
가장 고마운 것 한 가지는 우리 부모님에 대한 효성이 지극

하다는 사실이다.

　아내는 지금도 어머니께 가면 어머니와 한 방에서 잠을 잔다. 어머니 옆에 누워서 마치 다정한 딸처럼 도란도란 어머니가 주무실 때까지 말동무를 해드린다. 결혼 초기부터 지금까지 한결같다.

　결혼 초창기, 시골집은 옛날 한옥이어서 밖에 있는 부엌에서 나무로 불을 지펴 밥을 해야만 했다. 한겨울에는 반찬을 만드는 일도 보통 고역스러운 일이 아니었을 것이다.

　어디 그 뿐인가? 한여름에는 땀을 많이 흘려도 샤워조차 할 수 없었다. 물론 한겨울에도 바깥마당에서 세수를 해야 했다. 화장실은 아예 대문 밖에 있어서 한밤중에는 혼자 화장실 가기도 어려운 처지였다.

　그래서 아내에게 시골집에 가자는 말이 선뜻 나오지 않았다. 하지만 아내는 부모님이 계신 시골집에 가는 것에 대해서 싫다고 말하거나 주저한 적이 한 번도 없었다. 오히려 부모님 찾아뵙는 것을 당연하게 여겼다. 나는 그런 아내가 고마웠지만 한편으로는 미안하기도 했다.

　인천에서 근무하던 1995년도에 둘째가 태어났는데 아버님이 갑작스레 병환으로 누우셨다. 아버님을 인천에 있는 어느 종합병원으로 모셨다. 어머님이 병실에서 간호를 담당하셨는데, 문제는 어머니가 고기나 조미료가 들어간 음식을 전혀 드시지 못한다는 사실이었다. 그런 어머님을 위해 아내는 매 끼니마다 밥을 새로 짓고, 반찬을 만들어 병원으로 날랐다.

　한 번 상상해 보라.

갓 태어난 아들을 등에 업고, 4살짜리 어린 딸은 왼손에 잡고, 오른손은 무거운 음식보따리를 들고 시내버스에 오르는 모습을… 나는 지금도 그 모습을 생각하면 마음이 울컥해진다. 고맙다는 말이 저절로 나온다. 그 뿐 아니다. 넉넉지 못한 봉급을 받아 생활하는 입장에서 병원비 또한 적잖은 부담이 되었을 텐데 불평 한마디 하지 않았다.

아내의 지극한 정성 때문이었을까? 1년 반 이상 사시기 어려울 것 같다던 아버지는 7년 넘게 비교적 건강하게 사셨다. 뺑소니 교통사고만 아니었다면 아버지는 지금까지 살아 계실 것이다.

가족을 사랑하는 일에도 최고다.

아내의 마음이 건강한 까닭일까? 몸도 건강하다. 몸살을 앓은 기억도 거의 없다. 그러나 사람이니까 더러 컨디션이 좋지 않을 때가 있지 않겠는가? 어쩌다 잠을 제대로 자지 못한 날도 어김없이 가족들의 식사부터 일정, 준비물, 입고나갈 옷 등 일일이 챙겨준다. 아내지만 한마디로 감동이다. 감사가 끊임없이 넘쳐날 수밖에 없다.

하나님께서 짝 지어주신 아내 김영신!

아내를 처음 만난 것은 1990년 대전서부경찰서 방범순찰대장(의경 중대장)으로 근무하던 시절이다. 당시 경찰서 청사가 비좁아서 갈마동에 있던 대전서구청의 별관 건물을 빌어 사용하고 있었다.

3월의 어느 토요일!

당시 대전서구청장님께서 청사 내의 기관·단체장들을 초청하여 오찬을 함께 하는 자리가 있었다. 공교롭게도 내 맞은편에 지금의 처삼촌이 자리하게 되었다.

'애인도 없는 총각'이라는 이야기를 들으셔서인지 대학 졸업 후 은행에 다니고 있다는 조카딸 자랑을 하였다. 그러자 옆에 앉은 어머니회장님께서 중매를 자처하고 나섰다. 하지만 한동안 연락이 없었다. 나중에 들려온 이야기는 경찰관에게 딸을 시집보낼 수 없다는 이야기였다. 나 역시 부모가 반대하는 결혼을 할 이유가 없었다. 나와 인연이 아니라는 생각에 잊고 있었다.

세 달쯤 지난 6월 17일 오후 4시!
여느 때처럼 부대에서 대원들과 함께 축구를 하고 귀가하여 쉬고 있었다.
중매를 자처했던 어머니회장님한테 전화가 왔다. 지난 번 이야기했던 아가씨를 만나러 5시까지 커피숍으로 나오라는 것이다. 솔직히 마음이 내키지 않았다. 상대의 어머니가 반대를 하신다는 것, 그것도 내가 자랑스럽게 여기는 경찰이 마음에 들지 않아 반대한다는 사실이 썩 달갑지 않았다. 또한 일요일인지라 7시 저녁예배에 가려면 시간도 촉박했다. 거절했다.
그러자 중매를 자처하신 회장님이 막무가내로 조르셨다.
"그러지 말고 한 번 만나만 봐요. 정말 요즈음 찾아보기 힘든 규수감이라오. 주변 사람들 이야기도 충분히 들어 보았고, 은행에 가서 직접 보았더니 인물도 예뻐요. 내가 오늘은 한 시간 밖에 여유가 없다고 미리 말을 해 놓을 테니 교회 가기 전에 꼭 만나고 가요."
간곡한 중매자의 말을 더 이상 거절하지 못하고 약속장소로 나갔다.

15분 전에 도착하니 어머니 회장님은 벌써 와 계셨다. 가볍게 인사를 한 후 이야기를 나누고 있는데, 잠시 후 아리따운 아가씨 한 명이 입구로 들어서서 만나야할 사람을 찾느라 두리번거렸다.

인상이 참 밝았다. 뒷머리를 예쁘게 묶어 올린 모습이 기품 있고 단아했다. 황토색 주름 스커트와 체크무늬 재킷이 고운 얼굴과 잘 어울렸고, 어깨에 가로질러 맨 검은색 작은 백은 동화 속 주인공 소녀 같았다. 나도 모르게 속으로 중얼거렸다.

'아, 저 아가씨라면 얼마나 좋을까?'

그런데 이게 웬일인가?

그 아리따운 아가씨가 어머니회장님을 발견하고 살짝 목례를 하더니 환하게 웃으며 다가오는 것이 아닌가?

요즘 젊은이들 말로 필히 확 꽂혔다. 속으로 소리 질렀다.

'이게 꿈이냐? 생시냐?'

어머니 회장님은 서로 간단한 소개만 시켜 주시고는 얼른 자리를 뜨셨다.

이런저런 이야기를 나누다 보니 어느새 한 시간이 훌쩍 지났다. 저녁식사를 해야 할 시간이 되었다. 그래서 식사하러 시내로 이동하자고 제안했다. 그러자 아리따운 아가씨가 눈을 동그랗게 뜨고 물었다.

"교회에 가셔야 한다면서요?"

그녀의 말에 나는 최대의 실수를 하고 말았다. 아니 감출 수 없는 내 마음을 그대로 드러낸 것이다.

"아니, 지금 교회가 문제입니까?"

그 날, 교회가 문제냐고 말하면서 그녀에게 온통 빠져버린 나를 보시고 하나님께서는 어떤 표정으로 웃으셨을까?

아무튼 그 날, 첫 눈에 반해 버린 그녀를 내 온 정성을 다해 모셨다.

아내의 첫 인상은 얼굴도 예뻤지만 티 없이 밝고 순수했다. 스물 다섯 살이라고 믿기 어려울 정도로 앳된 소녀 같았다.

아내를 만난 이후 하루도 빠짐없이 아내에게 편지를 쓰기 시작했다. 그것도 한 장 두 장이 아니라 보통 다섯 장에서 여섯 장이나 되는 긴 편지를 매일 썼다.

'그 때는 무슨 할 말이 그렇게 많았을까?'

결혼 후 신혼집에 살림이 들어오는데 제법 큰 보따리 하나가 있었다. "무엇이냐?"고 물었더니 그동안 내가 보내준 편지 모음이라고 말했다.

그 편지들은 아직도 보관중이다.

우리 아이들이 중학생이 될 무렵에 그 편지를 어떻게 발견했는지 꺼내어 보고 키득거리며 웃고는 했다.

아내와 연애를 할 때에는 그녀를 놓쳐서는 안 된다는 생각에 '재미로 보는 여성심리', '연애의 기술' 등 여러 가지 책을 구입하여 읽으면서 그녀의 마음을 사로잡기에 온갖 정성을 기울였다.

그 정성을 하늘이 알아주었을까?

그녀를 만난 지 6개월이 되어 갈 무렵, 교제하는 여성이 있음을 부모님께 말씀드렸다. 부모님께서 내가 혼자 사는 모습도 보실 겸 그녀도 만나 보실 겸 대전으로 오셨다.

어머니는 그녀를 만난 순간, 아들이 너무나도 깊이 사랑하는 여자라는 사실을 금세 간파하신 듯하다.

식사를 마치고 그녀가 돌아가자 어머니가 말씀하셨다.

"인물도 행동도 저만하면 됐다. 네가 정말 좋아한다면 우리는 그만이다. 아까 식당에 들어올 때 유심히 살펴보니 우리 신발을 가지런히 정리해 놓더구나. 식당 종업원들이 어련히 알아서 해 놓을까마는 어른 신발을 정리해 놓는 모습을 보니 도시에서 자란 깍쟁이만은 아니다."

어머니는 한 눈에 그녀의 장점을 다 알아 보신 듯 했다.

"다 큰 남의 집 처자를 기약 없이 오래 사귀는 것은 그쪽 부모들께도 도리가 아니다. 약혼 날짜를 잡자고 말씀드려봐라."

부모님의 승낙을 얻자 그 기쁨은 이루 말로 표현할 수 없이 기뻤다.

그렇게 착하고 고운사람 김영신은 나의 아내가 되었다.

결혼 후 어느 날 아내에게 "왜 나랑 결혼하겠다는 생각을 했어요?"라고 물었다. 아내는 망설이지 않고 다음과 같이 말했다.

"데이트 하던 어느 날 당신이 나에게 말했어요. '적어도 내 자식들에게 아빠는 이런 자세로 인생을 살았노라고 자신 있게 말할 수 있는 사람이 되고 싶다.'고요. 그런 자세로 삶을 사는 사람이라면 괜찮겠다는 생각이 들었어요."

1990년 6월 17일 오후 5시에 그녀 김영신을 처음 본 순간 첫 눈에 반했다. 1991년 5월 4일 12시에 약혼을 했고, 그 해 11월 30일 1시 20분에 결혼식을 올렸다.

시간과 날짜까지 정확하게 기억하고 있는 것은 지금까지 아내의 생일, 아내를 처음 만난 날, 약혼 기념일, 결혼기념일에 지나 간 햇수만큼 장미꽃 송이를 맞춰 선물하고, 그 시간에 정확히 맞춰 직접 통화를 해왔다. 혹 행사 등으로 인해 통화가 어려우면 감사 문자를 보내고 있기 때문이다. 이 일을 한 해도 거르거나 잊은 적이 없다.

너무나도 사랑스런 나의 아내 김영신!
대전청장으로 근무하던 2013년 어느 날 아침!
갑천 변에서 새벽운동을 하다가 예쁜 꽃을 발견했다. 얼른 사진을 찍어 아내에게 보냈다. 꽃 밑에는 내 마음을 적었다.
"오늘 아침 갑천 변에 핀 꽃입니다. 당신보다는 덜 예쁘지만, 보시라고 보냅니다."
아내에게서 곧장 답장이 왔다.
"같이 걸은 듯한 느낌이에요."
작은 꽃 하나를 보고도 같이 걸은 느낌이라니, 우리는 그렇게 살아왔다. 아니 그렇게 살고 있다. 그래서 지방청장과 교육원장을 하면서 주말부부로 떨어져 지낸 4년이란 시간도 힘들거나 외롭다는 생각을 하지 않고 지냈다.
서로를 생각하는 것만으로 늘 충만함이 가득한 우리 부부의 사랑, 하늘의 축복이다.

8. 행복한 오후

오랜 만에 가족들이 모여서 옛이야기를 나누었다.

자연스레 아이들 어렸을 때의 이야기가 주를 이룬다.

아들이 초등학교 1학년 때 받아쓰기 시험에서 80점을 받아왔다.

짝꿍인 소희라는 친구는 100점을 받았다고 했다.

그날 마침 아들과 은행에 가던 아내는 소희와 소희 엄마를 우연히 길에서 만나 소희 엄마에게 덕담을 해주었다.

"소희가 공부를 잘 해서 참 좋겠어요."

아내는 소희 엄마와 헤어진 다음에 아들에게 물었다.

"너희 반에서 누가 공부를 제일 잘 하냐?"

아들의 대답은 단순했다.

"몰라요! 몰라."

잠시 후 아들이 눈을 동그랗게 뜨며 말하더란다.

"아, 알아요. 누가 공부를 제일 잘 하는지 알아요."

"누구? 소희?"

아내의 반문에 아들이 고개를 저으며 힘도 안들이고 대답하더란다.

"응~~ 우리 담임선생님."

아들의 대답에 어이가 없어 대답을 못하고 있다가 아들에게 핀잔하듯 말했다고 한다.

"너도 공부를 열심히 해서 100점 받으면 기분이 좋지 않겠니? 엄마 기분도 좋고, 또 엄마가 다른 엄마들한테 칭찬도 들을 수 있잖니?"

아들은 풀이 죽은 표정을 짓더니 이내 눈을 빛내며 소리를 치더란다.

"그래. 결심했어!"

아내는 순간적으로 아들이 공부를 열심히 해야겠다는 결심을 했으리라 생각하고, 확인하는 차원에서 물었다.

"그래? 무슨 결심을 한 거니?"

"응. 다음부터는 소희 껄 보고 쓰는 거야."

아내는 어이가 없어 웃고 말았다.

참 대단한 결심을 한 아들의 이야기는 여기가 끝이 아니다.

은행에 가서 일보고 있는데, 대형 수족관의 물고기들이 신기했는지 큰소리로 부르더란다.

"큰 누나!"

옆에 있던 60대 초반의 아주머니가 신기한 듯 묻더란다.

"어머나, 막내 동생이에요? 어머니가 늦둥이 두셨나 봐요?"

아내는 얼른 아들이라고 대답해 주었다.

어린 시절 장난 끼 없는 아이들이 어디 있으랴마는 우리 아들은 유난히 호기심 많고, 엉뚱한 대답과 질문이 심했다.

어릴 적 세상을 온통 신기한 듯 들여다보며 늘 유쾌한 일을 찾아냈던 우리 아들, 어른이 되어서도 세상을 유쾌하게 살면 좋겠다. 그 유쾌함을 주변 사람들에게 나누어 주면서 말이다.

9. 매국 엄마, 구국 아빠

어느 날 점심에 아내가 식사를 준비하고 있는 사이에 나는 식탁에 앉아 아이들에게 이것저것 부탁을 한다.
"창문 좀 열어줄래."
아들이 창문을 여는 사이 다시 또 부탁한다.
"화분에 물 좀 주고."
딸이 화분에 물을 주는 사이 또 부탁을 한다.
"마실 물 좀 한 잔 가져와라."
이번에는 아내가 물을 가져다주었다.

그러자 딸이 한 마디 한다.
"우리 엄마는 전생에 나라를 팔아먹었을 거야."
갑작스런 말에 내가 놀라서 물었다.
"왜?"
딸은 웃지도 않고 말한다.
"아빠는 손 하나 까딱 않고 엄마와 우리만 시키잖아요?"
이번에는 아들이 나선다.
"에이~ 아빠가 나라를 구한 거겠지."
순간 모두 까르르 웃고 말았다. 하지만 딸이 한마디 또 나선다.
"아빠는 이 다음 생애에 천한 사람으로 태어날지 몰라."
이번에는 아내가 나서서 내 편을 들어 준다.
"아빠가 손 다쳐서 그렇지."

역시 아내가 최고다.

아내는 언제 어디서나, 어떤 상황에서나 완전히 내 편이다.

식사를 먼저 마친 아이들이 식탁에 앉아 스마트폰을 쳐다보고 있어서 한마디 했다.

"너희들 아빠 없을 때 스마트폰 만지듯이 엄마 손도 만져드리고, 스마트폰 쳐다보듯 엄마 얼굴도 바라봐 줘라."

순발력 좋은 딸이 스마트폰을 꾹꾹 눌러가며 말한다.

"아빠, 이렇게 엄지손가락으로 엄마 꾹꾹 눌러 드리라고?"

또 한 번 우리 가족은 웃음보가 터졌다.

또 아이들을 불렀다.

"누가 아빠 커피 타줄래?"

아이들은 서로 웃으며 쳐다보는데 아내가 먼저 제안을 한다.

"가위 바위 보로 정하면 어때?"

대답대신 아들이 슬그머니 일어선다.

나는 속으로 생각했다.

'역시 아들이야.'

그런데 아들은 커피를 꺼내어 누나 앞에 내려놓으며 말한다.

"누나, 내 것까지 부탁해."

딸이 냉큼 일어서며 한마디 하는데 참 사랑스럽다.

"에구, 우리 집 남자들…."

우리 집 상황을 한참 쓰고 있는데 아들이 뭐하나 들여다보

50
낯선섬김

더니 누나를 부른다.

"누나, 우리 집에 작가 나셨다."

갑자기 나는 작가가 되었다.

지금 딸내미는 커피 타주고, 뭐가 그리 신났는지 콧노래 부르며 설거지 중이다. 아들은 분리수거 한다며 신문과 박스를 들고 나간다.

매국 엄마가 된 나의 아내는 세상에서 가장 어여쁜 나의 사랑이다. 구국 아빠가 된 나 역시 어여쁜 나의 사랑 아내에게 가장 좋은 사람이고 싶은 대한민국 남자다.

오늘 정말 행복하다. 날씨만큼이나 기분 좋은 오후다.

10. 딸 때문에 철이 들어가는 아빠

청와대 치안비서실에 파견 근무 중이던 2001년 초!

경정으로 승진한 지 7년이 지났고, 대통령비서실에서 근무한 지도 3년이나 되었으니 당연히 경찰서장급인 총경으로 승진이 될 것이라고 기대했었다. 더욱이 2000년 초 승진심사에서도 누락 되었으니, 이번에는 꼭 승진이 될 것이라고 생각하는 것은 당연한 일이었다.

승진 발표하던 날 저녁 늦게까지 소식을 기다리고 있었다. 팩스를 통해 공지되는 승진자 50명의 명단 속에 아무리 찾아봐도 내 이름은 보이지 않았다.

비서관님께 승진자 발표 사실을 전화로 보고 드리고 집으로 향했다. 당시에는 시위상황이 많아서 새벽 6시에 출근하여 저녁 늦게까지 일해야 하는 것은 물론이고 휴일이나 명절날에도 출근할 정도로 근무 강도도 높았다. 그런데도 연거푸 고배를 마셨으니 속상할 수밖에… 특히, 청와대에서 근무를 하면 통상의 승진자들 보다 1년 정도가 빠른 것이 관행인데, 그것은 고사하고 승진 3수를 하게 된 셈이다.

집에 와서 혼자 투덜거렸다.

얼마나 화가 났는지 나도 모르게 욕까지 하고 말았다.

당시 초등학교 2학년이던 딸이 이를 들은 모양이다.

딸은 정색을 하며 나한테 항의조로 말했다.

"아빠 공무원이 나라를 위해서 일을 하셔야지 승진하려고 일을 하시면 돼요?"

말을 듣고 보니 객관적으로 맞는 말이다.

"그래. 네 말이 맞다. 나라를 위해서 일 해야지."

이후에는 집에서 아이들 듣는데 승진탈락에 대한 서운함을 표현하지 못했다.

초등학교 시절에 일하는 동네 어른들 드리려고 '막걸리 사 오라.'는 심부름을 하면서 호기심에 주전자에 든 막걸리를 몰래 몇 모금 마셔봤던 것 외에는 고등학교 졸업 때까지 술을 아예 입에 대지도 않았다. 힘들게 뒷바라지 하는 부모님에 대한 배신이라는 생각은 물론이고, 술을 즐기지 않는 기독교적인 집안 분위기 때문이다.

경찰대학에 합격 후 정식 입학 전 4주 동안 기초 군사훈련을 받는다. 훈련 마무리 시점에 학장님 이하 교육을 담당하셨던 교관님들이 참석하는 위로 만찬이 있는데 이 때 술을 나눠 주셨다. 우리 테이블 상석에 앉아 있던 어느 계장님께서 마치 내가 주사가 있어서 술을 마시지 않는 것으로 생각하셨는지 끝까지 소주를 마시라고 강권하셨다.

할 수 없이 소주 몇 잔을 마셨지만, 속으로 '이 쓴 술을 왜 마시나?'라는 생각을 했다. 이후 공식적인 자리에서 술을 마시기 시작하면서 점차 술을 배웠다. 남들에게 지기 싫어하는 성격 까지 더해지면서 제법 많이 마시는 경우도 늘어갔다. 하지만, 고향에 내려가면 절대 마시지 않았다. 그런데도 어머니는 어떻게 아셨는지 "애비야! 술 마시지 마라."고 당부하곤 하셨다.

우리 집에 오시면 현관에서 부터 "애비 요새 술 먹고 다니지?"라고 물으신다. 아내는 빙긋이 웃고 마는데, 아이들은 "예, 할머니 아빠 술 마셔요. 저 번에는 많이 마셔서 토하기도 했어요."라고 아주 크고 씩씩하게 대답한다. 이럴 때는 내 자식들이지만 얄밉다.

어머니 말씀을 듣지 않는 것이 송구스럽기는 하지만, 직장 생활을 하려면 어쩔 수 없다는 생각 때문에 술 마시는 일은 계속 되었다. 물론 술이 좋아서 적극적으로 술자리를 찾아가는 일은 없었다. 그저 수동적이고 피동적인 음주일 뿐이다.

딸이 중학교 2학년이 된 2006년 어느 봄날!
사춘기가 시작된 모양이다. 주말에 약속이 있어서 현관을 나서다가 제 엄마에게 꼬박꼬박 말대꾸 하는 모습을 보았다. 참 착한 딸이었는데 약간 화가 났다. 아마 아내는 당황 했을지 모른다.

"혜원아! 엄마 말씀 잘 들어야지 그렇게 말대꾸 하고 그러면 안 되잖아?"
"아빠도 할머니 말씀을 듣지 않으면서 왜 나한테 엄마 아빠 말을 들으라는 거야"라며 반항조로 말한다.
"아빠가 할머니 말씀 안 듣는 게 뭐가 있는데?"라고 자신만만하게 응수했다. "아빠 술 먹잖아?"라는 외침이 들려온다.
순간 여기서 밀리면 안 되겠다는 생각이 들었다.

"그래 아빠도 지금 이 순간 이후로는 술을 끊을 거다. 그러니 너도 엄마 아빠 말 잘 들어라"고 말을 해버렸다. 그리곤 그 이후로 정말 술을 완전히 끊었다. 물론 딸도 그 이후로 말대꾸를 하거나 속 썩이는 일은 없었다.

많은 분들이 '경찰고위간부가 어떻게 술을 먹지 않고 지내냐?'고 궁금해 하셨다.

총경 때의 일이다. 경찰청 과장 이상 간부들을 격려하기 위한 만찬행사가 있었다. 술을 마시지 않기에 일부러 잘 보이지 않는 자리에 앉아 있었다. 한동안 덕담이 오고가다가 갑자기 경찰청장님께서 나를 일부러 찾으시더니 폭탄주를 주셨다. 잔을 받고 일어나 일명 '폭탄사'를 한마디 하고 나서 "그런데, 저는 술을 마시지 않습니다."라고 잔을 내려놓았다. 자리에 있던 사람들 모두가 놀랐을 게다.

상상해 보시라.
계급조직인 경찰에서 총수인 청장님이 주시는 술, 그것도 평소 일 때문에 고생이 많다고 특별히 불러서 주는 술을 마시지 않겠다고 면전에서 공개 선언을 했으니 분위기가 어떻게 변했을 지를….

군대로 치면 참모총장님이 주시는 술잔을 대령급 장교가 내려놓은 것과 같은 상황인 것이다. 다행히 청장님 앞에 앉아 있던 대학 선배가 "청장님! 정 과장은 대학 다닐 때부터 교회에 열심히 다녀서 술을 안 합니다."라고 분위기를 수습하자, 이해를 하신 듯하였다. 이후 경찰에서 나한테 술을 주는 사람은 사라졌고, 그 일 이후로 아직까지 술을 마시지 않는다. 결국 딸내미의 이유 있는 반항이 술을 끊게 만든 것이다.

이 일화가 알려지면서 다른 분들은 "딸내미에게 아빠가 왜 술을 마셔야 하는지 이유를 잘 설명해 주어야 했었다."거나, "아이들한테 그렇게 감정적으로 대응하면 어떻게 하나?"고 하시기도 하였다.

딸이 자랄수록 아내에게 더 잘해주게 된다.
어떤 면에서는 아내에게 더 꼼짝 못하게 된다.
내 아내도 처가에서는 그렇게 귀엽고 사랑스러운 딸이었기 때문이다.

11. 눈치 있는 남편

2014년 3.1절 아침 식사시간!

어머니 가르침에 따라 평소에 반찬 투정을 거의 안하는 편인데, 오늘 따라 밥이 좀 톡톡하다(되다). 식탁에는 내가 가장 좋아하는 애호박 지짐과 된장국도 올라와 있다.

그런데, 평소와 다르게 이 날은 왜 그랬을까?

아내에게 "밥이 좀 톡톡한 것 같은데?

"그래요? 뜸이 좀 덜 들었나?"

호박 지짐을 먹고 나서 "조금 짠데!"라고 했더니, 아내는 리드미컬 하게 "(반찬 투정을) 몇 번이나 하나 봐야지♬~♬" 라며 나를 쳐다보고 웃는다.

"(흠칫) 그래도 맛있다!"

"이미 탈락."

"(만회하려고) 여자들이 원래 사랑에 빠지면 간을 잘 느끼지 못해서 음식을 짜게 한다던데요?"

"그래요? 이건 너무 쫄아서 그런 건데!"라며 또 웃는다.

나는 속으로 '쫄기는 내가 쫄았는데….' 하면서 아무 말 하지 못했다.

잠시 후 아내는 먹던 밥이 많았는지, 아니면 내 기분을 풀어주려는지 "밥 한 숟가락만 더 드실래요?"라고 묻는다.

나는 얼른 고개를 끄덕이며 "그럼. 먹어야지~ 암~"하고 대꾸했다.

그런 나를 보고 아내는 "에휴~ 배가 불러도 배부르다 소리
도 못하고…."라며 웃는다.

"아녀! 밥맛이 좋아서 그런 겨~~"라고 말했지만, 평소에 나
는 밥을 한 공기 외에는 절대로 더 먹지 않는다.

잠시 후 태극기를 쳐다보며 "태극기가 바람에 펄럭이네…."
라는 나를 보고 아내는 무슨 생각을 할까?

다음 날 아침에 아내는 "오늘의 메인 요리에요."라며 조개
넣은 시금치국을 내놓는다.

나는 음식의 국물을 그다지 좋아하지 않는 터라 주로 남긴
다. 당연히 그날 아침도 예외는 아니었다.

식사 후에 어제 잃은 점수를 만회하려 "아주 자~알 먹었
다."고 했더니, 아내는 "국이 짜요?"라고 묻는다. 엉겁결에 "안
짠데!"라고 했더니, "아니 국물을 많이 남겼기에…."라고 말을
흐린다.

아내는 잠시 머뭇거리더니 "여자가 국이 짜냐고 묻는 건 짠
지 안 짠지를 묻는게 아니라…."라며 또다시 말을 흐린다.

그렇다.

오늘의 메인요리라고 사전에 귀띔해줬는데, 아주 맛있다고
칭찬했더라면 센스 있는 남편이 됐을 텐데….

아내의 복선을 알아채지 못하는 건 대부분 남편들의 공통점
이라지만 번번이 점수 딸 기회를 놓치고 만다.

한참 후 "오늘 국 맛있었어요. 최고~"라고 했더니, "하하하 됐네요."라고 묘한 표정을 짓는다.

언제쯤이면 아내의 마음을 제대로 잘 읽을 수 있을까?

20여 일 후 지난 번 감점을 만회하려 아침 식사를 하고 일어서는 아내를 향해 "당신은 몸매가 아직도 20대야!"라고 추켜세웠다.

옆에 있던 딸내미가 대뜸 "그렇죠! 20대도 몸매는 다양하니까!"라고 받아친다. 모두 까르르 웃음이 터졌다. 칭찬의 근거가 미약하다는 뜻일 게다.

여성들과 대화! 참 힘들다.

제2장

사랑을 실천하며

퇴임 무렵 경기남부청의 비서실장이 내게 물었다.
"청장님! 별명이 뭔지 아십니까?"
"뭔데?"
"갓용선 입니다."
속으로 긴장하며 '어 이거 뭐지?'하고 있는데,
"GOD 용선이란 뜻입니다."
아이돌 그룹이 생각나서 "나는 음치인데?"라며
의아해 하자, "그게 아니라 신이란 뜻의
god를 의미하는 '갓'입니다."
"그건 신성 모독인데?"
"청장님은 우리가 크고 작은 실수를 하더라도
한 번도 화내지 않고 웃으며 넘기셨거든요.
그래서 청장님의 심성은 신에 가깝다는 뜻에서
'갓용선'이란 별명을 지은 겁니다."

12. 경찰관 그리고 청년경찰로서의 다짐

1987년 4월 3일 경찰대학 졸업과 동시에 경위로 임용되면서 경찰생활이 시작되었다. 졸업식장에서 나는 경찰관으로서, 그리고 경찰간부로서 스스로에게 두 가지를 다짐했다.

우선, 학비와 생활비 걱정 없이 대학을 다닐 수 있었던 혜택을 받은 만큼 경찰관으로서 성실하게 근무하여 국가에 진 빚을 갚아 나가겠다는 것이다. 또 하나는 경찰간부인 만큼 함께 근무하는 경찰관들이 비바람 부는 날에 적어도 비를 맞는 일이 없도록 잘 보호해 주는 우산 역할을 하겠다는 것이었다.

첫 번째 다짐을 지키기 위해 30년 동안 '양심과 실천, 존중과 배려, 솔선수범, 언행일치, 초지일관'을 좌우명으로 삼아 최선을 다해 근무했다.

치안본부와 경찰청의 기획단에서 3년, 대통령비서실의 4년, 경찰청의 정보2과장과 기획과장의 4년, 그리고 정보심의관 2년은 새벽 출근과 심야 퇴근은 물론이고 휴일과 명절이 따로 없는 시기였다.

관할을 함부로 벗어나지 못하는 경찰서장, 지방경찰청장 등 관서장으로 근무한 7년은 무거운 책임감으로 인해 일과 이후에도 늘 긴장 속에 살 수 밖에 없는 기간이었다.

특히 청와대 치안비서실에 근무하던 4년 동안에는 대학가의 불법시위가 많아 새벽 7시 전에 출근하여 저녁 9시 뉴스를 보고 퇴근해야 하는 날이 많았다. 명절날 대기근무도 거의 도맡다시피 했다. 아이들과 같이 놀아주지 못하는 것이 미안하여 상대적으로 일이 적은 휴일이나 명절에는 사무실에 데리고 와서 딸은 책을 읽도록 하고, 아들은 게임을 하도록 하면서 함께 대기근무도 했다.

또한 경찰관이자 공직자로서 어떠한 어려움을 무릅쓰고서라도 반드시 수행해야 할 역할과 임무를 양심껏 실천하려 노력했다. 상사를 존중하고 부하를 배려하는 것이야말로 조직의 화합과 결속을 위해 반드시 필요한 덕목이라는 생각에서다. 더불어 상사의 고민과 걱정도 나누어짐으로써 조금 더 편하게 근무할 수 있도록 배려해 드리려 애썼다. 나이나 계급이 아래인 직원들도 존중하고자 하였다. 허물없는 사이가 아니면 갓 임용된 순경이라 하더라도 가급적 경어를 사용했다.

경찰청 정보심의관은 정보국장의 지휘를 받아 모든 정보 분석과 최종 판단을 하는 자리다. 아침과 저녁으로 경찰청장님께 주요정보와 지휘참고 자료를 보고하고, 다음 날 청와대는 물론이고 각 부처에 보내야 할 각종 정보보고서를 전결처리한다. 잠시 게으름을 피울 수도 긴장을 늦출 수도 없다. 아니 그래서는 안 되는 직책이다.

낮에 발생한 상황을 포함한 치안정보 보고서가 작성되면 매일 야간에 결재를 해주어야 직원들이 퇴근할 수 있다. 직원들이 보고서를 작성하는 동안 잠깐 나가서 저녁식사라도 하고 들어오면 직원들의 퇴근시간은 그만큼 늦어질 수밖에 없다. 개인 건강관리를 위해 운동할 시간도 마땅치 않았다.

할 수 없이 묘안을 짜냈다.

청장님 저녁보고를 마치는 오후 6시 10분을 전후하여 헬스장으로 가서 1시간 동안 운동을 하고 저녁식사를 사무실에서 주로 떡으로 해결했다. 개인 운동도 하고 직원들 퇴근시간도 9시 이전으로 당겨 주는 일거양득의 효과를 거두기 위한 것이었다.

그런데 직원들은 내가 떡을 아주 좋아하는 줄 알았는지 시골에서 자란 직원들은 휴가를 다녀오면 의례히 고향 떡을 가져오곤 했다. 제주 오메기떡, 안동 버버리찰떡, 의령 망개떡, 상주 곶감떡, 영광 모시 송편 등 전국의 떡이 사무실 냉장고에 가득 찼으니 떡 백화점이 따로 없던 시기다.

대외적으로는 업무집행 과정에서 국민의 뜻을 존중하는 것은 물론이고, 국민 개개인의 생활여건과 처지를 배려하며 치안활동을 전개했다. 관서장으로 근무할 때에는 사안에 따라 법집행의 완급도 조절했고, 단속과 처벌보다는 예방과 홍보에 중점을 두었다.

한 번 꺼낸 말은 반드시 책임지겠다는 자세로 생활했다. 추진과정에서 관심이 소홀해지거나 나 스스로 게을러져서 흐지부지해질지 모르는 업무, 나부터 많이 시간을 내어 움직이고 활동해야 하는 업무는 공개적으로 목표와 과정을 선언함으로써 스스로 족쇄를 채워 게으름을 이겨내기도 하였다. 경찰관 임용 선서 당시의 기분과 선서내용을 늘 잊지 않고 가슴속에 간직하며 실천했다.

하지만, 이렇게 30년을 산다는 것은 매우 힘든 일이 아닐 수 없다. 오죽하면 퇴임식장에서 "앞으로 솔선수범, 언행일치, 초지일관의 세 가지를 가끔씩은 지키지 않아도 된다는 생각 때문에 오늘 퇴임이 더없이 홀가분하기도 하다."는 농담까지 했을까?

13. 서대문경찰서에서 정년을 맞고 싶다

2006년도에 서대문경찰서장으로 근무할 때다.

연말에 정년퇴임 하시는 선배님들의 퇴임식을 해드리려는데, 대부분 참석하지 않겠다고 하신다. 경무과에 이유를 물었더니 후배들에게 해준 것도 없는데 괜히 행사 준비하는 후배들만 피곤하게 만드는 일이라며 손사래 치신다는 것이다.

퇴임하시는 분들께 '행사를 잘 준비하겠으니 꼭 참석하셨으면 감사하겠다.'고 일일이 직접 전화를 드렸다. 설득이 주효했는지 다행히 해외여행을 가야하신다는 한 분을 빼고는 네 분이 참석하시겠다고 하셨다.

정성을 다해 준비했다.

우선 퇴직하시는 선배 내외분들을 존경하는 의미에서 좌석을 단하의 상석으로 모시고, 서장을 포함하여 과장들까지 일반석으로 자리를 배치했다. 단상은 축하공연을 해야 했기에 비워 두었다. 선배님들이 행사장으로 들어오는 통로 중앙에는 예식장처럼 레드카펫을 깔았다.

둥근 다과테이블, 풍선 장식, 서대문구 여성합창단 초청, 경찰서 직원들로 구성된 사물놀이패와 판소리 공연, 경찰재직 중의 활동상은 물론 동료와 가족들의 인터뷰를 담은 동영상을 제작해서 상영하는 등 호텔에서 열리는 축제 분위기로 연출했다.

행사시작 전에 서장을 포함하여 모든 참석 경찰관들이 행사장에 앉아 기다리다가 퇴임하시는 선배님들 내외분이 신혼부부들처럼 손을 잡은 채 행사장으로 들어오실 때에는 모두 기립박수로 맞이하였다. 평생을 경찰관으로서 잘 근무할 수 있도록 헌신적인 내조를 해주신 사모님들께는 서장 명의로 감사패를 드렸다.

퇴임 선배님들께는 퇴임 소감과 후배들에게 당부하실 말씀을 하실 수 있는 기회도 드렸다. 김이수 경위님은 며칠을 고민해서 쓰셨다며 A4용지 4매 가량의 글을 적어 오셔서 씩씩하게 낭독하셨다.

요지는 "청춘을 바쳐 열심히 일했다. 이제 퇴직하면서 일자리를 알아보려는데 정규직으로 150만원의 봉급을 준다는 곳이 없다. 경찰은 보람도 크고 참 좋은 직장이니 모두 천직으로 알고 일이나 열심히 해라."는 말씀이셨다. 글을 너무 재미있게 쓰셔서 모두 배꼽잡고 웃기도 했다.

마지막으로 서장을 포함하여 전 서원이 퇴임하는 선배님들께 대한 경례를 하고, 4층 행사장부터 앞마당까지 도열하여 일일이 악수를 하며 보내드렸다. 현관 앞에서 퇴임하시는 분들을 한 분 한 분 포옹을 해드렸더니 행사내내 참았던 눈물을 흘리셨다.

퇴임식 동영상을 5분 정도로 줄여 서대문경찰서 홈페이지에 게재했다.

서울 시내 다른 경찰서에 근무하는 경찰관이 '퇴직하는 선배들에 대한 예우를 서대문경찰서처럼 해야 하는 것 아니냐?'는 글과 함께 이 동영상을 사이버경찰청 홈페이지에 옮겼다.

당시 사이버경찰청 홈페이지의 경찰관 전용게시판에는 아무리 좋은 글이라 하더라도 조회 건수가 3000건을 넘기지 못했는데, 이 동영상은 1만 건을 넘어섰던 것으로 기억한다. 댓글 중에는 '나도 서대문경찰서에 가서 정년을 맞이하고 싶다.'는 내용이 가장 인상 깊었다.

그만큼 경찰관들은 조직으로부터의 배려나 상사의 정에 굶주렸는지 모른다. 이후 중앙경찰학교 경무학과 교수를 시작으로 제주를 비롯한 각 지방청과 경찰서에서 행사 전체를 녹화한 동영상과 행사계획서를 보내달라는 요청이 쇄도했다. 할 수 없이 CD로 수십 매를 제작하여 요청하는 경찰관서 마다 전파했다.

지금은 각 경찰관서의 퇴임식 분위기가 딱딱함에서 축제 분위기로 많이 바뀌었다. 하지만, 아직까지도 퇴임식 행사에 참석하기를 주저하시는 분들이 많이 있다. 전날까지 참석하겠다고 하셨다가 막상 행사 당일 아침에 오시지 않겠다고 하는 분들도 있으시다.

가까운 분들에게 솔직한 마음을 여쭈어보면 "평생을 경찰에서 근무했는데, 낮은 계급으로 퇴직하는 것이 가족들 보기에 민망하고 그게 마음 편할 리 없지 않느냐?", "사소한 실수 때문에 가벼운 징계를 한 번 받았는데, 그렇다고 하여 다른 사람들 다 받는 훈장을 나만 받지 못하니 부끄러워 못 간다."고 답하신다. 맞는 말씀이다. 경찰관, 특히 하위직 경찰관들에 대한 처우가 획기적으로 개선되어야 하는 이유이다.

14. 겁도 눈치도 없는 경찰서장

2003년 4월에 만38세의 나이로 고향인 당진경찰서장으로 부임했다. 부임하던 길에 정보계장은 역대 최연소 경찰서장이라고 귀띔해주었다. 그 이후에 나보다 젊은 서장이 부임하지 않았으니 그게 사실이라면 아직까지 그 기록은 깨지지 않은 셈이다.

당시에는 읍면마다 1개소씩 모두 12개의 파출소가 설치되어 있었다. 파출소 근무인원이 적다보니 소장을 제외한 나머지 인원이 2~5명씩 24시간 근무하고 24시간 휴게하는 맞교대하는 형태로 근무하는 시스템이다.

파출소경찰관은 피로가 누적될 수밖에 없고, 신고사건이 없는 밤 12시가 넘으면 대부분 순찰차 안에서 졸거나 잠을 잘 수밖에 없다고 했다. 모든 파출소 경찰관들이 12시 넘어 졸거나 자는 것은 문제가 아닐 수 없다. 더군다나 야간에는 심심찮게 농축산물 도난사건과 침입절도 사건도 발생하고 있고, 군민들이 파출소 직원들을 믿고 모두 편안히 쉬고 있는데….

우리 경찰서뿐만 아니라 전국 대부분의 시군지역의 경찰서가 이 같은 현실을 어쩔 수 없다며 묵인하거나 사실상 방치해왔던 것이 아닐까? 경찰서장이 이를 알면서 그대로 방치하는 것은 잘못이라고 생각했다.

그렇다고 내 책임을 면하기 위해 '심야시간에 근무자들은 졸지도 말고 자지도 마라. 그렇지 않으면 감찰을 통해 점검 하겠다'는 식의 실정에 맞지도 않는 무책임한 지시를 한다는 것은 스스로의 양심에도 어긋나는 일이었다. 야간 근무자들이 졸거나 자지 않고 근무할 수 있도록 충분한 인원을 보충한다는 것은 서장 위치에서는 불가능한 일이기도 하다.

이에 심야 6시간 동안 2개 파출소씩 인력을 통합 운영하면서 교대로 파출소 내에서 3시간씩 취침을 할 수 있도록 근무체제를 개편하였다. 자정부터 오전 3시까지는 A파출소 근무자들이 B파출소 관내까지 순찰을 돌면서 112신고 사건이 있으면 처리하되, B파출소 근무자들은 파출소 내 숙직실에서 취침할 수 있도록 한 것이다. 반대로 오전 3시 부터 6시까지는 B파출소 근무자들이 A파출소 관할까지 순찰과 신고처리를 책임지도록 한 것이다.

경찰관들도 피로가 누적되지 않으니 더 열심히 근무를 해주었다. 자진하여 목검문소도 운영하여 농축산물 절도범을 검거하고, 음주운전 단속도 해주었다. 도난사건 검거건수가 2배로 늘어나고 발생은 감소하였다. 야간 음주단속으로 해마다 늘어나던 교통사망사고도 20% 가까이 감소하는 성과가 있었다.

문제는 지방청이었다.
지방청 생활안전과를 중심으로 '당진경찰서는 충남청에서 독립했냐?, 젊은 사람이 서장 나가더니 제 맘대로 해도 되는 것으로 생각하는 것 아니냐?'는 비아냥섞인 지적이 있었다. 서장이 책임지고 경찰서를 운영한다는데, 그것도 운영성과가 이전 보다 좋아지고 있는데, 본청과 지방청에서 정해준 지침대로 근무를 하지 않는다고 문제를 제기 하는 것은 옳지 않다고 생각했다.

특히, 통일적인 국가경찰체제이지만 경찰청이나 지방청에서 제주도 마라도 출장소에 근무하는 경찰관의 구체적인 근무시간이나 방법까지 지시하는 것은 비효율적이고 바람직하지도 않다는 생각도 들었다.

하지만, 당진경찰서 직원들의 생각은 달랐다. 소위 '지방청에 찍히면 좋을 게 없다.'는 생각이다. 할 수 없이 파출소 근무체제 개편은 일단 자체적으로 시범운영 중인만큼 향후 운영성과를 분석한 뒤 지속 여부를 보고 하겠다고 하여 마무리하였다. 이후 지방청의 불필요한 간섭은 사라졌다.

2개월 후쯤 경찰청 차원에서 전국 파출소를 아예 2~4개소씩 통폐합하여 지구대로 개편하겠다는 계획이 발표되었다. 본격시행에 앞서 지방청마다 1~2개 경찰서에서 시범운영하라는 지시가 있었다. 충남청에서는 우리 서를 시범 경찰서로 선정하여 심야시간대 파출소 통합운영제도는 사라질 위기에 처했다.

마침 당시 경찰청장님께서 전북경찰청 초도방문을 다녀오시면서 행담도 휴게소로 나를 부르셨다. 수행했던 국장님 한 분과 셋이서 차를 마시며 이런 저런 이야기를 나누다가 우리 경찰서의 파출소 통합운영 내용을 보고 드렸다. 이와 함께 파출소를 통폐합하여 지구대로 개편하려는 계획은 대도시는 몰라도 농어촌지역은 관할 구역이 워낙 넓어서 신중한 검토가 필요함을 말씀드렸다. 수행하던 국장님은 눈치 없는 서장이라고 생각했는지 그만하라는 의미로 내 옆구리를 슬쩍 슬쩍 건드렸다.

하지만, '국장님! 청장님께 제 의견을 꼭 말씀드려야 하겠습니다.'며 끝까지 말씀드렸다. 결국, 당진경찰서는 그 해 6월 1일 부터 12개 파출소를 4개씩 묶어서 3개 지구대로 개편하는 시범 운영이 시작되었고, 한동안 그렇게 운영되었다.

지구대 도입은 집단폭력 범죄 등에 대처하는 것은 물론이고, 경찰인력이 증원되지 않는 상태에서 파출소의 3교대 근무를 전면적으로 보장하여 근무여건을 개선해주고, 지구대장의 직급을 경감 또는 경정으로 상향하여 상위직 정원을 확보하기 위한 불가피한 선택이었다.

15. 사오정이 아닙니다

2011년 10월 미국 시카고에서 열린 '세계 경찰장 회의(IACP : International Association of Chiefs of Police)'에 한국경찰의 대표 자격으로 다녀왔다. 귀국길에서 '미국을 비롯한 선진국의 경찰에게 배워야 할 것은 무엇일까?'를 곰곰이 생각했다. '우리 경찰이 업무수행에 필요한 권한을 갖고, 국가와 국민을 위한 수고와 헌신에 걸맞은 대우를 받기 위해 필요한 태도와 자세는 무엇일까?'하는 고민이었다.

경찰관 한 사람 한 사람이 5정의 가치를 착실히 실천하는 것이 필요하다는 결론을 내렸다. 긍정, 공정, 열정, 다정, 진정의 다섯 가지 가치를 치안현장에서 제대로 실천할 때 국민의 신뢰와 사랑을 받을 수 있는 것이리라고 생각한 것이다.

5정 중에서 긍정이란 주어진 사실과 여건에 만족하고 행복해 하는 마음이다. 나아가 경찰관 개개인이 공사생활에 있어서 항상 긍정적으로 생각하고 생활하자는 것이다. 경찰은 업무수행 과정에서 우리 사회의 부정적인 모습을 자주 마주하게 된다. 자칫 세상이 비리와 부정, 부도덕함으로 둘러 쌓여있는 것처럼 느끼기 쉽다.

밥그릇에 모래알 두 개만 있어도 "밥에 돌 천지다."고 이야기 하지만 알고 보면 밥알이 모래알 보다 훨씬 많다. 마찬가지로 세상에도 부정적인 일들도 있지만, 긍정적인 모습과 현상들이 많은 것이다. 경찰관들이 국민의 민원을 가급적 긍정적으로 검토하고, 자신의 일처럼 긍정적인 자세로 처리해 줄 때 치안만족도도 그만큼 높아지는 것이 아닐까?

공정이란 국민의 신뢰를 바탕으로 양심에 따른 직무를 수행하는 것을 말한다. 공정하고 청렴하지 않으면 국민은 물론이고 동료들조차 경찰을 신뢰하지 않는다. 여론조사에서 친절한 경찰보다 공정한 경찰을 더 원하는 국민들이 많다는 사실도 경찰이 업무를 더욱 공정하게 처리해야 함을 암시하는 것이다.

열정이란 애정을 가지고 최선을 다하는 마음이다. 경찰관들은 주어진 업무를 열정적인 자세로 수행하는 것이 도리이다. 열정이 있어야 조직발전을 위한 고민도 하게 되고 국민을 위한 창의적인 아이디어도 나오는 법이다. 물론 경찰이 아무리 노력하더라도 법령상의 제약이나 예산 부족 등 일정한 한계를 가질 수밖에 없는 일도 적지 않다. 하지만, 업무를 수행하는 경찰관의 태도와 자세에서 진지한 열정이 엿보이면 어느 국민인들 자신의 민원이 해결되지 않는다고 하여 불만을 표할 수 있겠는가?

다정이란 애틋한 마음으로 포근하고 따뜻하게 대하는 태도를 말한다. 모름지기 공직자는 국민과 동료를 내 가족처럼 따뜻하고 다정하게 대해야 한다. 동료들에게도 따뜻하고 다정하지 못한 경찰관이 국민을 위해 친절하고 자상하게 봉사한다는 것은 어불성설이다.

아직까지 우리 국민의식 속에는 경찰관서나 경찰관에 대한 거리감이 남아 있는 것이 사실이다. 누구든지 경찰의 수사대상이 되면 겁을 먹거나 불편하고 불안해하는 것도 현실이다. 불법에 대해서는 단호하고 엄정하게 조치하되, 한순간의 실수로 인해 어려움에 처한 사람들에 대해서는 따뜻하고 자상하게 대해 주는 것이 국민을 위해서나 경찰을 위해서 바람직하다.

진정이란 거짓과 위선이 없이 참된 마음으로 대하는 태도를 말한다. 지금은 진정성의 시대라고 해도 과언이 아닐 정도로 우리 사회 각 분야에서 진정성을 요구하고 있다.

민원인을 대할 때에는 반갑게 먼저 자신의 소속과 신분을 밝히며 인사하고, 민원인의 말을 진지하게 경청하며, 경찰의 조치계획과 처리결과에 대해서는 의문이 남지 않도록 자세하게 설명해 주어야 한다. 범죄피해자를 비롯한 치안약자에게는 한 번 더 찾아가 세심히 살피는 자세야말로 진정성 있게 일하는 경찰의 모습일 것이다.

경기남부경찰청장으로 퇴임할 때까지 부임지마다 5정의 실천을 강조하였다. 담당업무를 통해 5정을 제대로 실천한 모범경찰관들을 분기별로 선발하여 포상하였다. 단순한 표창장이 아니라 표창패를 수여하여 기념이 되도록 하고 5정의 가치가 조직 내에 확산되도록 하였다.

부지런한 직원들은 무궁화의 꽃 잎 하나하나에 긍정, 공정, 열정, 다정, 진정이라는 글을 써넣은 상징물을 만들기도 하였다. 특히, 경찰교육원에서는 일과 후에 술 마시며 담소를 나누던 복지관내 휴게소를 북 카페로 개조한 뒤 '5정 마루'라 명명하고 독서할 수 있는 공간으로 활용하도록 하였다.

16. 솔선수범, 말처럼 쉽지 않다

계급과 직책이 올라갈수록 솔선수범이란 단어 만큼 귀찮고 불편한 단어가 있을까? 무슨 일을 하든지 앞장서서 하는 나를 보고 일각에서는 '쇼하는 것 아니냐?'고 비난하기도 했다. '서장이나 지방청장이 그런 일까지 해야 하느냐?'는 의문을 제기하기도 했다.

"창의적이고 열정적으로 일하기를 좋아하는 직원들은 청장님을 광신도 같이 좋아하지만, 일하기 싫어하는 직원들은 힘들어 합니다."고 나에 대한 여론을 가감 없이 알려주는 동료들도 있었다.

경찰관서장에게 있어서 부여받은 직책에 대한 책임감이란 관할지역의 치안상황 뿐만 아니라 함께 근무하는 경찰관들의 생각과 여론도 파악하여 이를 조직 운영에 반영해야만 한다. 이는 경찰관들의 힘든 수고를 제대로 격려하기 위해서도 필요하다. 물론 현장의 어려움과 고충을 일시에 다 해결해주지 못하더라도 상사로서 알고는 있어야 위로가 되기도 한다.

굳이 '노블레스 오블리주(noblesse oblige)'를 거론하지 않더라도 위험한 현장일수록 지휘관을 비롯한 간부들이 앞장서 위험에 대처해야 직원들의 신뢰도 얻을 수 있는 법이다.

1990년대 대학가 주변에는 화염병, 돌, 쇠파이프가 날아다니는 불법폭력시위와 이에 맞서는 경찰의 최루탄이 난무했었다. 진압업무를 담당하는 방범순찰대장(기동중대장)으로서 하루가 멀다 하고 이 같은 폭력시위 현장에 설 수 밖에 없었다.

다른 중대장들과 달리 언제나 진압부대 맨 앞에서 지휘를 했다. 지휘관이 대원들 뒤에 숨어 지휘를 한다는 것은 비겁하고 수치스러운 일이라는 생각에서다. 팔다리에 타박상은 일상이었고, 돌에 맞아 앞니가 부러지기도 했다. 오른 발 엄지발톱이 피범벅이 되어 빠진 적도 있었다.

함께 근무했던 '병철'이란 대원은 24년이 지난 2014년도에 사회관계망서비스(SNS)를 통해 아래와 같은 글을 보내오기도 했다.

"안녕하세요? 예전 중대장님…!

대전서부서에서 90년도에 의경생활 했을 때 모셨었는데… ㅎ

충남대 상황 나가서 대장님이 앞에서 진두지휘 하시는 바람에 어지간히 돌 좀 맞았지요. ㅎ

대장 방패라서 많이 힘들었지요.

그때 제가 2소대였고, 233기였는데 그 때는 병철이란 이름이었구요!

이쪽으로 오셨다는 말씀은 들었는데. ㅎ

그 뒤에 모신 중대장님들은 뒤에서 지휘하셨는데, 혈기왕성한 울 중대장님 맨 앞에서 선두지휘.

중대장님 돌 맞으신 날은 전 죽음… ㅎ

그 때 중대장님 다섯 개 맞으셨다면, 저흰 앞에서 열 댓 개는 맞았던 듯요….

그래도 지금 생각하면 최고의 지휘관과 함께한 시간이 추억입니당ㅎ

경찰서장으로 근무할 때도 마찬가지였다.

당진경찰서장으로 근무하던 2003년 4월경 농민들의 1.5t 트럭 250여대가 상경시위를 위해 송악톨게이트를 통해 서해안 고속도로로 진입하려 하였다. 금지된 시위라며 차단지시가 내려왔는데, 당진경찰서에 지원된 기동대는 고작 1개 중대였다.

의경부대의 맨 앞에 서서 차량 상경을 제지하였다. 나중에는 차에서 내려 몸으로 경찰을 밀치던 농민들에게 '경찰서장입니다. 밀지 마세요.'라고 두어 번 말했더니 농민들이 얼굴을 쳐다본 뒤 '어~ 진짜네?' 라면서 중단했던 일화도 있다.

2003.5.5. 저녁 9시쯤 서산과 당진지역에서 출발하는 대형 트레일러 400여대의 집단상경은 불법이니 이를 차단하라는 급한 지시를 받았다. 경찰서장 관사에 있다가 사무실로 출근하여 경찰복으로 갈아입은 뒤 직원들 비상소집 지시를 하면서 서장차를 운전하는 의경과 단 둘이 송악톨게이트로 급하게 나갔다. 톨게이트로 올라가는 진입로에 서장차를 가로로 주차시켜 놓고 그 차 앞에 혼자 섰다.

화물연대 북부지회장이 내 점퍼에 달린 명찰을 보면서 "정용선이란 경찰이 상경을 차단하고 있다"고 본부에 전화로 보고한 뒤, 내게 "차단하는 법적 근거가 무엇이냐?"고 항의하던 일이 있었다. 다행히 한 시간 후쯤 충남경찰청으로부터 '화물연대 측에서 차량시위를 하지 않고 정부과천청사 앞 주차장에

질서정연하게 주차시키는 조건'으로 상경을 허용하라는 변경 지시가 떨어져 상경차단은 중단됐다.

2개월쯤 지난 후 화물연대 지회장은 나에게 "그날 한 밤중에 서장님이 그러다가 봉변이라도 당하면 어쩌려고 혼자서 차량을 차단하셨어요?"라고 물었다. 나는 "차단하지 못하고 뚫려서 망신당하나, 화물연대 회원들한테 얻어맞아 망신당하나 망신당하기는 마찬가지다. 하지만 주어진 임무를 책임감 있게 완수하느라 노력한 점은 인정받을 수 있는 것 아니냐? 그때 비켜주지 않았으면 정말 나를 폭행하려 했느냐?"고 물었더니 함께 있던 사람들 모두가 박장대소하고 말았다.

서대문경찰서장 재임시절 낙후된 동네에서는 침입절도가 끊이질 않았다. 아침에 출근하면 맨 먼저 상황실에 들러 전날 112신고센터에 두 번 이상 신고 된 사건과 주택 침입절도 사건부터 챙겼다. 시민만족도와 체감치안에 가장 큰 영향을 주는 사건이기 때문이다. 두 번 이상 신고 되었던 사건은 그 원인을 파악하여 문제가 있으면 동일한 실수가 반복되지 않도록 개선토록 했다.

주택가 도난사건 현장은 하루도 빠짐없이 일일이 방문하면서 수사상황을 점검했다. 하루 평균 3~4건이 발생했는데, 도난 피해자들의 반응은 크게 두 가지로 나뉘었다.

"어제는 저 집, 오늘은 우리 집 이렇게 매일 도난사건이 발생하는데, 도대체 경찰은 뭐하고 있냐?"는 비난을 퍼붓는 경우가 허다하다. "우리 집에 2달 동안 두 번씩이나 도난피해를 당했다."고 목청을 높이는 피해자들도 있다.

물론, "서장님이 이렇게 현장에 나오시고 수사를 직접 진두

지휘해 주시면 우리 같은 서민들이야 좋지만 얼마나 힘드시냐?"고 오히려 서장을 위로해주시는 주민들도 계셨다. 이렇게 현장에서 서장이 모욕을 당하는 모습을 보는 형사들의 애간장은 녹아들었을 것이다. 하지만, 직원들을 나무라지는 않았다. 직원들이 무슨 잘못이 있겠는가? 도둑들이 나쁜 것이지. 형사들이 독을 품고 잠복근무와 수사를 통해 상습절도범을 속속 검거해 내기 시작하자 우리 관내에서 발생하는 도난사건은 부쩍 줄어들었다.

대전청장과 경기청장으로 근무할 때에는 초등학생들의 등하굣길 안전을 확보해주기 위해 등굣길에 경찰관을 배치했었다. 청장을 비롯하여 지방청의 간부들도 매일 함께 했다. 그렇지 않으면 흐지부지 되고 말 것이 뻔했다. 대전에서는 141개 초·중·고교를, 경기도에서는 154개 초등학교를 다녀왔다.

솔선수범이 피곤한 것은 사실이나 관서장이 모범을 보이고, 언제나 직원들과 함께 하려했다는 인식을 심어주어 일체감이 조성되어야 한다. 그래야 언제 어떠한 상황이 발생한다 하더라도 자신감 있게 임무를 완수해 낼 수 있는 것이다. 그 같은 생각은 지금도 변함이 없다.

2017년 1월에 개최된 다보스 포럼의 공식 어젠다가 '소통과 책임 리더십(Responsive and Responsible Leadership)'이었다는데, 우연의 일치일까?

17. 일 중독

퇴임 후 고향 선배님인 윤은기 전 중앙공무원교육원장님을 뵐 기회가 있었다.

"정 청장의 정책적 아이디어를 지켜보고 있었다. 그 많은 아이디어를 어디서 얻느냐?"

"경찰발전을 위해 독서와 고민을 많이 하고 현장경찰관들의 목소리를 직·간접적으로 들으려 애씁니다. 그리고 좋은 뉴스를 보면 우리 경찰에 어떻게 적용할 수 있을까를 생각해 봅니다."

갑작스런 질문이어서 '경찰을 사랑하기에 24시간 경찰만 생각하고 어떻게 하면 더 발전시킬 수 있을까 고민 한다'는 말씀을 드리지 못했다. 가끔씩 후배경찰관들이 내게 "워커홀릭(일 중독자) 아니냐?"고 물을 때마다 주저 없이 "여러분이 생각하는 것 보다 나는 훨씬 더 경찰을 사랑하고 경찰발전을 위한 고민에 몸부림치며 살고 있다"고 답하곤 했다. 세계에서 최고로 일 잘 하는 경찰간부는 아니라 하더라도 가장 열심히 일하는 경찰간부라는 자부심으로 지내왔다.

창의적인 업무수행!
대단한 칭찬이지만, 모든 경찰관 아니 모든 공직자들이 국민을 위해 그런 자세로 근무해야 한다. 문제가 터지고 난 뒤에 아무리 수습을 잘하고 재발방지책을 만들더라도 이미 피해를 입은 국민이 생겨나기 때문이다. 사전 예방이 최선이고, 예산과 노력을 덜 들이고 업무를 효율적으로 수행할 수 있다면 그 방법을 찾아내는 것이 바람직한 공직자의 도리가 아닐까?

이런 생각은 1991년 5월 치안본부의 '경찰청 발족준비단'을 비롯하여 그 해 8월 구성된 경찰청의 '2000년대 경찰행정발전 기획단', 1993년 3월 '경찰행정쇄신기획단', 1993년 10월 '수사 경찰쇄신기획단', 1994년 1월 '형사소송법 개정대응팀'에 근무 하면서 경찰의 미래에 대한 관심을 갖기 시작한 것에서 비롯 된 듯하다.

기획단 근무를 하면서 훌륭한 선배와 상사, 그리고 외부 치 안전문가들을 많이 만날 기회가 있어서 일하고 생각하는 방법 을 많이 배웠고, 이는 경찰생활에 큰 도움이 되었다. 가장 기억 에 남는 분은 경찰생활을 하면서 4번이나 모신 김중겸 전 충남 경찰청장님이시다. 얼마나 혹독하게 일을 가르치시는지 업무 가 미진하여 나무라실 때에는 눈물이 쏙 빠질 지경이지만, 일 과 후에는 친형처럼 따뜻하게 아껴주셨다.

1991년 '경찰청 발족준비단'에 근무할 때의 일이다. 우리 팀 은 치안본부가 경찰청으로 승격하는데, 경찰관들에게 무슨 선 물을 줄 것이냐를 놓고 고민하고 있었다. 경찰 근무 경험도 일 천한 28세의 경감이 무슨 아이디어가 있을까?

김 청장님은 당시 우리 팀의 과장으로 근무하셨는데, 아이디어가 없으면 꼼짝없이 저녁 9시까지 의무적으로 남아 고민을 하도록 했다. 며칠 동안 이렇다 할 아이디어가 없자 심하게 나무라셨다.

"경찰대학 나온 간부들이 그렇게 아이디어가 없으면 어찌 하느냐?"는 말씀에 자존심도 상했다.

이후 몇 가지 과제들을 제안하여 추진했다. 그 중 하나가 당시 55세이던 경사 이하 연령정년을 58세로 연장한 것이다. 아울러, 경사이하 계급장을 종전 '무궁화 잎' 모양에서 현재의 '무궁화 꽃봉오리' 모양으로 바꿨다.

한번은 경찰청 개청 기념우표 발행을 추진해보라는 지시를 받았다. 당시 체신부(현 미래창조과학부) 우표발행과의 업무였다. 우표발행계장을 찾아가 경찰청 개청 기념우표를 발행 해달라고 요청했다. 정부부처나 기관 승격을 기념하는 우표 발행은 곤란하다며 난색을 표했다. 매년 우표발행 계획이 세계 각국의 우표수집가들에게 공개 되는데, 특별우표 발행이 많으면 후진국으로 인식하게 된다는 것이 이유였다.

"그러면 대통령 해외순방 때 마다 기념우표를 발행하는 이유는 뭐냐?"고 이의제기를 하고, 우표발행과장 면담을 통해 '경찰청의 공식 요청 의견'이라며 강력히 주장을 했는데도 거절당하고 말았다. 나중에 기념우표 발행은 곤란하나 기념엽서 발행은 가능하다는 답변을 받았지만, 이번에는 우리가 거절하여 무산되고 말았다.

정책부서에서는 부임지 마다 동료들과 추구해야 할 비전과 가치를 공유하기 위해 중장기 발전계획을 수립하였다. 경찰청 생활안전국장 재임 시에는 '생활안전역량 강화 방안'을, 경찰교육원장 재임 시에는 '경찰교육원 중장기 발전을 위한 VISION 2020'을, 수사국장 재임 시에는 '경찰수사발전 종합계획(수사경찰 333프로젝트)'을 발간하였다.

지방청장으로 근무할 때에는 역점적으로 추진했던 주요 업무의 추진배경, 내용, 성과 등을 총 정리하여 백서로 발간하곤 하였다. 충남청에서는 '어르신과 장애인의 안전을 위한 맞춤형 치안활동 백서'를, 대전청에서는 '안전하고 행복한 대전 만들기(하하하 운동) 백서'를, 경기남부청에서는 '도민안심·위풍당당 TF추진 백서'를 발간하였다.

경찰교육원에서는 '포돌아! 많이 힘들었니?', '경찰리더십의 정석' 등을 발간하여 경찰관들이 가정이나 직장에서 보다 더 행복하게 살아갈 수 있도록 뒷받침 하려 하였다.

그 외에도 충남경찰청의 '호국 충남경찰사'를 비롯하여 경찰교육원의 '사진으로 보는 한국 경찰사' 등 경찰역사와 경찰업무관련 서적들도 발간하여 일선 경찰관들의 업무에 도움을 주거나 자긍심을 고취코자 하였다.

18. 22년 전의 재탕 계획

1993년 12월 31일 종무식이 끝난 오후 4시경!

모두 76쪽에 이르는 '조사요원 간부화 추진계획'에 대한 경찰청장님의 결재가 있었다.

당시 경찰청 수사1과의 기획담당 경감으로서 이 계획을 직접 수립했었다.

조사요원 간부화는 장차 수사권 독립을 위한 기반 조성을 위한 것으로 1차적으로 고소고발사건을 주로 수사하는 경찰서 조사요원, 2차적으로는 외근형사, 3차적으로는 교통사고조사요원의 1/2을 경위로 배치하는 계획이었다. 사법경찰관에 의한 전문수사체제를 구축하기 위한 것이었다.

기본계획 수결과 동시에 당시 김화남 청장님의 수사권 독립의지가 더해지면서 이듬해인 1994년 1월부터 바로 시행에 들어갔다.

수사과장은 고시 특채 경정으로, 조사계장은 경찰대와 간부후보 출신 경감으로, 조사요원은 경찰대 및 간부후보 출신 경위, 공채 및 특채출신의 40세 이하의 경위 중에서 선발하여 수사연수소(현 수사연수원)에서 12주간의 조사 전문화 과정 교육을 시킨 뒤, 강남, 서초, 송파 등 서울시내 경찰서부터 우선 집중 배치하였다.

경찰대와 간부후보 출신 경위들은 조사계에서 3년간 의무

적으로 근무토록 하되, 2년간의 순환보직을 대신할 수 있도록
하였다. 경찰대 재학생들의 경우, 계절학기 기간을 이용하여
수사연수소에서 수사전문화 과정 교육을 시키기도 하였다.

예상했던 대로 시작도 하기 전에 조사 전문화과정 교육에
입교해야 할 경위급 간부들이 반발하였다. 당시에는 경위계급
이면 일선 경찰서의 계장이나 파출소장으로 근무했는데, 갑자
기 경사 이하가 담당하던 조사실무를 하라는 것은 부당하다는
것이었다. 당시 전국 파출소장의 60%가 경위 보다 한 계급 아
래인 경사이었으니 이해 못할 바는 아니었다.
　하지만, 수사권 독립이라는 경찰의 숙원과제 해결을 위한
것인 만큼 이해해 달라는 수차례의 설득과 면담은 물론이고,
경감으로 승진시 지방전출 유예, 근무성적 평정시 1차 평정단
계에서의 강제배분 폐지 등의 당근책도 함께 제시하였다.

기존 경사이하 조사관들도 수사부서에서 상당기간 축적된
전문성과 경험을 무시하고, 수사경험이 일천한 간부로 배치한
다고 하여 수사능력이 향상되겠냐는 반발도 적지 않았다.
　타 기능의 반대도 있었다.
　수사부서만 경찰이냐는 것이다.
　경찰조직 내의 가장 우수한 인적자원을 수사부서에만 모두
배치하면 타 기능은 어쩌란 말이냐는 말들이 많았다. 결국, 모
든 기능이 동시에 발전하는 것이 바람직하지만, 수사권 독립
이란 과제를 해결하기 위해서는 우선 경찰의 수사역량과 자질
향상이 시급한 선결과제이니 불균형 성장을 선택할 수밖에 없
음을 설명하여 가까스로 반대의사들은 수면 아래로 가라앉았

다.

　당시 김화남 청장님과 정해수 형사국장님, 김상봉 수사1과
장님의 의지가 매우 컸기 때문에 가능한 일이었다.
　이 계획이 당초 계획대로 2000년대까지 지속 추진되었다면
적어도 6000여명의 경위와 1000여명의 경감 정원이 늘어나는
효과가 있었을 것이었지만, 안타깝게도 중간에 흐지부지 폐지
되고 말았다.
　경찰지휘부의 지속적인 관심의 부재, 젊은 간부들의 본청과
지방청 등 타 기능으로의 전출에 따른 후속 인력 충원이 제대
로 이뤄지지 않은 결과다.

　다만, 이 제도 도입 초창기에 조사전문화과정 출신 간부들
은 상당한 전문수사능력을 축적해 갔으며, 수사권 독립을 위
한 전위부대라는 나름의 자부심도 컸었다. 특히 검사들과의
법리논쟁을 하는 일도 잦아지면서 일부 부장검사들은 '조사간
부들이 새로운 이론을 적용하여 사건을 결론지어 송치하는 등
경찰의 조사능력이 엄청나게 발전하고 있다. 검사들도 이제
더 공부해야 한다.'고 평검사들을 채근하는 일까지 벌어질 정
도였다.
　이 조사간부들의 대부분은 지금까지 경찰수사 발전에 상당
한 견인차 역할을 해왔다. 아직까지 현직에 있는 경정 이상 수
사간부들은 그 때 부터 수사업무를 체계적으로 경험함으로써
20년이 지난 지금까지 잘 활용해 왔다고 말하곤 한다.

　2014년 12월 3일에 수사국장으로 발령받았다.

1997년 2월에 형사국 폭력계장을 떠난 지 18년 만이고, 1992년 1월 10일 자로 형사국 수사1과 기획담당 경감으로 발령받은 지 23년 만이다.

경찰이 수사권을 갖기 위해서는 전문적인 수사능력과 청렴성을 바탕으로 하는 국민의 신뢰 확보가 가장 중요하다는 소신에 변함이 없었기에 부임 즉시 '경찰수사발전 종합계획'(이른바 333 프로젝트 : 3대 추진전략, 33개 과제)을 수립하였다.

이 계획 중 한 개의 과제가 '사법경찰관 중심 경제팀 수사체제 구축'이었으니, 22년 전에 추진했던 '조사요원 간부화 추진 계획'의 재탕인 셈이다. 물론, 이번에는 경제팀으로만 한정했다. 이미 교통사고조사나 형사분야는 검찰의 수사능력 보다 앞서고 있다는 자신감이기도 하다. 이번에는 지속가능성을 담보할 수 있도록 수사경찰 인사관리방안까지 함께 마련했다.

22년 후 또 다른 후배들이 이 계획을 다시 수립하는 일이 없도록 이번에는 제대로 추진되어 경찰수사권 조정에 작은 보탬이 되기를 기대해 본다.

19. 문턱과 가림막

경찰은 계급조직이다. 혹시 나에게 남아 있을지 모르는 권위주의를 없애는 대신 직원들과는 소탈하고 편하게 지내려 애썼다. 쉽지 않았다. 모두가 낯설어 하기 때문이다.

일선 경찰서에서는 경정 과장부터, 지방청이나 경찰청에서는 총경 과장부터 사무실이 직원들과 따로 분리되어 있다.
하지만, 관서장으로 근무 할 때는 물론이고 국·과장을 할 때도 언제나 출입문을 열어 두었다. 특히 출입구 안쪽에 있던 가림막을 제거했다. 다른 관서나 다른 과에서 오는 직원들은 당연히 문이 닫혀 있거나 가림막이 있는 줄 알고 떠들며 오다가 당황하기도 했다.

한여름에는 결재하러 오는 직원들이 양복상의를 꼭 걸치고 들어온다. 얼마나 덥고 힘들겠는가? 그래서 외부와의 공식행사가 아닌 한 회의나 결재 시 상의를 벗고 들어오도록 했다. 기대와 달리 한 동안 잘 지켜지지 않았다. 그래서 '앞으로 내 집무실이나 회의장에 상의를 입으면 들어오지 못하게 하겠다.'고 몇 차례 공개적으로 엄포도 놓고 지키지 않는 사람에게는 주의도 주었다.

정보2과와 기획과는 보고서의 양이 많기 때문에 경감 반장이나 담당 경위들이 수시로 과장실에서 업무를 협의할 일이 많다. 그 때마다 구두를 신고 들어오기에 슬리퍼 신은 상태로 그냥 들어오도록 했다. 역시 잘 안되었다. "우리 과에는 배짱 있는 사람이 한 명도 없냐?"고 했더니 변하기 시작했다. 정보2과와 기획과는 아직까지 이 전통(?)이 남아 있다고 들었고, 일부 다른 과에서도 따라 하기 시작했다는 말을 전해 들었다.

2004년 정보2과장 근무 시에는 여름철 전력난 때문에 실내 냉방온도가 상향 조정되어 공무원부터 노타이 근무나 편의복을 입고 근무할 수 있도록 해줄 것을 청와대에 정책자료 형태로 건의하였다. 이 건의 때문인지는 몰라도 정부차원의 에너지 절감대책의 일환으로 모든 공무원의 노타이 근무지시가 내려오기도 했다.

일과 중에 직원들이 근무하는 사무실을 불시에 방문하여 차를 같이 마시기도 하고, 빵과 음료수를 사가서 이야기를 나눠도 기본적인 거리감은 쉽사리 해소되지 않는다. 심리적으로 조금 편한 느낌을 줄 정도일 수밖에 없다. 방문하는 사무실이 주로 내근부서에 집중되다보니 외근부서를 홀대하고 내근부서만 편애하는 것 아니냐는 여론도 있어서 조심스럽기도 했지만, 진심은 이해하리라고 믿을 수밖에.

간부들의 결재시간이나 방법도 제한하지 않았다. 결재권자인 청장이 아니라 결재를 받으러 오는 과·계장의 입장에서 편한 시간을 선택하도록 했다. 비대면 혹은 대면결재를 하든, 보고를 서면으로 하든 전화나 문자로 하든 신경 쓰지 않았다. 오히려 보고는 문자나 카톡으로 지휘라인과 관련 부서장에게 동시에 하는 것이 협업의 효과가 있다며 적극 권장 했다.

사실 일선 경찰서장이나 과장들의 경우 부장, 차장을 거쳐 지방청장까지 보고 하려면 부속실이나 수행 비서를 통해 "지금 통화 가능한지?" 일일이 전화로 먼저 확인해야 하는 부담이 있고 그게 여간 신경 쓰이는 일이 아님을 잘 알기 때문이다.

단체 카톡방을 이용하여 한꺼번에 보고하면 시간도 절약되고 그만큼 의사결정의 속도도 빨라진다. 함께 근무했거나, 근무하고 있는 직원들과 SNS를 통해 그냥 편한 친구처럼 이야기를 주고받고 댓글을 달거나 '좋아요'를 누르는 방법으로 거리감을 좁혀 나가려 애썼다.

하지만 인사주기가 1년이 채 안되니 큰 효과를 보지 못하는 점은 안타까운 일이다. 상하동료간에 서로 편하게 이야기 나누고 소신껏 자기 의견을 주고받을 수 있는 조직문화가 가장 바람직한 것인데, 언제쯤 가능해질 것인가?

거리감을 좁히기 위해서는 함께 근무하는 경찰관들의 삶의 이야기를 서로 나누는 것도 필요하다. 그래서 경찰관의 남편과 아내, 그리고 자녀들의 삶의 애환을 담아낸 글을 공모하여 포상을 하고, 우수 작품들은 책으로 펴내기도 하였다.

서대문경찰서는 '참수리 가족의 행복날개' 1호와 2호를, 충남경찰청에서는 '아름다운 동행'을, 경기남부경찰청에서는 '사랑하는 그대에게', '땀 심은데 미소 피어나고' 등 2권을 발간하였다. 경찰가족들에게는 작은 기념이 되기도 했으리라.

20. 갓(god) 용선

    조직의 리더라면 누구든지 소속 구성원들로부터 신뢰와 존경을 받고 인기를 얻고 싶은 것은 당연한 희망사항이 아닐까? 하지만, 이는 바람직한 비전 제시와 사기 진작을 통해 조직의 목표를 효율적으로 달성하고, 구성원 개개인의 다양한 욕구를 충족시켜줄 수 있을 때 가능한 일이다.

    경찰은 계급구조가 종형이 아닌 압정형에 가깝다. 그러다보니 일반 행정직 공무원들에 비하여 승진 속도도 더디다. 공무원보수와 수당은 직급이나 계급에 따라 급여액이 결정되는 체계다. 게다가 경찰은 일반직 보다 한 계급이 더 많아서 5급 상당인 경정까지 승진하려면 그만큼 승진소요기간도 길어진다.
    같은 해에 직급이 똑같은 일반직 9급 공무원과 경찰 순경이 되더라도 재직기간이 길어질수록 일반직 공무원들에 비하여 경찰공무원의 처우가 상대적으로 열악해질 수밖에 없다.

    고위직으로 승진할수록 직원들에게 미안한 마음이 가득하다. 지방청장이 된다고 한들 직원들의 사기진작을 위해 해줄 수 있는 수단도 마땅한 게 없다. 소속 경찰관들이 헌신적인 자세로 임무를 수행하고 뛰어난 업무성과를 창출하더라도 특진은 고사하고 1만원의 수당조차 마음대로 올려줄 수 없다. 표창과 포상휴가가 있으나 그나마도 정원의 30~40%라는 총량제에 묶여 있다. 직원들에게 항상 빚진 기분으로 지낼 수밖에 없다.

　능력과 성과에 부합하는 공정한 인사를 통한 인정감의 부여, 우리는 하나라는 심리적 유대감의 조성이 필요하나 인사 주기가 짧다보니 직원들의 능력과 자질을 파악할 즈음에는 다른 곳으로 부임해야 한다. 직원들의 어려움을 이해하고 해소해 주려는 자세를 갖는 것과 함께 따뜻한 정을 나누어 줄 수밖에.

　지방청장으로 근무할 때에는 경찰관 재직 30년이 된 경찰관에게 전원 공로장을 수여하였다. 기념배지도 제작하여 근무복에 부착하도록 함으로써 후배들이 장기 재직 선배들을 예우하도록 하였다. 하루의 포상휴가를 부여하여 적어도 입직 30년이 되는 기념일에 가족들과 식사라도 할 수 있도록 배려하였다. 대전청장 재임 시에는 30년 재직자 전원에게 제주도 여행을 보내주기도 하였지만 문제는 언제나 예산부족이었다.

　다른 직종도 마찬가지지만 밤샘근무가 쉬운 일이 아니다.
　밤샘 근무를 한 직원들도 다음 날 규정대로 쉬지 못하고 눈치보고 앉아 있기 일쑤였다.
　경찰서장 할 때부터 "당직근무 후 규정대로 퇴근하라."고 강조했지만 잘 지켜지지 않았다. 과·계장들부터 솔선하지 않기 때문이다. 할 수 없이 "당직 후 휴게하지 않는 과·계장은 나하고 같이 근무하고 싶은 생각이 없는 사람들로 생각하겠다."고 엄포를 놓고, 실제 확인도 하자 완전히 정착되었다.
　경찰청 수사국장 재임 시에는 형사 당직근무를 최대 12시

간 교대 근무로 전환하도록 지시하여 경찰창설 이래 유지되어
온 24시간 형사 당직근무를 개선하였다. 어쩌면 24시간이 편
하다며 다시 되돌린 관서도 있을 것이다. 하지만, 나이가 들수
록 자신의 건강을 좀 먹는다는 사실을 깨달아야 한다.

취객들에게 시달려야 하는 지구대나 파출소 근무체계중 3
조2교대의 근무시스템을 4조2교대 내지 5조3교대로 전환하였
다. 경기남부청의 경우 근무경찰관들의 의견을 수렴하여 우선
11개소를 4조2교대로 추가로 전환하였고, 경찰인력증원계획
에 따라 인력이 충원 되는대로 단계적으로 추가 전환할 수 있
도록 하였다. 업무도 중요하지만 경찰관들의 건강권과 가정의
행복추구권이 우선이기 때문이다.

만성적인 경찰력 부족은 몸이 아파서 또는 출산을 위해 휴
가나 병가를 가야 하는 경우, 육아휴직을 해야 하는 경우에도
눈치를 볼 수밖에 없도록 만든다. 이에 경찰서 인력을 배치할
때에는 정원대비 현원이 아닌 실제결원율을 기준으로 하여 인
력을 배치함으로써 인력운영의 어려움을 최소화 할 수 있도록
하였다.

전용 편의시설이나 숙소도 없는 관서에는 여경을 배치하지
못하도록 하였다. 경기경찰청장으로 취임 직후 개최한 지휘부
회의에서 취임 일성으로 여경이 근무하는 곳에는 여경숙직실
과 전용화장실을 반드시 마련하도록 하였다. 건물여건상 시설
설치가 불가능할 경우 아예 여경배치를 금지하도록 하였다.

매년 5월에는 효자효부를 선발하여 부모님을 잘 봉양하는

경찰관들에 대한 포상을 잊지 않았다. 물론, 경찰관 본인 보다 가족이 받아야 할 상이어서 부부명의로 표창을 수여했었다.

함께 일하는 경찰관들에게는 동료나 형제라는 생각이 들도록 실없는 농담을 하면서 항상 웃으며 지내려 노력했다. 아무리 실수를 하더라도 직원들에게 화를 내지 않았다.

퇴임 무렵 경기남부청의 비서실장이 내게 물었다.

"청장님! 별명이 뭔지 아십니까?"

"뭔데?"

"갓용선 입니다."

속으로 긴장하며 '어 이거 뭐지?'하고 있는데, "GOD 용선이란 뜻입니다."

아이돌 그룹이 생각나서 "나는 음치인데?"라며 의아해 하자, "그게 아니라 신이란 뜻의 god를 의미하는 '갓'입니다."

"그건 신성 모독인데?"

"청장님은 우리가 크고 작은 실수를 하더라도 한 번도 화내지 않고 웃으며 넘기셨거든요. 그래서 청장님의 심성은 신에 가깝다는 뜻에서 '갓용선'이란 별명을 지은 겁니다."라고 친절하게 해석을 해준 일도 있다.

모범경찰관들에게 표창을 주러 또는 악수하러 옆으로 다가가면 덜덜 떠는 경찰관들도 더러 있다. 그럴 때 마다 "안 때려요. 너무 긴장하지 마세요!"라고 농담을 해서 분위기를 풀어주곤 했다. 하지만, 그만큼 경직된 조직분위기를 완전히 바꿔놓지 못한 데 대해서는 지금까지 미안하고 아쉽게 생각한다.

21. 취임사와 이임사만큼은 내손으로

　경찰서장이나 지방청장으로 발령 받으면 당장의 고민거리가 취임사다. 지나고 보면 취임사 내용을 기억하는 직원들이 거의 없지만, 관서장으로 발령받은 사람의 입장에서는 직원들에게 주는 첫인상이기에 신경 쓸 수밖에 없다.

　경정, 경감 때는 서장이나 지방청장으로 영전해 가시는 분들의 취임사를 가끔 대필해 드렸다. 물론 대강의 요지를 받아서 작성한다.

　당진서장 때부터 취임사는 모두 직접 썼다.
　항상 바람직한 경찰상과 경찰의 발전 방향과 비전에 대해 고민하고 있었기에 긴 시간이 필요치 않았다. 인사발령 후 짧은 부임기간 안에도 충분히 마무리 할 수 있었다. 그렇기 때문에 취임사와 이임사를 대부분 개인블로그에 지금까지 간직하고 있다.

　이임사는 취임사를 꺼내어 그대로 실천했는지를 되돌아보면서 작성했다. 취임사와 달리 이임 시기가 연말이기에 충분한 시간도 있다. 하지만, 경찰교육원장 취임 때에는 취임사를 직접 쓰지 않았다. 아니 못했다. 교육원에 근무하는 후배에게 대강의 요지를 불러주고 작성해 달라고 했다.
　3년 차 치안감이었고 이미 지방청장을 두 군데나 거쳤는데,

그리고 대전청장으로서 참 열심히 근무했는데 한직이나 다름없는 교육원장으로 발령이 나니 인사에 승복하기도 어려웠고 직접 쓰고 싶은 마음도 없었다.

당시 인사에 대한 아쉬움은 나뿐 만이 아니었나 보다.
대전의 어느 기관장께서는 '대전은 청장님한테 많은 빚을 졌습니다.'는 문자를 보내주셨다. 어느 대학 교수님은 '청장님처럼 그렇게 열성, 헌신적으로 창의적으로 임무에 열과 성을 다하시는 분은 제 생애 거의 본 바가 없습니다.'는 문자로 위로해 주셨다.

어느 언론사 대표께서는 '참으로 고생 많으셨습니다. 대전에 오셔서 대전경찰에 대한 신뢰를 한 단계 이상 업그레이드 시켰다는 평가를 받고 있습니다. 아마도 큰 일 하실 것이라 믿습니다. 큰 나무란 것을 시민들이 보았으니 큰 재목이 될 점 미루어 짐작하기 어렵지 않습니다. 경찰의 교육에 혼신을 다하시고 돌아서면 그 때는 큰 쓰임이 기다리고 있을 겁니다. 몸가짐에 늘 신중하세요. 건강하시고 걸음마다 두드리고 또 두드리세요. 두 길은 없다고 생각하세요. 오직 한 길만 있다고 생각하시고 건승하세요. 감사합니다.'라는 문자를 보내 오셨다.

'사표를 던지라는 무언의 요구일까?'라는 고민까지 해봤다.
하지만, 아내는 "경찰에서 당신같이 열정적으로 일하고 성과를 내는 사람이 어디 있나요? 인사권자는 당신을 아마 강제로 퇴직시키고 싶은데 흠이 없어 그러지 못하고 이리로 보낸 것 같은데, 당신이 알아서 사표까지 내준다면 얼마나 좋아하겠어요? 하나님께 기도하며 끝까지 최선을 다해 보세요."라는 말로 위로해 주었다. 결국, 취임 3일 만에 마음을 다잡고 경찰교육원의 교육개혁에 불을 붙였다.

아래는 대전청장의 이임사 전문이다.

이임을 앞두고 스스로에게 물어봤습니다.
'다시 한 번 대전경찰청장을 하라고 하면 하겠는가?'
제 대답은 "자신 없다" 입니다.
경찰관으로서 언제 어디서나 그래왔듯이 저의 모든 능력과 시간, 체력, 열정을 다 받쳐 일해 왔기 때문입니다.

"어떻게 하면 대전을 더 안전하고 행복한 도시로 만들 수 있을까? 어떻게 하면 대전경찰, 나아가 대한민국 경찰이 국민의 사랑받는 경찰이 될 수 있을까?"를 늘 고심하느라 정신적으로나 육체적으로 사실상 소진상태에 와 있다고 해도 과언이 아닙니다.

지금 이 순간만큼은 해야 할 일들을 다 마무리 하지 못한 아쉬움도 작지 않지만, 중책으로부터 벗어났다는 묘한 해방감 때문에 마음은 가볍습니다.

발령 며칠 전에는 제가 직접 작성했던 취임사도 꺼내어 다시 읽어 봤습니다.
저는 대전시민과 대전경찰 앞에 다섯 가지 과제를 제시했었습니다.
우선, 4대 사회악을 근절하여 보다 안전한 대전을 만들자.
둘째, 기본임무도 충실히 수행하여 안정된 치안을 확보하자.

셋째, 확고한 안보태세를 확립하여 시민들이 안심하고 살 수 있는 여건을 조성하자.

넷째, 시민과 동료에게 더욱 따뜻하고 자상한 경찰이 되자.

다섯째, 활력 있고 스마트한 조직문화를 창출하자는 것이었습니다.

스스로 "잘 실천했는가?" 되돌아 봤습니다.

발버둥이라고 표현할 만큼 열심히 노력했다고 생각합니다.

실제, 많은 성과도 있었습니다.

하하하 운동을 시작하면서 5대 범죄가 6.5%, 강절도는 12.7% 감소했고, 검거율도 10%P 이상 향상되었습니다.

교통사망사고감소율은 지난 해 전국 최하위에서 오늘 현재 30%나 감소되어 전국 1위를 달리고 있습니다.

청소년범죄가 감소하였고, 최근 4년간 청소년가출 증가율 1위 도시에서 감소 도시로 바뀌었습니다.

하반기에는 6대 광역시 중에서 체감안전도 1위를 차지하기도 했습니다.

전국 경찰축구대회에서 우승을 차지하기도 했고, 한국장애인인권상을 수상하기도 했습니다.

등하굣길 안전활동을 시작하면서 학교와 학부모들의 격려가 이어졌고, 학생들의 감사편지도 끊이질 않았습니다.

사회 이목을 집중시키는 사건도 없었고, 소소한 사건들마저 대부분 해결되었습니다.

지방청의 역할을 관리와 감독, 감찰 보다는 일선을 칭찬하고 격려하고 지원하며 뒷받침하는데 중점을 둔 결과, 자체사고도 크게 줄었습니다.

시민들께서도 경찰의 시기적절하고 다양한 치안활동을 지켜보면서 고마움을 표해 주셨습니다.

경찰에 대한 시민들의 인식도 많이 향상되었다고 생각합니다.

그러나, 가장 큰 성과는 우리 스스로 패배주의와 냉소주의를 벗어버리고, '우리도 하면 된다'는 자신감을 얻은 것입니다.

그 중심에 바로 여러분이 있었습니다.

때로는 펄펄 끓는 아스팔트 위에서, 때로는 살을 에는 추위를 무릅쓰고 헌신적으로 근무해준 현장경찰관들의 숨은 노고와 땀이 있었습니다.

제가 3,000여 대전경찰 모두에게 진심으로 감사드릴 수밖에 없는 이유입니다.

여러분이 한없이 자랑스럽습니다.

또한, ㅎㅎㅎ 운동에 적극적으로 참여해 주신 추진본부 가입 513개 기관 단체장님들과 시민 여러분께도 감사드립니다.

이제 범죄를 예방하는 일은 더 이상 경찰만의 몫이 아닙니다. 지역사회가 함께 협력하고 힘을 모을 때 가능한 일입니다.

끝으로, 업무 추진과정에서 본의 아니게 여러분의 마음을 아프게 했거나, 서운하게 했던 일들도 많이 있었을 것입니다.

혹여 아직까지도 상처가 남아있다면, 제가 업무의욕만 앞세웠거나 부덕한 결과였습니다.

이 자리를 빌어 정중히 사과드리고자 합니다.

일한만큼, 수고한 만큼 충분히 보상해주지 못한 부서와 경찰관들도 많이 있습니다. 참으로 미안하게 생각합니다.

　그러나, 여러분의 헌신과 수고는 모두가 자랑스럽게 기억하게 될 것입니다.

　이제 대전에 대해서는 아름답고 행복했던 추억, 그리고 여러분에게 받은 과분한 사랑과 따뜻한 정만을 소중히 간직한 채 떠나려고 합니다.
　새로운 청장님을 중심으로 언제나 긍정적이고 열정적인 대전경찰의 날마다 발전하는 모습을 행복한 마음으로 지켜보겠습니다.

　개인적 욕심이 있다면, 함께했던 여러분에게 '그리움의 대상'이 되는 사람으로 남고 싶습니다.
　좋은 소식이든 힘든 일이든 언제나 알려주시기 바랍니다.
　기쁜 마음으로 함께 하겠습니다.
　여러분과 가족 모두의 건강과 행복을 진심으로 기원합니다.
　여러분 참 고마웠습니다. 그리고 사랑합니다.

22. 사랑과 인정에 목마른 일선 경찰관들

　현장경찰관들에게 조직 내부적으로 특히 상사로부터 존중과 배려를 받고 있다는 느낌을 주려고 노력했다. 그래서일까? 지극히 당연하고 사소한 배려에 감동하여 편지를 보내주는 경찰관들이 많이 있었다. 이런 편지들은 직원 편에 서서 일하거나 직원들에게 더욱 따뜻한 정을 주고 싶은 마음이 시들지 않도록 하는 영양제이자 활력소였다.

　2014년 4월 10일 충청도의 지역신문인 금강일보에 '일선 경찰관들을 위한 변명'이라는 아래의 칼럼을 게재한 적이 있다.

　일선 치안현장에서는 경찰관을 사람이 아닌 신(神)의 능력을 가진 존재쯤으로 생각하는 분들이 있다. 비록 소수에 불과하지만, 이 분들은 경찰관이 언제 어디서든 친절해야 하고, 발생하는 사건마다 빠짐없이 검거해야 하며, 신고내용과 상관없이 즉각 현장으로 출동해서 자기 민원부터 입맛대로 해결해 주어야 한다고 생각한다.

　강력사건이 발생하면 치안불안을 과도하게 염려하기도 한다. 사실 해마다 하루에 살인사건은 1~2건, 강도는 5~6건씩 발생해 왔는데도, 강력사건 한 두 건 발생 소식에 당장 치안이 크게 흔들리는 것처럼 과장까지 한다. 해외여행 경험이 있어서 우리나라가 일본, 싱가포르와 함께 세계 최고 수준의 치안을 확보하고 있다는 사실을 잘 알면서도 말이다.

그러면서 경찰이 업무수행 과정에서 사소한 실수라도 하게 되면, 구체적인 과정이나 원인에 대한 고려 없이 '부실 대응, 나사 풀린 경찰' 운운하며 경찰 전체를 싸잡아 비난한다. 경찰이 법령이나 경찰비례의 원칙을 준수하기 위해, 또는 가해자와 피해자의 인권을 보다 철저하게 보호하기 위해 고민하고 필요한 절차를 지켜야 하는 과정은 안중에도 없는 듯하다.

마땅한 법적 권한이나 수단이 없어 이러지도 저러지도 못하는 경찰의 사정도 알 바 아니다. 과정을 설명하면 무책임하게 변명만 한다거나 홍보에만 열 올린다고 비난하기 일쑤다.

아이러니하게도 그 분들이 경찰관을 대하는 태도는 실망스러울 때가 있다. 한마디로 막무가내다. 술에 취하면 경찰관서 내에서 고함을 지르거나 심지어 욕설과 폭력을 행사해도 괜찮은 일쯤으로 가볍게 여긴다.

민원해결이 기대에 미치지 못하면 소리를 지르거나 경찰의 공정성을 의심하여 상급기관에 진정과 투서, 심지어는 담당경찰관을 고소하기도 한다. 급기야는 혐오시설이나 공해시설도 아닌 지구대 건물 신축을 반대하는 아파트 단지까지 생겨났다.

물론 경찰에 대한 그와 같은 비판과 완벽한 대응 요구들은 경찰의 근무 자세와 매뉴얼을 보다 체계적으로 재정비하는 계기를 만들어 주기도 하지만, 상식과 사실에 근거하지 않은 과도한 비난은 경찰의 법 집행력을 필요 이상으로 위축시킬 수 있다.

경찰관들이 모자와 제복 속에 영혼과 인간미를 감추게 만들어 기계적인 법집행을 할 뿐 아니라, 시민들의 삶에 대한 자상하고 따뜻한 배려를 잊게 만든다. 당연히 그 피해 또한 고스란히 시민의 몫이다.

경찰업무는 판사나 검사와 같이 상황이 모두 정리된 이후에 사무실에 앉아서 교과서를 찾아가며 결론을 내릴 만큼 여유가 없는 경우가 많다. 기본적으로 돌발성과 시급성이라는 특수성이 있고, 112신고가 몰리는 경우에는 동시다발로 이어져 눈코 뜰 새 없이 바쁜 상황인 경우가 많다. 그래서는 안 되겠지만, 어찌 보면 더러 실수도 있을 수밖에 없는 것이 치안현장인 것이다.

사랑을 받아본 사람이 제대로 사랑할 줄 아는 것이 아닐까? 경찰관들이 시민의 지지와 사랑을 받는다고 느껴지면 자신감과 긍지를 가지고 더욱 시민의 안전과 행복을 위해 노력할 것이다. 나아가 경찰을 아껴주는 시민들을 위해 희생과 헌신을 주저하지 않을 것이다.

시민의 사랑을 받기 위해서는 우선 경찰 스스로도 더욱 개혁에 박차를 가하고 사회적 약자를 비롯한 어려움에 처한 분들의 사정을 일일이 잘 배려해야 할 일이지만, 시민들도 취객의 행패와 사건사고 현장의 처참한 모습에 지친 경찰관들의 영혼과 마음을 보듬어 주려는 진지한 노력이 필요한 시점인 것 같다.

경찰관은 신(神)도 아니고 슈퍼맨도 아니다. 기쁠 땐 함께 웃고 마음이 아플 땐 함께 울 수 있는 시민들의 다정한 이웃이자 친구이다. 이는 현장경찰관을 위한 변명이자, 국민을 향한 외침이다.

4일 후 이 칼럼을 읽은 부산의 어느 지구대 경찰관이 편지를 보내왔다.

존경하는 교육원장님께!
저는 부산 해운대 00지구대 팀장 경위 000입니다.
2년 전 전국 일선 현장지구대 팀장 교육 때 잠시 멀리서나마 원장님을 뵌 적이 있습니다.

그리고는 아무런 연고가 없습니다만, 내부망에서 원장님이 금강일보에 기고하신 글을 읽고서 '그래도 경찰수뇌부에 있는 분들도 현장을 알고 있는 분들이 있구나!'하는 느낌을 받고, 고마움에 이 글을 씁니다.

저는 1982.4월에 경찰을 시작하여 강산이 세 번 변한다는 세월동안 많은 지휘관들과 같이 근무해 보고 만남과 헤어짐을 보고 느꼈습니다.

'가마 탄 대감은 가마꾼의 고통을 모른다. 찻집에 앉아서 창밖에 내리는 비를 바라보는 것은 낭만이지만, 그 비를 밖에서(현장에서) 맞는 것은 같은 비라도 느낌이 다르다.'고 많이 떠들기도 했습니다.

존경하는 원장님!
고맙습니다.

현장에 근무해보지 않고서도 현장을 알아줘서 감사합니다.

솔직히 지금 현장의 분위기를 단적으로 말씀 드린다면, 항생제를 너무 투입하여 면역력을 잃어버렸다고나 할까요?

매일 반복되는 지시, 매일 죽인다는 말, 30여년을 매일같이 앵무새처럼 듣고 지내 온 세월동안 이제는 그런 지시가 면역이 되어 버렸습니다.

오늘도 어김없이 야간근무 출근하여 인수인계 시간에 앵무새처럼 되풀이되는 말~~~ 감찰을 동원하여 죽인다는 이야기 밖에 없습니다(30년 동안 죽인다?).

그래서, 개인적으로 꼭! 교육원에서 하는 힐링교육을 받고 싶습니다.

아니 꼭!~받아야 할 것 같습니다.

정말 현장을 알고 있는 분이 진정한 지휘관 입니다.

이제는 현장에 채찍만 가할 것이 아니라, 당근도 줘야 한다. 빛 좋은 기획만 수없이 해서 내려 보내고 지시할 것이 아니라, 현장의 목소리를 들어 볼 때도 되었건만....

원장님!

그곳에 계시는 동안 현장에서 교육받으러 올라오는 현장직원들의 목소리를 들어주시고. 다음에 청장님이 되시면, 꼭!~~ 정책에 반영해 주세요.

두서없이 올린 글을 끝까지 읽어주셔서 감사 합니다.

그럼, 원장님의 앞날에 무궁한 발전과 건강, 그리고 가정에 행복과 행운이 함께 하시길 바라면서... 여기서 끝맺을까 합니다.

한마디, 더~~~~~~~~~

"존경합니다."

2014년 2월의 마지막 날에는 낯선 직원으로부터 메일을 받았다. 그 해 6월말에 정년퇴임 예정인 경기 수원남부서의 모 지구대 팀장님이었다.

잘 모르는 분이어서 최근 우리 교육원에서 교육을 받으신 분인가 생각하면서 열어보았더니 내용은 뜻밖이었다.

내가 본청 생활안전국장으로 근무하던 2012년 말 '팀장 역량강화 교육장'에서 야간근무 지역경찰관들에게 반드시 2시간의 휴게(대기)를 보장해 주라고 지시해 주는 바람에 많은 지역경찰관들이 피곤함을 달랠 수 있고 건강관리에 도움이 되고 있다고 했다.

나아가 국민만족도 향상을 위해 한층 더 노력하고 있다며, 퇴직 전에 고마운 마음을 꼭 전하고 싶었다는 내용이었다.

앞으로도 현장경찰관들의 애로사항을 잘 해결해 달라는 부탁도 잊지 않았다.

'아~~' 하는 감탄사가 절로 나온다.

나도 잊고 있었던 내용인데, 이처럼 기억해 주시고, 고마움을 표현해 주시다니….

무릇 현장 경찰관들이 조직으로부터, 그리고 상사로부터 존중과 배려를 받고 있음을 느낄 때 마음이 열림을 다시금 깨달았다.

23. 입술 부르트게 만든 직원 상가 조문

初喪을 당한 경찰관들의 빈소에 가보면 썰렁한 경우가 많다. 하위직일수록 더 그렇다. 근무가 불규칙하고 업무에 바쁘다 보니 주변관리에 소홀해질 수밖에 없어서 그런 측면도 있을 것이다.

반면 다른 부처나 자치단체 공무원의 경우에는 분위기가 사뭇 다르다. 함께 근무하고 있거나, 전에 함께 근무했던 직원들이 휴가내고 와서 장례를 마칠 때까지 정성스레 도와준다.

총경으로 승진한 이후 소속 경찰관과 일반직 공무원은 물론이고 경찰관서에서 청소하시는 분들이라 하더라도 본인이나 배우자의 초상, 본인과 배우자의 부모상까지 반드시 챙겼다.

빈소가 관할 내에 있는 경우에는 빠짐없이 조화를 보내고 직접 조문을 다녔다. 관할지역이 아닌 경우에는 조화를 보낸 뒤 간부들로 하여금 대신 조문토록 하고 상주에게 전화나 문자로 위로를 했다.

경기청과 경기남부청에서는 직원들이 하도 많아서 지방청 청사에 근무하는 경찰관들의 상가에는 직접 조문을 다녀왔지만, 경찰서 소속 직원들의 상가에는 서장들로 하여금 조문하도록 하였다. 충남청장 재임 시에는 140여명, 대전청장 재임 시에는 80여명, 경기청장과 경기남부청장 재임 시에는 595명의 초상이 있었다.

충남청장 때 부여 경찰서에 근무하는 경찰관의 빙부상이 있었다.

당연한 일과여서 조문하고 온 뒤 잊고 있었다. 며칠 후 그 경찰관한테 장문의 편지가 왔다. 먼 길 마다하지 않고 다녀가서 감사하다는 의례적인 인사와 함께 '청장님이 조문하고 가신 뒤로 처가에서 저에 대한 대접이 달라졌습니다.'는 내용이다.

이 경찰관은 사회적으로 성공한 자신의 동서들과는 달리 하위직 경찰관이어서 처가에서 그저 별 볼 일 없는 대우를 받았었는데, 상을 치르고 난 뒤 처가 식구들이 자신을 보는 눈이 달라졌다고 한다. 장모님이 "자네가 사무실에서 얼마나 일을 잘하고 열심히 해서 인정을 받으면 청장까지 직접 조문을 다녀가겠나?"면서 대단하게 생각하시더라는 것이다.

솔직히 나도 사람인지라 바쁜 때에는 꾀를 부리고 싶고, 차장이나 과장을 대신 조문 보내고 싶을 때도 있었지만, 이런 이야기를 들은 후로는 중단할 수가 없었다. 돈 안들이고 사기진작을 할 수 있는 일은 바로 이런 일이라는 생각에서 직원들의 상가에는 반드시 조문을 다녀오곤 했다.

그런데, 지방청장의 일정은 대략 2주전에 확정된다.

반면 돌아가시는 분들은 예고가 없다. 때문에 미리 정해진 공식일정 사이를 헤집고 문상을 위해 넓은 지역을 돌아다니는 일은 솔직히 힘든 일이 아닐 수 없다. 문상을 마치고 사무실로 복귀하던 도중에 다시 부음 소식을 듣고 상가로 가는 일도 더러 있었다.

충남 보령이나 태안, 서산지역은 저녁 9시에 출발하여 조문 후 새벽 1시쯤 관사로 복귀하기도 하였다. 통상 3일장이기에 차가 밀리는 주말이나 휴일에도 다녀와야 한다. 힘이 들었는 지 충남청장 때는 5번, 대전청장 때는 4번이나 입술이 부르텄었다. 업무가 힘들어서가 아니라 상가에 다니느라고.

상주들에게는 대단히 미안한 이야기지만, 청장 입장에서는 부부경찰관들이 부모님상을 당할 경우, 한 번만 가도 되니 부담감은 적었다.

빈소에 직접 조문을 해드리지 못한 경기청과 경기남부청의 일선 경찰서 근무경찰관들에게는 지금까지 미안함이 남아 있다.

24. 협업치안과 예방치안의 콜라보, ㅎㅎㅎ운동

　대전경찰청으로 발령받고 업무를 시작한 지 3개월쯤 지났을 무렵, 기자들은 내가 다가가는 것도 모르고 이야기를 나누고 있었다.
　"이번 청장은 좀 달라."
　"기획통이라고 하잖아?"
　"벌써 성과가 대단해."
　공직에 있다 보니 누구보다 냉정하고 객관적인 시각을 가진 기자들의 말에 귀 기울이지 않을 수 없다. 비난을 해도 경청할 일인데 칭찬을 하고 있으니 나도 모르게 귀가 솔깃했다. 그렇다고 드러내놓고 좋아할 수는 없어서 살짝 미소로 대답했다.

　기획통이라는 말, 나를 인정해주는 기분 좋은 말이다.
　예전에는 경찰업무가 방범순찰을 돌고 범인을 검거하고 교통정리를 해주는 것이 전부라고 해도 과언이 아니다. 시대가 바뀌었다. 국민들도 방범순찰이나 범인 검거를 넘어 보다 더 적극적이고 실질적인 안전지킴이로서의 역할을 요구하고 있다.

　시대변화에 걸맞은 경찰의 새로운 임무와 역할이 무엇일까?
　그것은 시민을 안전하게 보호하고 약자들의 인권을 제대로 지켜주는 일이다. 국민들이 보다 편안하고 행복하게 살 수 있도록 수준 높은 치안을 확보하는 것이 이 시대가 바라는 경찰상이자 경찰의 역할이 아닐까?

어떤 의사가 좋은 의사일까?

병을 잘 진단해내고, 좋은 처방을 통해 질병을 신속하게 치료할 줄 아는 의사를 우리는 보통 유능한 의사라고 한다. 유능하다고 해서 반드시 좋은 의사나 훌륭한 의사는 아닐 것이다. 정말 훌륭한 의사는 정확한 진단과 적절한 치료 외에도 미리 병에 걸리지 않도록 개인의 건강을 관리해 줄 수 있는 의사다.

경찰도 마찬가지다.

이미 범죄가 일어난 뒤에 처벌하기 보다는 최대한 사회를 건강하게 만들어서 범죄발생 자체를 억제할 수 있어야 한다. 물론 검거활동을 소홀히 할 수는 없다. 발생한 범죄를 얼마나 신속하게, 그리고 얼마나 빠짐없이 검거하느냐에 따라 범죄발생률을 제어하기도 한다.

하지만, 모든 범죄를 발생하자마자 빠짐없이 검거한다는 것은 불가능에 가깝다. 범죄로 인해 이미 사망하거나 성폭력, 중상해와 같이 돌이킬 수 없는 피해를 입은 경우, 범인을 검거한들 피해회복이 불가능하고 피해자와 그 가족들의 고통 또한 오래 가기 마련이다.

중요한 것은 예방치안이 아닐까?

대전경찰청장으로 부임하면서 대전 시민을 가장 안전하게, 대전을 최고 행복한 도시로 만들고 싶었다.

안전하고 행복한 도시를 만들기 위해서는 범죄가 발생하는 근본 원인을 찾아내어 이를 치유하는 노력이 필요하다고 생각했다.

전문가들은 '가정폭력(또는 불화)이 학교폭력으로 이어지고, 학교폭력의 가해자들이 사회의 흉악범죄자가 되며, 범죄자들이 결혼을 하면 다시 가정 내에서 폭력을 행사하거나 가정을 파탄 내어 불행하게 만드는 이른바 폭력과 범죄의 악순환이 반복되고 있다.'고 주장한다.

무한경쟁에서 탈락하거나 낙오한 사람들은 좌절하게 되고, 재기의 기회마저 상실하게 되면 사회에 대해 분노를 자살이나 범죄의 형태로 쏟아내게 된다. 우리 사회가 이미 2012년도쯤 분노사회에 진입했다고 진단할 정도로 화와 분노도 많다는 것이다.

반면에 가정과 학교에서 화와 분노를 제대로 다스릴 수 있는 방법을 가르치지도 배우지도 않는다. 갈등을 해소하는 방법도 배우지 못했고, 갈등을 해소하는 사회적 시스템도 미비한 실정이다.

결국, 대전을 안전하고 행복하게 만들려면 우선 가정폭력이나 불화에서 시작된 폭력의 악순환의 고리를 끊어내고 행복의 선순환 구조로 만들어야 하며, 경쟁에서 낙오한 사람들을 잘 보듬을 수 있는 사회안전망의 구축, 그리고 사회구성원 모두가 서로를 존중하고 배려할 줄 아는 훈훈한 사회 분위기를 다 함께 만들어 나가야 하는 것이다.

이 같은 결론 하에서 '안전하고 행복한 대전 만들기'라는 범시민운동을 제안하였고, 이를 'ㅎㅎㅎ운동(읽을 때는 하하하 운동)'이라고 명명하였다. 이는 행복의 선순환 구조를 만들기 위해 필요한 '훌륭한 부모, 행복한 가정, 훈훈한 사회'의 첫 자음인 'ㅎ'을 따서 붙인 이름이다. ㅎ아래에 아래아 (.)를 붙여 웃음소리와 같이 하하하라고 읽을 수 있게 하였다.

'ㅎㅎㅎ운동'은 '폭력 없는 행복한 가정 만들기, 건전한 학교 문화 조성, 성폭력 등 범죄로부터 안전한 환경 확보, 고품격 선진교통문화 정착, 소외계층에 대한 적극적 지원' 등 6개 분야 22개 과제를 선정하여 추진했다.

대전지역 주요 기관과 단체에 'ㅎㅎㅎ운동' 동참을 요청하여 '부부의 날'인 5월 21일에 261개 기관단체장들이 참석한 가운데 대전경찰청사에서 'ㅎㅎㅎ운동 추진본부' 발대식을 개최하였다.
기관단체장들은 당초 출범식 행사에 자의반 타의반으로 참석했지만, ㅎㅎㅎ운동의 취지 설명, 앞으로의 추진계획, 그리고 ㅎㅎㅎ운동의 브랜드화에 공감하기 시작하면서 점차 적극 참여하였다.
12월 초에는 참가단체가 513개로 두 배 가까이 늘어났다. 사실상 대전시청과 시의회, 시교육청을 비롯한 공공기관, 불교·천주교·기독교 등 3대 종단, 시민사회단체, 대전시내 모든 대학, 의사회와 약사회 등 직능단체, 봉사단체 등이 모두 참여한 것이다.

ㅎㅎㅎ운동의 로고와 포스터, 이모티콘은 물론, 노래와 앱 까지 만들어 지역 내에 ㅎㅎㅎ운동 참여 분위기를 확산시켰다.

ㅎㅎㅎ운동의 덕택이었을까?

대전경찰청은 경찰청이 전국 16개 지방청을 대상으로 실시한 '체감 치안향상도 조사'에서 1등을 차지했다. 살인, 강도, 강간 등 5대 범죄는 발생이 6.5% 감소한 반면, 검거는 15.2%가 증가하였고, 교통사망사고는 전국 최고 감소율을 기록하여 대전경찰청 역사상 최초로 정부로부터 대통령 단체표창을 받게 되었다.

무엇보다 기쁜 일은 가출청소년 증가율이 전국 1위이던 대전이 가출청소년 발생감소율 28.4%을 기록하여 최악에서 최선으로 반전되었고, 소년범죄도 12.7%나 감소하게 된 것이다.

68주년 경찰의 날을 맞이하여 TJB 대전방송은 대전시민들에 대한 자체조사를 통해 '조사대상 시민의 82%가 경찰을 신뢰하고 친절하다.'고 답하는 결과를 얻었다고 보도하기도 하였다. 충남경찰청과 본청에 대한 국정감사에서도 대전경찰의 ㅎㅎㅎ운동 확대 필요성이 제기되기도 하였고, 일부 언론 칼럼에서는 대표적인 협업사례로 거론되기도 하였다.

ㅎㅎㅎ운동은 이 같은 가시적인 성과보다도 경찰이 시민의 안전과 행복을 지켜드리기 위해 지역사회와 함께 힘을 모은 협력치안의 대표적인 사례가 아닐까?

25. 빠른 것이 느린 것을 잡아먹는 시대

　인공지능과 사물인터넷으로 대표되는 4차 산업혁명은 하루가 다르게 세상을 변화시키고 있다. 보안의식이 강하고 보수적인 조직 관리에 익숙한 경찰조직의 특성은 이를 치안에 활용하는데 더디기만 하다.

　이러한 현상은 범죄에 대한 대응력내지 치안력약화로 이어질 소지가 다분하다. 적어도 범죄의 변화양상 보다 한발 앞서 나갈 수 있는 치안역량을 확보할 때 각종 범죄에 제대로 대처해 나갈 수 있는 것이다. 그리하여 경찰업무에 첨단 IT기술을 도입하고 접목함으로써 치안역량을 향상시키려고 애썼다.

　우선, 빅 데이터다.

　경찰이 가지고 있는 각종 통계와 다양한 정보들을 범죄예방과 수사에 활용한다면 많은 인력과 시간을 절감할 수 있다. 2015년도에 다음해 예산 편성 시부터 빅 데이터를 치안에 활용할 수 있는 연구개발비를 획득하기 시작하였다. 2017년 현재 활발한 연구가 진행 중이다.

　2011년 충남경찰청장 부임 후 부터 업무에 활용하여 효과를 본 것은 단체카톡방을 이용한 '사건사고 지휘 및 보고 시스템'이다. 중요 사건사고 발생 시 지휘부가 단체카톡방에서 24시간 실시간 내용을 공유하고 대책을 협의할 수 있도록 한 것이다. 오프라인상에서 시간을 정해 모이거나 1:1 전화를 통해 상황을 파악하고 지시 하는 게 아니라 사이버상에서 이동회의실을 만든 것이다. '이른바 유비쿼터스(Ubiquitous) 치안상황 시스템'이다.

2011년 말에는 스마트폰 보급률이 높지 않아서 '스마트폰도 없는데 어떻게 카톡을 하냐?, 사건사고는 무전기를 사용하면 되는데 카톡으로 이중으로 보고할 필요가 있냐?, 나이든 경찰관들은 손이 둔해서 문자를 빨리 칠 수도 없다. 보안성도 없다.' 등 가지각색의 불만이 터져 나왔다.

하지만, '향후 IT세상의 변화에 적응해야 할 필요성, 경찰업무의 신속성, 집단지성의 활용 필요성' 등을 반복해서 설명을 했다. 특히, '사건사고가 주로 휴일이나 야간에 많이 발생하는데, 무전기를 사무실에 놓고 퇴근한 관서장과 주요 간부들이 사건을 실시간 파악하고 상부에 보고하고 지휘한다는 것은 사실상 불가능하지 않느냐? 사건사고 발생한 현장에서 보고 계통을 밟아 지방청장까지 도달하는데 2시간 이상 걸린다. 그 시간이면 범인은 이미 충남지역을 벗어난 뒤다. 검거가 불가능한 것 아닌가?'라며 SNS와 IT기술을 업무에 적극적으로 활용해 나가자고 꾸준히 설득도 했다.

청장인 나부터 카톡으로 보고가 되면 24시간 직접 댓글을 달며 지휘하였고, 관용 핸드폰을 모두 스마트폰으로 교체해 주었다. 그러던 와중에 충남 아산에서 발생한 강도사건의 범인을 카톡으로 추적하면서 공조하여 강원 원주에서 2시간 만에 검거하게 되면서 불만이 누그러지기 시작하였다.

카톡상으로 상황보고나 청장과 업무협의를 할 일이 많은

부서는 스트레스를 받기도 하지만 업무적으로는 인정을 받는다는 느낌을 주기도 한다. 하지만, 그렇지 못한 과·계장은 일부 소외감을 느끼거나 자신의 업무를 어필할 기회가 줄어 사기가 저하될 수 있는 부작용도 있다.

그래서 긴급한 상황관련 보고가 아니더라도 굳이 서면보고하려고 많은 시간 낭비하지 말고 카톡으로 간략하게 보고하도록 하여 존재감을 갖도록 유도하였다. 단체카톡방을 통해 수시로 점심이나 저녁식사에 번개모임도 주선하여 친근감을 조성하려 노력했다.

이후 대전경찰청, 경찰청 수사국, 경기경찰청에서도 카톡지휘방을 통해 수많은 사건사고를 잘 마무리 할 수 있었다.

특히, 경기청에서는 사건사고가 발생하면 현장경찰관들이 어떤 일을 우선적으로 챙겨야 하는 지 체크리스트형 업무요약 카드 파일을 즉시 카톡방에 띄워줌으로써 현장에서의 사소한 실수를 방지하도록 하였다. 일선을 힘들게 하는 것이 아니라 일선을 지원하는 시스템으로 더욱 발전시켜 나간 것이다.

사회이목이 집중되는 주요 사건사고 발생 시에는 출입기자들에게 사건 개요와 수사사항을 실시간 문자로 전파하여 추측성 보도로 인한 수사상의 혼선과 진상파악에 따른 업무 비능률을 방지할 수도 있었다.

단체카톡방에 대한 부담감을 호소하는 경우도 많았다.

다행히 경찰에게는 24시간 근무하는 상황실과 지역경찰, 기능별 당·분직 제도가 있어서 관서장과 과장급 간부 이외에는 카톡방에 참여하지 못하도록 함으로써 부담감을 최소화 하려

했다. 하지만, 경찰의 임무가 적정한 긴장감 없이 수행할 수 없는 원초적인 한계를 완전히 극복할 수는 없는 것임을 어쩌랴!

단체카톡방이 활성화되면서 주요 범죄 발생부터 본청장 보고까지 9분 만에 마무리 되는 등 최소한 30분을 넘기지 않았다. 범죄발생부터 검거, 지방청장의 검거유공자에 대한 표창수여까지 4시간 만에 이뤄질 만큼 경찰조직이 역동적이고 일사분란하게 일하는 계기가 되기도 하였다.

경기경찰청장으로 재임하던 2016.1.30. 오전 11:19경 서울경찰청으로부터 37세 남자가 음주 후 수면제 12알을 복용한 상태로 자신의 4살짜리 아들을 승용차에 태우고 나갔다는 112 신고가 이첩되었다. 자칫 동반자살이 염려되는 상황이다. 운전자 본인의 안전도 안전이지만, 무엇보다 아들의 안전이 더 크게 염려되었다.

수원, 의왕, 화성일대 순찰차와 교통싸이카, 고속도로순찰대 긴급배치, 헬기까지 출동 끝에 12:58경 검거하였다. 같은 날 15:00경 검거유공자가 근무하는 화성서부경찰서 비봉지구대로 가서 검거유공 경찰관들에게 직접 표창을 수여했으니, 발생부터 표창 수여까지 모두 4시간 만에 마무리된 셈이다.

* 경기청장 '카톡'사건본부… 납치의심신고 1시간 반 만에 해결
(2016.1.17. 연합뉴스)

- 보고체계 획기적으로 줄여… "어떤 강력사건에도 신속 대응할 것"-

경기도 남양주에서 어린이 납치 의심신고가 접수돼 지방청장이 '카카오톡' 메신저를 이용한 실시간 사건본부를 구성, 한 시간 반 만에 사건을 해결했다.

한 남성이 부인과 다투고 8살짜리 아들을 차에 태워가는 모습을 오해한 시민의 '오인신고'로 결론이 났지만, 보고체계를 획기적으로 줄여서 가능한 발 빠른 대응이 빛났다.

17일 남양주경찰서에 따르면 지난 16일 오후 8시께 "남양주시 금곡동에서 은색 스타렉스 운전자가 한 아줌마로부터 아이를 빼앗아 차에 태워 달아났다"는 내용의 112신고가 들어왔다.

최근 부천의 초등생 시신훼손 사건 등 아동 문제에 대한 세간의 관심이 비상한 가운데 경찰은 강력범죄 가능성이 있다고 보고 비상태세를 갖췄다.

즉각 경기경찰2청 112종합상황실은 도내 경찰서 41곳의 통합 폐쇄회로(CC)TV관제센터에 용의차량의 번호를 수배했다.

또 정용선 경기청장은 지휘부와 담당 경찰서 형사과장 등 현장 경찰관들로 구성된 실시간 사건본부를 구성했다.
사건대응본부는 바로 '카카오톡' 채팅방에 꾸려졌다. 업무 관련 경찰관들이 대거 초대됐다.

보통 사건 현장에 나간 형사나 팀장이 과장에게 진행상황을 보고하고, 이를 다시 과장이 지방청 지휘부에 보고하고 거꾸로 다시 여러 단계를 거쳐 지시를 내리는 방식이 경찰조직 내에선 일반적인데, 지휘부와 현장 경찰관이 실시간으로 소통할 수 있게 한 것이다.

경찰은 처음에 신고자가 얘기한 차량번호를 토대로 추적하다가 곧 해당 은색 스타렉스 차량이 없는 것을 확인하고, 번호를 바꿔가며 용의차량을 좁혀갔다.

곧 납치의심 차량의 소재를 확인했다. 차가 주차돼 있던 다세대주택을 가가호호 방문해 어린이를 찾아냈다.

수상한 운전자는 다름 아닌 아이의 아버지였다. 부부와 아이가 집에 함께 있었다.

부부싸움 뒤 아버지가 아이만 데리고 차를 타고 가버리는 모습을 본 시민이 112에 전화를 한 거였다.

주말 저녁 신고가 접수된 지 1시간 반 만에 경찰은 아이의 안전을 확인하고 사건을 종결했다.

경찰 관계자는 "앞으로 어떤 강력사건이 발생하더라도 일선 현장의 경찰관에서부터 청장까지 신속하고 발 빠르게 대응해 시민이 더욱 안전하고 편안함을 느끼게 하겠다."고 밝혔다.

26. 자신 있고 당당한 경찰

대한민국 경찰은 선진 외국경찰에 비해 처우와 근무여건이 열악하다. 검찰, 대통령경호실, 군의 통제를 받는 업무도 적지 않다. 경찰업무의 독자성과 고유성이 침해받을 수밖에 없고 경우에 따라서는 현장경찰관들의 자존심도 상하게 마련이다.

심지어 개발도상국의 경찰도 가지고 있는 수사권, 직무수행에 필요한 최소한의 권한마저 부족한 실정이다. 경찰의 임무 수행을 위한 활동도 법에 의해 과도하게 제약받고 있다. 경찰 활동은 시급성과 돌발성이라는 특성이 있기 때문에 조직 내부적으로 그것도 상사들이 현장경찰관들을 제대로 보호해주지 않으면 수시로 징계를 받거나 언론의 따가운 질타를 받는 일이 자주 일어날 수밖에 없다.

2010년 5월 경찰청의 정보심의관(경무관)으로 근무할 때 태국을 방문하여 태국경찰청 정보국장을 만날 기회가 있었다. 당시 국내에서는 경찰의 수사권에 대한 논의가 한참 진행되고 있었다.

양국의 경찰제도에 대해 이야기를 나누던 중 태국경찰청 정보국장은 나한테 느닷없이 "(대한민국 경찰은 그렇게 권한이 없어서) 경찰 마음대로 총을 차고 다닐 수는 있냐?"고 물었다.

한국의 경찰제도가 굉장히 낙후되고 치안현장과의 괴리가 심하다고 느낀 모양이다. 내가 봐도 비현실적인 법과 제도이니 업무에 필요한 법적 권한을 모두 보유한 채 근무하는 태국

경찰의 입장에서는 당연한 질문이 아닐 수 없다.

우리나라 1인당 국민소득의 1/3~1/4밖에 되지 않는 개발도상국가의 경찰고위 간부가 세계 10대 경제 강국인 대한민국의 경찰을 걱정하다니.

대한민국 경찰은 세계에서 학력이 가장 높은 경찰, 세계에서 근무시간도 가장 길고 일도 가장 열심히 하는 경찰, 넘베오(Numbeo.org : 국가통계 비교사이트)가 범죄로부터 가장 안전한 나라로 선정할 정도로 치안성과가 세계 최고인 경찰이다. 그럼에도, 경찰관련 법률과 제도가 얼마나 낙후되어 있는지를 대변해 주는 일화가 아닐까?

경찰관들에 대한 처우와 근무여건도 빠른 시일 내에 대폭 향상되어야 한다.

무엇보다 치안현장에서 안전하고 효율적으로 업무를 수행할 수 있도록 각종 장구나 장비들을 충분히 보급해 주어야 한다. 범죄자들을 제압하는 과정에서 경찰관들이 위축되지 않도록 최소한의 법적인 권한과 면책규정을 마련해주는 일은 더 시급하다.

범죄자들이 법집행을 하는 경찰관들에게 오히려 큰소리치거나 경찰관들을 공격하는 일, 그리고 법집행 과정에서 정당한 물리력을 행사한 것인데도 범죄자들이 경찰관들을 고소하면 법원에서 이를 인용해주는 일이 반복될수록 공권력은 위축되고 그 피해는 고스란히 국민들 몫이 될 수밖에 없는 것이다.

27. 열심히 일한 대가는 감사원 감사

충남경찰청에는 항공대가 있다. 7인승 항공기 한 대를 보유하고 있는데 교통관리와 실종자수색, 작전임무에 주로 사용되지만, 지방청장을 비롯한 간부들이 긴급한 업무수행을 하는 경우에도 사용했다.

청장으로 근무하던 2012년도에는 충남경찰청 청사가 대전 선화동에 있어서 현장점검과 격려를 하러 다니려면 시간절약을 위해 헬기를 사용하는 경우가 있었다.

충남청장 임기를 마치고 경찰청 생활안전국장을 거쳐 다시 대전경찰청장으로 일하고 있던 2013년 어느 날 충남경찰청 직원으로부터 연락이 왔다.

"감사원 감사관들이 나와서 청장님의 헬기 사용부분의 적정성에 대한 감사를 하고 있습니다."

그리고는 헬기 외에도 청장의 관용차인 1호차는 물론이고 휴일이나 야간의 비상업무 수행시 사용할 목적으로 관사에 대기하는 2호차의 운행일지, 청장의 일일 일정까지 모두 자료를 요구하고 있다고 하였다.

헬기나 관용차 이용을 함에 있어서 관련규정을 위반한 적이 없었기에 '누가 투서를 했나? 표적감찰인가?'하는 생각도 들었다. 나중에 안 일이지만 그런 것은 아니었다.

당시 16개 지방경찰청장 중에서 내가 헬기를 탄 횟수가 가장 많다는 것이 이유였다. 사실 충남청의 헬기는 7인승이지만, 안전을 위해 조종사와 부조종사(정비사)를 제외하고 나면 탑승가능 인원은 2명 내지 3명이다. 헬기가 작고 20년이 넘다 보니 역대 청장 중에는 헬기는 위험하다며 한 번도 타지 않은 분들도 많았다고 한다.

관사에는 2호차가 있었지만, 내 개인차량을 가져다 놓고 사적인 일을 볼 때 사용했었다. 주말이나 휴일에 사무실에 출근했다가 바로 개인일정을 보러 나갈 때에도 개인차량을 직접 운전하여 출근한 뒤 업무를 마치고 사적인 용무를 보러가곤 했었다. 헬기나 관용차 이용과 관련하여 전혀 문제소지가 없을 것이라는 생각이 들었지만 솔직히 기분은 그리 좋지 않았다.

얼마 후 감사원 감사관이 나를 만나러 오겠다는 연락이 왔다. 마지막으로 나를 조사하러 오는 것으로 생각하고 있었다. 그런데 감사관은 뜻밖의 이야기를 꺼낸다.

"다른 기관장들은 중앙에서 내려오면 지역인사들과 어울려 술도 한잔씩 하고, 적당히 쉬기도 하는데, 청장님은 왜 그렇게 일만 하십니까?"

"나는 공직자들, 특히 기관장들은 지금보다 더욱 열심히 일해야 한다고 생각합니다. 그것이 국민을 위하고 국가에 충성을 하는 일 아니겠습니까? 대학 때부터 공직자의 바른 자세로 배워왔고, 지금도 그 생각에 변함이 없기에 그저 실천할 뿐입니다. 그런데, 내가 헬기 이용한 것에 문제가 있습디까?"

"아닙니다. 청장님이 사적으로 이용한 것은 발견치 못했습니다. 지방청장 중에 헬기를 가장 많이 탑승하셔서 그 사유를 확인한 것뿐입니다."

　나중에 안 일이지만, 당시 항공대장을 비롯한 조종사들이 헬기운항 목적 등에 대한 진술서를 제출하면서 "정용선 청장님이 왜 그렇게 헬기를 많이 사용했는지 그걸 다 확인하면 징계가 아니라 훈장을 주어야 할 것입니다. 참 훌륭한 분입니다"라고 적었다고 들었다.

　이에 감사관도 감동을 받은 것일까?

28. 직원보호 하려다 경찰청장 서면경고

2007년 11월경 서대문경찰서장으로 근무할 때다.

어느 날 현장 방문 후 사무실로 들어오는데 경찰서 서정 뒤편에 경찰관 여럿이 근무복 차림으로 대기하고 있었다.

"웬일이죠?"라고 물었더니 서로 얼굴만 쳐다볼 뿐 대답하지 않는다.

"무슨 일인데요?"

한 명이 고개를 수그린 채 "감찰조사 대기 중입니다."고 마지못해 대답한다.

평소 성실하게 근무하는 경찰관들인데다 감찰조사 받을만한 실수가 있었다는 보고를 받은 적이 없어서 "감찰조사를 왜 받는데요?"라고 물으니 "신분증을 분실 했습니다."고 맥없이 대답한다.

부청문관에게 물었더니, "신분증 분실행위는 감찰조사 후 징계위원회에 회부하도록 되어 있습니다."고 답한다.

"분실경위를 조사는 하되, 징계위원회에 회부하지는 마십시오."라고 당부했다.

하지만, 청문관실에서는 감찰조사결과를 보고하면서 "서장님 뜻은 알겠지만, 규정상 징계위원회에 회부할 수밖에 없습니다."며 관련 규정집과 공문서를 들고 들어왔다.

"아무리 규정이 그렇다 하더라도 신분증 분실했다고 징계위원회에 회부하는 것은 너무 과하다고 생각하지 않으세요? 특별교양만으로도 충분할 테니 그렇게 하시죠."라며 마무리 하려 했다.

당시 경찰청에서 전국 경찰관들의 신분증을 일괄 교체하면서 신분증 분실 경찰관들을 모두 징계위원회에 회부하라는 지시가 있었던 모양이다. 우리 경찰서 청문감사관실에서 징계 대신 특별교양 조치방침을 서울경찰청 청문감사관실에 구두 보고했더니 원칙대로 징계해야 한다는 말만 반복할 뿐이라고 한다. 신분증 분실자에 대한 감찰조사결과 결재과정에서 조치 의견에 '특별교양'이라고 결재를 해버렸다.

당시 서울경찰청장님께 징계위원회 회부의 부당성에 대하여 보고 드렸더니, "알았어! 다음부터는 잘 해"라고 말씀하셔서 그냥 마무리되는 듯 했다.

하지만, 얼마 후 서울청장님은 퇴직 하셨고, 차장님이 직무대리를 하는 기간에 서울청 청문감사관실에서는 규정대로 징계를 하지 않은 나를 본청에 비위경찰관으로 보고하고 말았다.

본청 청문감사관실에서 우리 경찰서 청문감사관과 부청문관에 대한 감찰조사가 시작되었다. 감찰조사를 받으러 가기 전에 두 분에게 "서장한테 부당함을 두 번이나 건의 했는데도 서장이 이를 묵살하고 특별교양 조치하도록 결재했다고 분명하게 답변하여 이 일로 인해 징계 등 불이익을 당하는 일이 없도록 하십시오."라고 당부했다.

다행히 두 분 모두 내가 요구하는 대로 조사를 받고 왔다.

나중에 안 일이지만, 조사를 다 받은 뒤 "더 할 말 있느냐?"는 본청 감찰관의 물음에 왕규상 부청문관은 "제가 경찰생활 28년째 입니다. 우리 서장님 같은 분 처음 봤습니다. 정말 직원들을 아껴주고 배려해주시는 훌륭한 분이십니다"고 대답했다고 전해 들었다.

두 사람에 대한 감찰조사가 끝이 났으므로 절차에 따라 본청에서는 나를 조사할 게 뻔했다. 미리 답변서를 정리해 놨다.

'첫째, 나도 과거에 대통령비서실에서 행정관으로 3번에 걸쳐 4년 반을 근무했었는데, 청와대는 물론이고 우리보다 신분이 더 높은 판사나 검사들도 신분증을 분실했다고 징계하는 일이 없는 것으로 알고 있다.

둘째, 신분증을 잃어버리면 스스로 분실신고를 신속히 하여 새로이 신분증을 발급받아 업무수행 시마다 필요한 경우에 제시해야 하는데, 징계가 무서워서 검사할 때까지 신고하지 않는다. 업무수행 과정상의 적법절차의 문제 소지도 있고, 그 신분증을 다른 사람이 주워 위·변조하여 악용하는 경우에는 경찰관이 신분증을 잃어버리고도 분실 신고조차 하지 않았다는 언론의 질타도 있을 수 있다.

셋째, 신분증 분실이 우려되어 신분증을 가지고 다니지 않거나 컬러 복사하여 사용하는 문제도 있다.

넷째, 신분증을 분실한 경찰관 대부분이 낮은 징계처분을 받기 위해 공무수행 중 분실했다고 분실 경위에 대해 거짓말

까지 하고 있어서 경찰관들의 정직성에도 악영향을 미친다 등
7가지 이유를 적시하였다.

본청 감찰관의 방문조사를 받고나서 아무런 연락이 없어서
잘 마무리 된 것으로 생각하고 그 일은 잊었다.

그런데, 그 이듬해 3월 25일자로 경찰청 정보2과장으로 발
령이 나서 짐을 싸고 있는데, 이호규 경무계장, 박재중 경리계
장, 왕규상 부청문관 등 몇 분이 들어와 코팅된 노란색 서류를
짐 속에 넣으며 당신들끼리 키득거렸다.
"그게 뭡니까?"
"직원들을 끔찍하게 사랑했다는 자랑스러운 표창장입니다.
기념이 될 테니 평생 잘 간직 하십시오."

2008년 1월 3일자 2008-1호 경찰청장 서면경고장이었다.
서대문경찰서 청문감사관실에서는 이 경고장을 본청에서
수령한 뒤, 미안했는지 미처 나한테 전달하지 않고 계속 가지
고 있었던 모양이다.

정확히 어딘지는 모르지만 아직까지 정리하지 못한 사무실
짐 속에 이 경고장, 아니 표창장이 들어 있을 것이다.

29. 현장매뉴얼, 결과책임 묻는 관행에 제동

2009년 초 경무관 승진에서 탈락한 뒤, 경찰청 정보2과장에서 기획과장으로 자리를 옮겼다. 정보2과에서 짐을 싸나오던 날 직원들은 우리 집에 까지 찾아와 인사의 부당성을 성토하였다. 승진도 못한 채 내 의사와 무관하게 보직변경까지 이뤄진 것을 알고는 엉엉 울거나 눈물을 흘리는 동료들도 있었다.

"새로운 보직에서 최선을 다하면 다시 기회가 주어질 거야"라며 오히려 직원들을 달래 주었다.

기획과장으로서의 근무를 시작했다.

가장 먼저 현장경찰관들을 위한 매뉴얼을 만들어야겠다는 생각을 했다. 이미 경찰의 기능별 업무매뉴얼은 있었다. 그런데 책자처럼 너무 자세하고 분량도 많아 평소에 공부할 때는 도움이 되지만, 휴대도 어려울 뿐 아니라 상황이 급박한 치안현장에서 이를 찾아 활용하는 것은 사실상 불가능 했다.

사건사고현장에서 즉시 활용할 수 있는 간단명료한 지침성 매뉴얼 형태로 구상했다. 하지만, 현장경찰관들을 위한 매뉴얼을 아무리 잘 만들고 경찰관들이 그 매뉴얼에 따라 제대로 조치를 하더라도 결과가 나쁘거나 언론에서 절차상의 사소한 문제를 제기하면 해당 경찰관들은 진상보고를 하거나 감찰조사를 받기 일쑤였다.

현장경찰관들을 보호해 주기 위해 감사관실과 협의를 했다.

다행히 당시 조길형 감사관(현 충주시장)께서 기획과의 제안에 흔쾌히 동의해 주었다. 경찰관징계양정규칙을 개정하여 현장경찰관들이 현장매뉴얼을 준수하여 제대로 조치했다면, 결과가 아무리 나쁘다고 하더라도 징계책임을 감면한다는 조항을 신설한 것이다.

예를 들어 흉기를 들고 저항하는 범인이 경찰관의 3회 투항명령을 어기고 계속하여 경찰관이나 시민을 공격하려는 상황에서 경찰관이 법령의 절차에 따라 권총을 하퇴부에 발사하였는데, 범인이 갑자기 허리를 숙여 가슴이나 머리에 실탄을 맞아 사망이나 중상해를 입었다 하더라도, 이에 대한 모든 책임을 해당 경찰관에게 묻지 못하도록 한 것이다.

매뉴얼은 사무실과 순찰차 비치용으로 크기를 달리하여 두 가지 형태로 제작했다. 하지만, 도보순찰을 하는 경우에는 활용할 수 없다는 단점이 있었다. 휴대폰조회기에 매뉴얼의 내용을 탑재하기로 했다.

경찰청 정보통신관리관실에 문의하니 프로그램 개발에 5,000만원의 예산과 6개월 정도의 시간이 필요하다고 했다. 예산이 없어 포기하다시피 하고 고심하던 차에 경기경찰청에 근무하는 김형원 경장이 휴대폰조회기에 매뉴얼 내용을 탑재할 수 있는 프로그램을 스스로 개발하여 기획과로 찾아왔다.

청장님께 보고를 드려 본청으로 인사발령 하였다. 그리고는 그해 특진까지 관철시켰다.

30. 언론보도 진상보고 제도 폐지

경찰은 1년 365일 24시간 국민의 생명과 안전에 직결되는 문제를 다룬다. 급박하고 현존하는 위험에 대처해야만 하는 업무특성 때문에 현장경찰관들도 실수할 수밖에 없는 일이 간혹 발생하기도 한다. 그같은 상황에서 청장인 나한테 제대로 대처해 보라고 하더라도 실수할 수밖에 없는 경우도 허다하다.

일정한 상황에 똑같은 방법으로 대응하더라도 어떤 때는 잘 조치했다고 칭찬받기도 하지만, 어떤 때는 '눈치없이 왜 그렇게 조치했느냐?'며 질책을 받는 경우도 간혹 벌어진다.

중요한 사건사고가 발생하면 언론의 취재경쟁은 뜨거울 수밖에 없다. 어느 때는 경찰수사보다 기자들의 취재가 앞서 나가거나 실시간 생중계를 하기에 곤혹스러운 경우도 있다. 하지만 언론의 사명이고 국민의 알권리 보장 차원에서 감수할 수밖에 없는 일이다.

언론과 국민이 관심을 가지는 사건에 대해서는 기자들의 취재가 시작되기 전에 홍보담당관실을 통해 정확한 사건 개요와 수사진행상황을 먼저 알리려 노력했다. 경우에 따라서는 브리핑 시간과 장소를 사전 협의하여 정하기도 한다.

취재 기자들은 대부분 정확한 팩트에 근거하여 객관적인 시각에서 기사를 작성하지만, 경우에 따라서는 송고 마감시간에 쫓긴다든지 하는 등의 여러 사유로 인해 경찰을 불편하게 하고 국민을 화나게 만드는 보도를 하는 경우가 발생한다.

적지 않은 경찰관들, 특히 현장에서 1차적 조치를 담당하는 경찰관들은 기자들의 취재에 거부감을 갖기도 한다. 혹시 잘못된 보도로 인해 곤혹을 치를까봐 전전긍긍하기도 한다. 사소한 실수가 있기 마련인 것이 현장이지만 그러한 사소한 실수가 확대 과장될 경우, 감찰조사 등의 불이익이 따르는 경우도 있다. 항상 공정하고 당당해야 할 경찰관들을 그렇지 못하게 만드는 원인이 되고 있는 것이다.

반면에 상당수 국민들은 자신이 직접 겪은 일이 아니면 언론보도를 사실로 받아들이고 보도를 통해 경찰을 평가하는 경우가 많다. 사회이목을 집중시키는 사건사고가 발생하면 언론보도가 어떻게 되느냐에 따라 경찰의 이미지가 좌우된다. 지휘부도 보도에 예민할 수밖에 없다. 그런 지휘부에 대해 현장 경찰관들은 언론에 너무 민감하다며 불만을 드러내기도 한다.

경찰관서장으로 근무하는 동안 언론보도 진상보고를 하지 말라고 강조했다. 상급관서에서 요구하는 경우에는 어쩔 수 없지만, 그런 경우에도 청장에게는 보고하지 말라고 지시했다.

언론에서 경찰을 비난하거나 잘못을 지적하는 경우, 보도내용이 사실이라면 그에 맞게 고치면 된다. 만에 하나 팩트에 근거하지 않거나 자의적인 상황 해석을 통해 경찰을 의도적으로 비난하는 경우가 있다면 언론중재위 제소 등 법적 절차를 통해 바로 잡으면 그뿐이다.

대전경찰청장으로 근무 중이던 2013년 말의 일이다.

인사이동을 앞두고 나를 겨냥한 허무맹랑한 비난 보도가 있었다.

언론중재위 제소를 지시했지만, 과장들이 나서서 말렸다.

"청장님이야 다른 보직으로 이동하면 그만이지만, 대전경찰은 언론과 계속 불편한 관계로 지내야 하니 이번에만 참아주시죠."라는 의견이었다.

정에 이끌리어 그릇된 결정을 하고 말았다. 과장들의 의견을 그대로 수용한 것이다. 그런데 내 인사검증 때마다 관계기관에서는 보도내용을 기정사실화 하여 보고하는 바람에 애를 먹었다. 해명할 기회도 주지 않는다. 경찰지휘부가 항상 언론에 당당해야 함을 다시 한 번 깨닫는 계기가 되었고, 기회가 있을 때마다 경찰관들에게 사례교육 자료로 활용하곤 했다.

31. 경찰도 사람이다

대전경찰청장으로 근무할 때다.

모 경찰서의 정보관이 집회계획과 관련하여 사회단체 대표와 통화하고 나서 전화가 끊어진 줄 알고 상대방을 비하하는 발언을 하고 말았다. 혼잣말이었는데, 상대방이 이를 고스란히 들은 것이다.

당장 다음 날에 일부 중앙언론에 보도되었고, 지방청 앞에서는 해당경찰관의 파면과 지방청장 퇴진촉구집회가 열렸다. 본청에서도 해당 정보관을 타 부서로 인사조치 하고 징계하여 마무리 할 것을 지시했다. 나는 조금 기다려 달라고 했다.

'경찰관으로서 그 같은 발언은 매우 부적절 했지만, 경찰관도 사람이기에 말실수를 할 수도 있는 것 아닐까?'하는 생각에서다. 더군다나 상대방이 들으라고 고의로 말한 것이 아니라 혼자 한 실언인데…

아무도 모르게 해당 단체의 대표자께 사전연락을 한 뒤, 토요일에 아침회의를 마치고 개인차량을 직접 운전하여 찾아가 용서를 구했다. 해당 단체는 물론 일부 사회단체의 간부들도 와 있었다.

"청장님 혼자 오셨어요?"라며 의아해 했다.

"해당 정보관의 부적절한 발언은 분명 잘못된 것입니다. 앞으로 그 같은 일이 없도록 잘 관리 하겠습니다."

　"그 정보관에 대한 조치를 어떻게 할 계획입니까?"

　"없는 곳에서는 나라님도 욕한다는 이야기가 있듯이 상대방이 들으라고 일부러 발언한 것도 아니잖습니까? 현 보직에 그대로 둘 계획입니다."고 솔직히 설명했다. 해당 단체의 집행부에서도 마지못해 수긍하는 듯 했다.

　돌아와서 해당 서장에게는 "청장이 수습했으니, 아무런 조치도 하지 마시라."고 전하고, 본청에는 결과 보고를 하였다.

　나중에 동료 경찰관의 상가에서 그 정보관을 우연히 만났다.

　"청장님 죄송합니다. 저는 적어도 인사조치는 될 줄 알았습니다."며 멋쩍은 미소를 지었다.

　경찰관도 사람이기에 할 수 있는 실수들이 종종 발생한다. 그 때마다 혼내고 인사조치하고 징계하는 것만이 과연 최선일까?

　'아니다'는 생각은 지금까지 변함없다.

32. 소신 있게 거부한 경위순환근무

충남경찰청장으로 근무하던 2012년 5월경 전국에서 경찰관들의 부패비리 사건이 연이어 발생하자 경찰청에서는 청와대에 이에 대한 대책을 보고한다.

경사에서 경위로 승진하면 타 경찰서로 근무지를 이동해야 하는 이른바 '경위 순환근무제'를 도입하겠다는 내용이 포함되었고, 이어 7월 하반기 정기인사 부터 이를 일제히 시행하라는 지시가 내려왔다.

지방청장 입장에서는 본청의 지시, 그것도 청와대에 보고한 인사와 관련된 지시이므로 당연히 준수해야 했지만, 다음과 같은 사유로 이에 따르지 않았다.

우선, 개인의 출퇴근 거리가 너무 멀어진다.

충남은 인접 경찰서라 하더라도 왕복 출퇴근 거리가 최소한 40km 이상 늘어난다. '교육, 세무 등 다른 공무원들도 순환근무를 하는데 그게 무엇이 문제냐?'고 반박할 수 있지만, 경찰은 24시간 교대근무를 해야 한다. 담당업무에 따라서는 언제든 비상소집에 응할 수도 있어야 한다. 근무지가 주거지에 가까워야 하는 이유다.

나아가 대도시와 달리 저녁 9시가 되면 대중교통수단 대부분이 끊어져 자가용을 이용한 출퇴근이 불가피한 경우가 많다. 밤샘근무를 하고 자가용을 운전하여 장거리를 퇴근하는 일은 졸음운전에 따른 교통사고위험을 높일 수밖에 없다.

겨울철에 제설작업이 제대로 이뤄지지 않을 경우 사고위험도 그만큼 높아진다. 관사를 지원해 주거나 늘어난 출퇴근 거리에 소요되는 교통비도 증액 지급해주지 않으니 비용부담은 고스란히 개인 몫이다.

둘째, 제도의 취지에 100% 공감한다 하더라도 극소수 몇 명의 유착비리 근절을 위해 성실히 근무하는 절대 다수의 구성원들에게 과도한 부담을 감수하라는 것은 비례의 원칙에도 부합하지 않는다. 순환근무를 시행한다고 하더라도 부패비리가 완전 근절 될지 알 수 없는 일이다. 실제 순환근무제도 운영 이후 부패비리가 감소했다는 분석결과를 본 기억이 없다.

'집에서 새는 바가지 나가서도 샌다.'는 말처럼 기존 근무지에서 성실하지 않았던 경찰관이 타 관서로 이동한다고 하여 성실히 근무하리라는 것을 기대하기 어렵다. 오히려 1~2년이면 원 소속으로 복귀하기에 이동한 관서 직원들과 융화도 잘되지 않을 뿐 아니라 소극적인 근무행태만 유발할 가능성이 높다. 함께 근무하는 동료들의 애경사 참석마저 꺼린다고 했다.

셋째, 경찰관 개개인의 가정사정도 배려해 주어야 한다. 입시생인 자녀들의 밤늦은 귀가를 돕기 위해 주간근무만하는 내

근무서로 이동한 경찰관, 부모님 봉양을 위해 수당도 적은 이른바 기피부서에 자원하여 근무하는 경찰관들에게 있어서 연초가 아닌 7월의 갑작스런 인사발령은 당황스럽게 만들 수밖에 없다. 제도 시행 전에 충분히 예고를 하여 인사발령에 따른 사전대비를 할 수 있도록 배려해주는 것이 바람직한 것이 아닐까?

넷째, 도입 첫 해에는 해당년도 승진자 뿐 아니라 경위로 승진한지 몇 년이 지난 경찰관들 대부분이 인사 대상자였다. 상당수는 계장이나 팀장을 하고 있었다. 그런데 갑자기 다른 경찰서로 전보인사를 하면 해당 서에서 오래 근무해온 기존 계장과 팀장을 배제하고 계장이나 팀장으로 발령을 낼 수 없다. 계원이나 팀원으로 근무해야 한다. 사실상 보직 강등이다.

현재의 관서에서 다음해 심사승진을 기대하고 열심히 근무하고 있던 경찰관들에게는 새로운 관서에서 근무성적을 잘 받기 어려워 날벼락에 가까운 조치이다. 이처럼 개인의 잘못이 없는 데도 인사상 불이익을 주는 것은 사기저하 요인이다.

'예산을 증액하여 사기를 진작시켜도 시원찮을 경찰의 근무여건인데 사기를 저하시키는 인사운영은 바람직하지 않은 것 아닐까?'하는 생각이 들었다. 이 제도는 관사확충, 교통비지급 등의 후속지원 대책을 마련하지 않은 채 5년간 계속 이어졌다.

본청의 압박은 대단했지만 개인의 희생을 강요하는 불합리한 일이고, 내부적인 설득과정도 없어서 공감대 형성도 되지 않은 제도라는 생각에서 소신을 굽히지 않았다.

2013년 대전청장으로 부임해서도 같은 이유로 시행하지 않았다. 순환근무로 인해 다른 관서로 이동한 경찰관중 희망자에 대한 원복발령만 했다.

2016년 경기경찰청장으로 부임해서도 직원 내부여론조사를 했더니 절대 다수가 반대하고 있었다. 그 결과가 부정적이라며 시행하지 않았다.

다행히 이 제도에 대한 일선 경찰관들의 반대 여론이 계속되자 경찰청은 2016년 10월 20일에야 '2017년부터 순환근무제를 폐지하겠다.'고 발표하였다.

경찰 내부적으로도 경찰관 개인의 인권도 존중하고 형편도 배려해 주어야 한다. 100% 투명하고 공정한 인사는 신의 영역인지 모른다. 하지만, 적어도 인사권자는 투명하고 공정한 인사를 위해 최선을 다해야 한다.

우선, 인사를 하기 전에 구성원들이 숙지하고 준비할 수 있도록 인사규정과 규칙, 기준, 시행시기 등을 미리 예고해 주어야 한다. 둘째, 인사과정에서 예고한 기준과 절차대로 객관적이고 투명하게 운영되어야 한다. 셋째, 결과를 공개했을 때 구성원들로부터 최선의 안은 아니라 하더라도 최대공약수를 충족했다는 평가를 받을 수 있도록 공감을 받을 수 있어야 한다.

33. 아픈 경찰관들을 위한 작은 배려

충남경찰청장으로 근무할 때다.

지방청 청사가 대전에서 내포 신도시로 이전할 예정이어서 지방청 근무 경찰관중 승진이 임박한 직원 외에는 대부분 대전청으로 전출을 희망했다. 대전에서 원거리에 위치한 경찰서에 근무하는 경찰관들은 대전청이나 대전과 인접한 공주, 세종, 논산, 금산경찰서로 전입을 희망했다.

해마다 이러한 일이 반복되다 보니 대전 원거리 경찰서에 근무하는 경찰관들은 우선 대전 인접 경찰서로 전입했다가 다시 대전으로 전출가는 인사 순환이 반복되고 있었다. 대전 인접 4개 경찰서는 대전으로 가는 징검다리 역할을 하느라 평균 연령도 전국에서 열 손 가락 안에 들 정도로 높았다. 수시로 인사부탁도 들어왔다. 그대로 방치하면 안 되겠다 싶어 대전권 전출관련 인사기준을 만들기로 했다.

우선 대전청으로 전출가려는 경찰관들과 대전인접 경찰서로 전입하고자 하는 경찰관들을 구분했다. 그리고는 대전 인접 4개서에 근무하는 경찰관들은 원칙적으로 대전청으로의 전출을 제한했다.

전출순위를 만들었다. 순위는 우선, 본인이 공상으로 인해 지속적인 치료가 필요한 사람, 2순위는 본인이 질병으로 인해 인사이동을 해야 하는 사람, 3순위는 자녀 또는 배우자가 희귀병이나 난치병으로 인해 대학병원 등에서 치료받아야 하는 사람으로 하되, 여건이 비슷하면 경찰임용과 전출지원서 제출일을 기준으로 순위를 정하였다.

순위부 작성 기준을 내부망에 공개하여 직원들의 의견을 들은 뒤 확정지어 다시 공개하고, 다시 그 기준에 따른 전출순위부를 작성하여 내부망에 공개했다. 이후 전출과 관련된 청탁은 완전히 사라졌다.

전출기준을 만드는 과정에서 일부 경찰관들은 "편찮으신 부모님을 모셔야 하는 사람들을 왜 챙겨주지 않느냐?"고 항의하였다. '나도 효를 강조하고 있지만, 연세 드셔서 편찮으시지 않은 부모님이 얼마나 계실까? 그리고 부모님 봉양을 전출사유로 기재만 하고 실제 발령이 난 뒤에는 대부분 직접 모시지 않는 경우가 허다하다. 있으나 마나한 기준이 될 수 있어 제외한다'고 알렸다. 대부분의 경찰관들이 수긍해 주었으니 감사할 일이다.

34. 참을 수 없는 그러나 참아야만 하는 고통

2013년 7월 20일 저녁에 울산 현대차 집회관리를 위해 지원 갔던 대전경찰청 소속 기동대원 3명이 부상당했다는 사실을 보고 받았다. 시위대의 무차별 폭력으로 인해 치아가 네 개나 부러진 경찰관도 있고, 팔목이 부러지고 살이 찢겨 봉합 수술까지 한 경찰관도 있었다.

시위대들이 현대자동차 공장 내로 진입하기 위해 공장관계 자들에게 폭력을 행사하다가 이를 제지하던 경찰관들에게 죽봉과 쇠파이프를 휘둘러댄 결과다.

화가 치밀어 밤새 뒤척이다보니, 다음 날 아침까지 머리는 아프고 정신은 멍멍했다.

집회와 시위는 헌법상 보장된 중요한 권리이지만, 어디까지나 합법적이고 평화적이어야만 한다. 그래야 설득력도 있고, 제3자도 귀 기울이는 것이다.

집회·시위는 자신의 생각이나 요구를 표현하고 주장하는 선에서 끝이 나야지 상대방이나 제3자에게 자신의 주장을 받아들이라고 협박하거나 폭력을 행사하는 일은 범죄일 뿐 아니라, 결코 용납되어서도 안 된다.

대체 언제까지 이럴 것인가?

누구를 위한 폭력이란 말인가?

부상당한 경찰관들, 아니 그 가족들과 나이어린 자녀들에게 어떻게 설명하고 무슨 말로 위로를 해야 할지 참담했다.

기동대가 복귀한다는 보고를 받고, 부대로 달려가서 대원들을 맞이했다. 땀 냄새 속에 눈물이 그렁그렁한 대원들의 모습에 나도 울컥 눈물이 고였다. 그나마 다행인 것은 경찰관 기동대가 앞장서는 바람에 의경들로 구성된 방범순찰대는 다친 대원이 없었다. 위험한 상황인데도 기동대장 부터 솔선수범할 줄 아는 든든한 모습에 목이 메었다.

면도도 못한 까칠한 모습과 땀에 쩔은 옷차림을 보면서 미안하고 고마운 마음을 간직한 채 이틀간의 포상휴가를 주고 되돌아 왔다.

며칠 후, 내 책상 위에 기동대원들이 보낸 감사편지가 나를 기다리고 있었다.

편지를 읽는데 또 눈물이 흐른다. 감사는 긴 시간동안 집에도 가지 못하고 힘든 고초를 겪은 대원들이 아니라 내가 해야 할 일 아니던가?

기도문이 적힌 대원의 편지를 들고 함께 기도한다.
"주님, 이 땅에 더 이상 불의가 행해지지 않고, 폭력시위도 일어나지 않게 하소서!"

아래는 대원들이 보낸 편지다.

전OO 경장

청장님!

기동대에 근무하는 경장 전OO입니다.

다름이 아니오라 저희 직원들을 직접 마중 나와 격려해준 것도 처음이었는데요.

격려 말씀 도중 저희의 마음을 이해해 주신 듯 감정에 북받쳐 말씀을 흐느끼는 모습에 감동이 되었고, 우리 모두의 마음은 하나가 되었습니다.

더욱이 포상휴가를 주셔서 가족과 함께 행복한 시간을 보내려합니다.

청장님!

감사하고 사랑합니다♥

 기동대장

청장님 !

오늘 청장님의 1기동대 위로와 격려 방문 때 갑자기 울컥해서 눈물이 나는 것을 꾹 참았는데도 계속 눈물이 나왔습니다.

저는 아침에 기동대 버스에서 뒤척이다가 새벽 4시경 먼 하늘의 별을 보며 착잡한 마음으로 상념에 잠겼고, 부상당한 대원들을 생각하며 너무도 미안하고 안전하게 지켜주지 못한 데 대해 반성하며 심경을 정리해서 1기동대 카톡방에 올렸습니다.

기대하지 않았던 청장님의 위로와 격려 방문에다 포상휴가까지 선물

해 주셔서 대원들 모두가 감사의 마음을 가슴에 안고 귀가합니다. ^*^

아래는 카톡방에 올렸던 글입니다.

울산 현대자동차에서의 아침 !!
새벽 4시쯤 리무진버스에서 이리저리 몸을 뒤틀다가 일어났다.
밤새 틀어놓은 에어컨이 불편한 것도 있었지만, 무엇보다도 어젯밤 대원들이 현대차 노조원들이 휘두른 죽창에 여러 명이 부상을 입으면서 마음도 아프고, 곧 있을 조직개편에서 정들었던 팀원들을 보내야하는 아픔이 나를 잠 못 이루게 했기 때문이다.

울산 현대차!
아무래도, 이곳에서의 어젯밤 일은 나에게 아주 기억이 좋지 않은 추억으로 남을 것 같다. 언제 어디서 무엇을 하든, 내가 어떤 위치에 있든 늘 낙천적으로 열정적으로 살아가고자 좀처럼 흔들리지 않던 나의 마음에도 약간의 고동이 쳤다.

다친 대원들에 대한 예우와 앞으로 있을 조직개편에서 나의 팀원들을 어떻게 떠나보내야 하고, 새로 받아들일 대원들에 대해 나의 식구로 잘 맞이하고 어떤 식으로 팀을 꾸려야할지 설계가 필요한 시간이었다.

지금쯤 곤히 잠들어 있을 아내와 아이들의 모습을 상상하며 앞으로 우리 가정의 건강과 행복을 기도해 본다.

"주님, 저에게 어떤 시련이나 고통을 주실지라도 저는 기꺼이 달게 받겠습니다. 그 모든 시험대를 저는 즐거운 마음으로 성공적으로 통과할 것입니다.

그렇지만 저의 사랑하는 아내, 세상에서 가장 아름다운 저의 사랑하는 딸들은 인생이 평탄하고 그동안 잘 보살펴주신 것처럼 편안한 삶을 살아갈 수 있도록 인도해 주시고, 세상에 꼭 필요한 인재로 키워 주시고, 나라와 인류를 위해 쓰임새 있는 큰 재목으로 키워 주십시오. 그리고 저의 아내와 딸에게 내려주실 시련은 저의 시험대에 올려주십시오.

기꺼이, 제가 그 십자가를 즐거운 마음으로 짊어지고 갈 것이며, 저의 사랑하는 아내, 너무도 예쁜 딸들이 행복할 수 있다면 저는 한줌의 밑거름이 되겠습니다."

35. 서산경찰서 최완재 경사와의 소중한 인연

충남 서산경찰서 최완재 경사!
그는 대한민국 경찰을 대표할만한 현장의 영웅이다.

그와 맺은 소중한 인연은 2012년으로 거슬러 올라간다. 충남경찰청장으로 근무 중이던 그 해 2월 15일! 충남 서산의 한 공장에서 엽총으로 직장동료를 살해하는 사건이 발생하였다.

범인은 서해안고속도로로 도주하면서 추격하던 경찰관들에게까지 엽총을 난사하였고, 최완재 경장 등 2명은 생명의 위험을 무릅쓰고 사건발생 50분 만에 살인범을 검거하였다. 추격하던 형기차에서 엽총 탄알이 뚫고 나간 흔적이 여러 곳 발견되기도 하였다.

사건발생 당시 본청에서 열린 전국 지방청장 회의에 참석하고 있던 나는 검거 즉시 본청장님께 검거사실과 함께 특진을 건의 드렸다. 이로 인해 최 경장은 그 해 5월 1일에 경사로 특진했다. 서산경찰서를 직접 방문하여 특진임용식을 해주고 왔었다. 첫 번째 만남은 이렇게 시작되었다.

2년 후 경찰교육원장으로 근무할 때다.
6월 25일 저녁에 암투병중인 교육생이 건강상태가 좋지 않아 자택으로 후송했다는 보고를 받았다. 그런데, 다음 날 아침에 그 교육생이 끝까지 교육을 받겠다며 재 입교를 희망한다고 했다. 그 정도 의지를 가진 경찰관이라면 교육을 받도록 해 줘도 괜찮겠다고 생각하고 이를 허락했다. 그런데, 자세히 알고 보니 뜻밖에도 주인공은 바로 최완재 경사였다. 그의 건장함과 용감함을 잘 알기에 놀랄 수밖에 없었다.

최 경사가 입교한 교육과정은 1주간의 짧은 교육이었기 때문에 별도의 수료식을 하지 않는 관행을 깨고, 당시 교육원에서 교육을 받던 1천 여 명의 교육생들이 모인 가운데 쾌유를 비는 특별한 수료식을 개최했다. 두 번째 만남이다.

동료들의 기원 덕분인지 다행히 병세는 호전되고 있다는 소식을 간간히 전해주었다. 그 해 10월에는 경찰교육원에 다시 입교하여 경사 기본교육과정까지 무사히 마쳤다. 세 번째 만남이다.

3년 후 경찰청 수사국장으로 재임하던 5월 어느 날!
경찰청에서 개최한 '현장의 영웅' 초대 행사에서 최 경사를 가족들과 함께 다시 만났다. 전국 경찰관들의 성원 때문에 삶에 대한 끈을 놓을 수 없어 건강을 되찾고 있다며, 대한민국 경찰관인 것이 정말 자랑스럽다고 했다. 내가 보기에도 정말 건강이 좋아 보여 기뻤다. 네 번째 만남이다.

2016년 초에 고교선배님이 서산경찰서 생활안전과장으로 발령받았다는 이야기를 듣고, 최 경사의 사정을 설명하며 특별히 잘 챙겨줄 것을 부탁드렸다. 그 사실을 까먹고 있었는데,

2016년 3월 4일 저녁에 최 경사로부터 장문의 문자가 왔다.

청장님!
한참 만에 인사드리는 것 같아요! 서산경찰서 완재입니다.
페이스북을 통해 청장님 모습 계속 뵙고 있습니다.

가끔은 궁금해 하실 지도 모른다는 생각에 청장님께 "저 잘 지내고 있습니다."고 전화 드리고 싶었지만, 엄청 바쁘실 텐데, 개인적으로 전화 드리는 게 누가 될 지도 모른다는 생각과 쑥스러움에 쉽게 직접 전화는 드리지 못했어요. 그래서, 대신 페북에서 제가 '좋아요' 누르면, 청장님이 '완재 잘 지내고 있구나!'라고 알고 계시겠지?'하고 '좋아요'만 누르는 소심함을 보였습니다.

이번 1월 29일 인사에서 지곡치안센터장으로 발령나서 근무하고 있습니다. 치안센터장 공모경쟁률이 4:1이나 되어서 안 될 줄 알았는데, 서장님과 생활안전과장님의 배려로, 센터장으로 근무하고 있습니다.
근데, 얼마 전 모르고 있던 사실 하나를 이정석 생안과장님을 통해 알게 되었습니다. 제가 치안센터로 발령나기 전 청장님께서 따로 연락하셔서 저에 대한 배려를 부탁하셨다는 걸 이제야 알게 되었습니다.

청장님이 그때가 경기청장 취임 직후라 엄청 바쁘셨을 텐데, 그 바쁘신 와중에 저까지 챙기셨다는 걸 알고 깜짝 놀랐습니다. 그 순간 감사한 마음과 송구스러운 마음이 교차했습니다. 저는 청장님께 아무 것도 해드린 게 없는데, 계속 받기만 한다는 생각에... 송구함이....

엊그제 애들 엄마에게 이런 사실을 얘기 했더니, 집 사람이 눈물을 글썽이면서 '청장님께 감사하고 고맙다고 꼭 말씀 드려 달라.'고 합니다.

청장님!

저 같은 별거 아닌 놈과의 인연을 특별한 인연으로 여겨주시고 신경 써주셔서 감사하고 고맙습니다!

어제는 병원에 항암치료 검사결과 보러 갔다 왔는데, 청장님의 배려 덕분으로 치안센터에서 몸과 마음을 추스려서 그런지, 현재 전달 보다 호전 되어 암 크기가 많이 줄어들었다고 합니다. 담당 교수님이 "요사이 어디 좋은데서 좋은 공기 마시고 있냐?"고 묻길래, "예, 좋은 곳에서 근무하고 있습니다."라고 했더니, "거기가 어디냐?"며 자기한테도 알려 달랍니다. ^^*

투병하면서 매번 마음이 약해지는 고비가 찾아오곤 했는데, 묘하게도 절묘한 타이밍에 그때마다 저는 청장님의 도움으로 힘을 내는 일이 생깁니다. 사실, 투병이 길어지면서 몸과 마음이 지치면서 의지가 약해져 가고 있었고, 평소 하던 일임에도 지친 몸과 마음으로 하는 내근업무도 쉬운 게 아니었습니다. 그리고 매번 병원에 치료받으러 갈 때마다 제 업무를 대신 해주는 동료들에게 짐이 되고 있다는 생각에 마음이 편치 않았습니다. 그러다 보니 이번에 센터로 발령이 안 나면, 휴직을 심각하게 고려해봐야 하는 상황에 이르게 되었습니다.
그 동안 휴직하지 않고 견뎌냈던 이유는, 암에게 지지 않겠다는 제 의지의 표현이었고, 암을 이겨내고 반드시 동료들 옆으로 돌아가겠다는 동료들과의 약속을 지키기 위해서였습니다.

그런데, 지쳐가는 심신에 그 약속을 지켜내지 못할까봐 두려워졌습니다. 그래서, 그 돌파구로 몸과 마음을 추스리기 위해 센터근무를 원했었는데, 그 마저도 되지 않으면 결국 휴직을 할 수 밖에 없고, 휴직은 저의 의지가 꺾였다는 걸 의미한다는 생각에 착잡한 마음이었습니다.

저의 고충을 헤아려 배려해주신 서장님과 생안과장님, 그리고, 혹여 제가 부담스러워 할까봐 그마저도 저 모르게 챙겨주신 청장님의 마음, 넘 고맙습니다!

분에 넘치게 저를 아껴주시는 청장님의 배려와 응원으로, 꺾여가던 투병의지를 다잡아 다시 세우게 되었습니다! 그리고, 청장님이 경기청장으로 승진하셨을 때, 머쓱함과 쑥스러움에 페북에 승진 축하 댓글만 달랑 쓰고 제대로 된 축하 인사도 드리지 못해 죄송했습니다.

청장님, 담번 뵐 때는 건강한 모습으로 청장님 앞에 짠~~~하고 나타나도록 하겠습니다.^^* 많이 바쁘셔도 건강이 최고입니다. 늘 건강 챙기시는 거 소홀히 하시면 안됩니다!

청장님이 건강해야 경기경찰, 아니 대한민국 경찰의 미래가 밝다는 거, 꼭 아셨으면 좋겠습니다. 청장님, 존경하고 사랑합니다!

- 서산에서 완재가 ♡♡♡

36. 충남경찰청장 이임 전날의 감동

이임 하루 전날에 일선 경찰서에 근무하는 경찰관으로부터 편지가 왔다.

이임식에 참석해서 낭독해주고 싶지만, 근무 때문에 그러질 못하니 다른 사람이라도 꼭 낭독을 해줬으면 좋겠다면서…

내 생각을 어쩜 이렇게 잘 이해하고 있었는지 지금 생각해도 고맙기 그지없다. 이 편지는 이임식장에서 시낭송가인 김미숙 주무관이 낭독하였다.

존경하는 청장님께!

청장님 안녕하십니까? 저는 OO경찰서 OOO경사입니다.

오늘 청장님의 발령 소식을 들었을 때 직접 찾아뵙고 인사를 드리고 싶었지만, 청장님이 한없이 높게만 느껴져 그렇게 하지 못하고 이렇게 제 진심을 담은 메일로 대신합니다.

솔직히 청장님이 하시는 노인과 장애인, 그리고 다문화 가정을 보살피는 일들이 처음에는 '일회성 이벤트가 아닌가?'하는 의구심을 가졌지만, 청장님의 눈빛에서 저는 진심이란 걸 느꼈습니다.

'노인이나 장애인이 내 가족이라고 생각해 봐라. 그리고 사람은 언제나 누구에게나 따뜻한 정을 베풀 수 있어야 한다'는 말씀에 감동하였고, 항상 제 마음속에 담아두고 많은 생각을 하며 근무하고 있습니다.

'아무도 알아주지 않는다 하더라도 우리 조직을 위하고, 우리 동료들과 내 가족을 위해 무엇을 할까? 혹시 놓친 것은 없나?'를 항상 고민하신다는 청장님의 말씀 말입니다.

저희 아버지는 찢어지게 가난한 집안의 장남이셨고, 어머니는 그런 아버지한테 시집을 오셨습니다.
어릴 때는 몇 평 되지 않는 방에서 여섯 식구가 함께 자던 시절도 있었습니다.

고등학교를 졸업하고 대학에 진학했으나, 살림이 넉넉지 못하여 다니지 못하고 공장에서 일했습니다. 공장에서 일하는 게 너무 싫어서 23살의 어린 나이에 경찰에 들어와 많은 경험을 하게 되었습니다.

어린 나이와 높지 않은 계급으로 인해 선배들이 잘 알아주지도 않았고, 아내에게도 인정받지 못하는 궂은 업무들을 항상 도맡아 하면서 '과연 내가 지금 옳은 길을 걷고 있는 것인가? 누구를 위해 이렇게 고되고 힘든 일을 해야만 하나?'하는 생각도 많이 했습니다.

맞벌이를 하고 있어서 아이를 처가에 맡겨 놓았는데, 부모의 사랑도 제대로 못 받고 자라나는 아이를 보며 때로는 '아무도 알아주지 못하는 이 일을 내가 왜 해야 하나?'하는 생각을 하루에 수도 없이 많이 하다가 잠이 들 때도 있었습니다.
객지에서 생활하며 어떨 땐 혈연, 학연, 지연이 끈끈한 직원들을 부러워하기도 했고, 때로는 외롭기도 하여 눈물짓기도 합니다.

하지만, '아무도 알아주지 않아도 우리 가족과 내 조직을 위하여 무엇을 할 지 항상 고민하고 있다'는 청장님의 눈빛을 보고 난 후부터 저는 힘을 얻고 제가 과연 무엇을 위해서 일해야 하는지 알게 되었습니다.

저희 어머니는 장애인이시고, 장인어른 또한 장애인이십니다.
'노인이나 장애인이 내 가족이라고 생각해 보라'는 청장님의 말씀처럼 그 분들은 정말로 저에겐 가족이었습니다. 또한 어느새 제가 다른 노인이나 장애인들을 진심으로 사랑하고, 위해주고 있었다는 사실을 발견했습니다.

청장님이 해 오신 일들이 어쩜 아무도 알아주지 않았을지라도 저처럼 보잘 것 없는 직원이지만 많은 직원들이 청장님을 열심히 응원해 왔다는 사실을 꼭 기억해 주십시오.

또한, 청장님께서 보여준 직원들에 대한 사랑, 그 따뜻한 마음을 저는 결코 잊지 않겠습니다.
그리고 먼발치에서나마 청장님을 항상 응원하겠습니다.

청장님 너무 고맙습니다,
그리고 사랑합니다.

2012년 10월 25일 00경찰서 000올림

37. 승진심사, 권한이 아닌 책임

해마다 1월이면 승진심사가 있다.

승진심사를 마치고 나면 마음이 몹시 무겁다. 아쉽게도 승진의 영예를 차지하지 못하신 분들께 위로의 말을 찾느라 고민스럽기도 하다.

승진에 누락된 분들, 결코 역량이나 노력이 부족하지 않았다. 근본적으로 자리가 부족했다. 또한 승진요건이 비슷한 경우에는 부서 안배 등의 사유로 불가피하게 누락된 경우가 있다. 그 뿐 아니다. 때로는 금년이 근속승진대상이어서 제외된 경우도 있다.

어떤 사유든지 승진 누락은 개인에게 억울함이나 답답함을 줄 것이다. 또한 그동안 묵묵히 뒷바라지 해준 가족들에 대한 미안함, 그리고 함께 힘을 모아 일해 온 동료들이 느껴야 하는 아쉬움도 작지 않아서 경우에 따라서는 서운함을 견디기 힘든 경우도 있을 수 있다.

그래서 지나 온 1년은 짧지만, 앞으로 지내야 할 1년이라는 시간이 길고 지루하게만 느껴질 수 있다. 최선을 다해 100m를 달렸는데, 시계가 고장 났으니 다시 한 번 더 뛰어야 한다는 말처럼 허탈감을 느낄 수도 있다.

개인적으로 인사와 관련하여 어찌 보면 특이한 기록 3개를 가지고 있다.

경정 때 대통령비서실에서 근무하고 있었는데, 총경 승진에서 두 번이나 누락되었다. 통상 청와대에 파견근무를 나가면 다른 사람들 보다 1~2년 먼저 승진하는 것이 불문율 내지 관례처럼 굳어져 있었다. 그런데 두 번이나 누락되었으니 전무후무한 기록이 아닐까?

두 번째는 총경에서 경무관 승진 때다. 본청 정보2과장으로 근무하고 있었을 때인데, 승진인원은 12명이었다. 심사위원회에서는 나를 꼭 승진시켜야 한다고 주장하는 분들이 있었던 모양이다. 심사결과 발표가 계속 지연되다가 타협안이 나왔다. 나를 포함하여 13명을 선발하고 청와대를 설득하기로 하였다고 한다.

나를 승진후보자 13번으로 하되 비고란에 (예비)로 적시하여 청와대와 조율하기로 한 것이다. 사전 조율되지 않은 명단이니 당연히 탈락되었다. 하지만 사람들이 (예비)라는 의미를 모른 채 그 명단이 구두로 나돌면서 축하 인사까지 받았었다.

세 번째는 치안감에서 치안정감 승진할 때인데, 계급정년인 만4년을 1개월이나 지나서 퇴직 3일을 앞두고 승진 했다.

그러기에 승진에서 누락되는 것은 사실 어떤 말로도 위로가 되지 않는다는 것을 잘 알고 있다.
관서장으로서 승진심사 때 마다 승진희망자의 자기추천서

와 경감 이상 간부들의 승진대상자 추천서를 읽고 또 읽어보고 인사에 반영했었다. 전임자들의 의견까지 들어보기 때문에 안타까움은 더 클 수밖에 없다.

보다 공정하고 객관적인 심사결과를 도출하기 위해 여러 날 고심하면서 '승진심사만 없으면 얼마나 좋을까?' 하는 생각이 들만큼 무거운 시간이었다.

어쩌면 승진심사는 인사권자에겐 권한이 아닌 책임이고 고통이다.

승진 심사에서 누락되었다고 해도 언제 그랬냐는 듯이 툴툴 털고 일어나기를 바라는 마음 간절하다. 승진한 사람들이 한순간은 경쟁의 상대였지만, 찾아가서 진심으로 축하해주는 너그러운 모습도 보고 싶다.

또한 승진하신 분들이 아깝게 누락된 분들을 찾아가서 위로의 말을 전해주는 아름다운 모습도 보고 싶다. 왜냐하면 우리 모두는 대한민국의 자랑스러운 경찰관들이 아닌가?

38. 회의(懷疑)에 빠지는 회의시간

 아래 글은 2014년 3월 어느 날 경찰병원에서 정기 건강검진을 받으면서 남는 시간에 경찰교육원 교직원들에게 보냈던 글이다.

 우리 교육원의 회의 문화에 대해 곰곰이 생각해 봤습니다.

 발제와 결론은 언제나 원장이 담당합니다.
 업무보고를 금요일 하루만 하도록 개선했지만, 공식 일정 이외에는 일상적으로 담당 계장이나 알면 될 사항들이 대부분 입니다.
 물론 원장의 발제 내용도 카톡이나 내부메일로 공유하면 될 사안들이 대부분임을 잘 압니다.
 원장도 회의를 왜 하는지 회의 자체의 필요성에 대해 회의(懷疑)가 생깁니다. 결론 또한 언제나 원장의 의지대로 맺어지게 됩니다.
 일방적인 업무지시가 대부분입니다.

 그에 따라 회의분위기는 채용면접 시험장과 흡사합니다.
 혹여 원장의 발언에 대답을 제대로 못하거나 잘못 발언하면 그에 대한 책임이 돌아갈까 염려하고, 나아가 찍히지 않을까 걱정되어 묻기 전에는 말하지 않고 입을 닫아버립니다.
 다이어리에 이 생각 저 생각하면서 낙서만 끄적거리거나 딴 생각하며 웃긴 이야기가 있으면 적당히 같이 웃어주는 척 하면서 회의가 끝나기만을 바라고 있습니다.

회의시간이 회의(懷疑)를 품는 시간입니다.

원장의 공격과 간부들의 방어 형태의 모습으로 요약될 수 있습니다.

그렇다고 하여 발제자를 지정하면 그 자체가 또 하나의 스트레스고 부담입니다.

자연스럽게 최근의 교육생 분위기, 특정관서의 우수시책이나 성과, 특정한 경찰관의 모범사례를 이야기하고, 경찰 조직의 발전을 위한 사항, 일선 분위기, 언론을 비롯한 사회 현상에 대한 느낌과 이에 대한 우리의 대응책이나 연구과제를 제안하고 토론하면 될 텐데….

아마 본인 승진소식 다음으로 '원장이 병원진료나 휴가 간다.'는 소식이 가장 반가운 소식이 아닐까 생각해 봅니다.

과거의 조직 관리는 지시와 관리 위주였지만, 이제는 소통과 신뢰를 기반으로 한 동기부여 방식이어야 합니다.

이는 상호존중하고 배려하는 데에서 시작됩니다.

'소통하자면서 호통치고 고통주니 분통이 터져 불통하게 되더라.'는 말이 있죠! ㅎㅎ

원장도 노력하겠지만, 우리 앞에 가로 놓여있는 마음의 벽이나 불편함, 편견 등을 제거하기 위해 서로 노력해야 합니다.

'내주 월요일부터 어떤 식으로 회의를 진행해야 하나?' 고민이 많은 밤입니다.

함께 고민하여 월요일에 이야기 해볼까요?

39. 리더십은 홍수, 리더는 가뭄

사회과학분야에서 가장 많이 연구되고, 가장 많은 저서가 출간되는 분야를 손꼽으라면 단연 '리더십'이 아닐까?

리더십은 정치, 사회, 경제, 문화 등 전 분야에서 요구되기 때문이다. 나라를 다스리는 정치가, 거대한 기업과 조직을 운영하는 CEO, 신도들의 영적 생활을 지도하는 성직자 등 지도자들은 뭔가 모를 반드시 갖추어야 할 덕목이 있기 때문이리라.

뿐만 아니라 한동안 주목받았던 자성리더십 이론에 따르면 집단과 조직을 이끄는 사람이 아니라 해도 자신의 성공적인 인생과 행복한 삶을 추구하기 위해서는 리더십에 대해 배우고 실천하는 것이 중요하다고 한다.

'포용의 리더십', '섬김의 리더십', '하이퍼포머 리더', '최고의 리더', '리더의 아침을 여는 책' 등등 리더십과 관련된 책이라면 남 못지않게 많이 읽었다고 자부해 왔지만, 각종 리더십 이론과 최근에 나온 리더십 책자를 읽으면 읽을수록 확신보다는 오히려 더 많은 의문이 남는 것도 사실이다.

어떤 연구가는 '리더는 선천적으로 타고나는 것이다.'고 주장하는 반면 '리더는 후천적인 노력에 의해 만들어지는 것이다.'고 말하는 사람도 있다.

리더십 책자에 단골손님으로 소개되는 이순신, 세종대왕, 처칠, 링컨, 스티브 잡스의 사례와 일화들을 보면 정말 대단하다는 생각이 든다. 그래서 리더십은 우리처럼 평범한 사람들과는 거리가 먼 이야기처럼 생각될 때도 있다.

과연 리더십은 선천적인 자질이며 훌륭한 위인들의 전유물 혹은 큰 조직을 이끌어가는 지도자들에게만 필요한 덕목일까?

리더십은 사실 옛날 옛적에 살았던 위인의 일화나 머나먼 외국의 기업가나 정치가의 이야기만은 아니다. 특정 지도자의 리더십만 강조되던 시대는 지나갔다. 그들의 일화나 업적은 그저 참고 자료일 뿐 진정 필요한 리더십은 바로 우리 일상 속에서 늘 살아 숨 쉬고 있어야 한다.

지금은 조직 구성원이나 리더를 따르는 사람들의 마음가짐과 태도인 팔로워십과 구성원들 사이, 동료 간의 파트너십이더욱 강조되고 있다.

이처럼 리더십 이론은 시대의 변화에 따라 다양한 인간관계틀 속에서 끊임없이 변화하고 발전되어 가고 있다. 그래서 한가지 리더십만이 정답이라 말할 수 없으며 우리는 끊임없이 시대가 요구하는 여러 가지 새로운 리더십을 배워나가야 한다.

또 하나의 고민거리는 리더십이 학문적인 이론이 머무는 것이 아니라 현실 적용과 실천이 중요한 실용적인 분야이기에 '외국의 선진 리더십 이론들과 리더십 성공 사례들을 한국의 경찰 조직에, 그리고 우리의 업무에 어떻게 적용을 시킬 수 있을까?' 하는 것이다.

이해와 적용, 앎과 실천은 엄연히 별개의 문제이기에 우리가 수많은 리더십 이론을 배우고 알고 있다 해도 막상 실천은 요원한 일 아닌가?

우리가 부딪히는 현실의 문제들은 너무나 복잡 다양해서 리더십 이론을 있는 그대로 접목시키기가 어렵다. 매 순간 긴장이 흐르는 치안현장은 더더욱 어렵다. 경찰관들이 납치, 강도, 살인, 자살 같은 사건 신고를 받고 일분일초를 다투는 그 긴장감과 급박함 속에서 책에서 보았던 리더십 이론을 떠올리는 것은 거의 불가능한 일이다.

그래서 경찰관들에게는 이론적인 이야기보다 생생하게 살아 움직이는 현장 리더십이 필요하다는 생각을 했다. 경찰교육원장 시절에 이런 절실함 속에서 출간한 책이 '경찰리더십의 정석'이다.

'경찰리더십의 정석'에 나오는 사례들은 허구 속의 이야기가 아니라 우리 경찰의 현실이고, 등장하는 인물들은 내 상사, 내 동료의 모습이며 바로 나 자신의 모습이다. 그리고 어느 조직, 어느 회사에 가도 '이런 사람들은 꼭 있다.' 싶은 캐릭터와 사례들도 많이 담았다.

어떤 에피소드는 사실 꺼내기가 부끄러운 부분도 있었다. 하지만 우리가 처한 현실과 문제점들을 정확히 직시할 수 있어야 더 나은 방향으로 발전할 수 있을 거라는 생각에 드러내기 부끄러운 속살도 가감 없이 드러내 보았다.

이제 뒤에서 지시하고 명령만 하는 리더십은 더 이상 통하지 않는다.

우선 리더는 동료를 사랑하고, 동료들로부터 신뢰와 존경을 받아야 한다. 동료의 신뢰와 존경이 뒷받침되지 않으면 절대로 조직을 제대로 이끌어 갈 수가 없다. 그 뿐 아니다. 부하직원들이 개인적인 성취를 이룰 수 있도록 도와주는 것은 물론 경찰 조직의 비전을 제시하는 것도 온전히 리더의 몫이다.

그리고 타인을 이끌어갈 능력을 갖추기 이전에 먼저 셀프리더십을 갖추어야 한다. 리더의 자리에 올라간다고 해도 셀프리더십이 뒷받침되지 못한다면 그 리더십은 사상누각일 뿐이다.

그동안 경찰에 가장 알맞은 리더십 그리고 현장에서 쉽게 적용할 수 있는 리더십을 담은 책이 발간되기를 염원했다. 또한 장차 경찰관들이 겪는 치안현장을 반영한 현실적인 리더십에 대해 연구하고, 이를 교육시키는 경찰 리더십센터가 꼭 건립되었으면 하는 바람도 가지고 있다.

그 염원의 첫 결정체가 바로 '경찰리더십의 정석'이다.

학창시절, 참고서였던 '수학의 정석'은 교과서보다 더 많이 읽고 공부했던 수학의 바이블이었다. '경찰 리더십의 정석'이 현장 경찰관들에게 널리 읽히고 쓰여서 실제 상황에 바로바로 적용할 수 있는 경찰관들의 바이블이 되었으면 좋겠다. 그래서 현장 경찰관들이 어렵고 해결되지 않는 문제들에 부딪힐 때마다 다시 한 번 책장을 펼치며 마음을 새롭게 할 수 있었으면 좋겠다.

　'경찰리더십의 정석', 내 책상에 놓인 것처럼 모든 경찰관들의 책상위에 놓여 질 거라는 꿈을 꾸어 본다.

40. 경찰교육원을 떠나던 날

2014년 12월 4일, 1년간의 경찰교육원 근무를 마치고 떠나는 날이다.

아산에 소재한 경찰교육원장으로 부임하면서 '현장에 강한 전문 경찰관 양성'을 교육목표로 삼았다. 강도 높은 교육개혁을 추진하기 위해 교육기획계를 신설하였다.

교육개혁의 컨트롤타워 역할을 하도록 하는 동시에 국내외 교육기관의 새로운 교육기법과 동향을 신속히 벤치마킹 할 필요가 있어서다. 더불어 경찰관들의 리더십을 계발하고 스트레스를 치유할 수 있는 감성계발센터, 외국경찰관들에 대한 초청교육을 담당하는 국제경찰교육센터, 보안경찰의 전문교육을 담당하는 보안경찰교육센터 등 3개 센터를 신설하여 새로운 전문교육 수요에 부응할 수 있도록 하였다.

또한, 경찰청의 교육훈련규정상 주당 교육시간이 35시간, 즉 하루 7시간씩 하도록 되어 있어서 금요일 오후까지 수업이 불가피하였다. 먼 곳에서 입교한 교육생들은 교육이 끝나는 금요일의 밤늦은 시간에 귀가할 수밖에 없다. 가까운 수도권이라 하더라도 차량정체가 극심하여 평소 보다 두 배 가량 걸려 귀가해야 한다고 한다.

인원이 적은 파출소는 쉬지도 못하고 바로 야간근무를 하는 곳도 있었다. 본청에 주간 교육시간을 4시간만 단축해 달라고 건의하였지만 번번이 묵살되었다. 할 수 없이 화요일과 목요일 야간에 각각 2시간씩 교육을 하고, 금요일 오후 수업을 폐지했다.

대신에 야간교육은 주로 학과목 교육이 아닌 가정의 행복과 자녀교육, 힐링음악회 등으로 구성하여 교육생들도 큰 부담 없이 자신과 가정을 뒤돌아보는 기회가 되도록 하였다.

교육개혁에 대한 욕심이 앞서서인지 '원장이 너무 급하게 교육개혁을 밀어붙이는 것 아니냐?'는 말이 들려왔다. 3월 25일에 만찬자리를 마련하여 이런저런 의견을 나누었다. 그리고는 "여기는 교육기관이라서 개혁추진 속도를 시속 30km 정도로만 유지하고 있다. 가속페달(액셀러레이터)을 더 밟을까." 고민중이다. 내가 근무했던 다른 부서에서의 업무속도는 평균 80km이상 이었다."고 설명했다. 그러자 권도이 경감이 "원장님! 교육원 구내는 원래 제한속도가 30km로 되어 있습니다." 라고 재치 있게 제지해서 모두가 박장대소하기도 했다.

신설된 '감성계발센터'에 경찰관들이 배우자와 함께 입교하여 교육을 받을 수 있는 '부부행복과정'을 운영했던 것이 보람중의 하나다. 하지만 부부행복과정은 신설단계에서 부터 난관에 부딪혔다. 예산관련 규정상 경찰공무원의 배우자에 대한 급식이나 교육비 집행은 불가능하다는 것이다. 할 수 없이 얼마 되지 않는 원장의 업무추진비에서 지출하기로 했다.

이렇게 신설된 부부행복과정은 들판을 아름답게 만드는 작은 풀꽃과도 같았다. 만약 수많은 풀꽃들이 없다면 들판이 어찌 아름답겠는가?

마찬가지다. 최고의 전문지식을 갖춘 경찰관이 되었다고 해서 가정이 행복하지 않다면 주어진 사명을 제대로 감당할 수가 없게 된다. 가화만사성이라는 말이 있듯이 경찰관의 직무 능력 못지않게 중요한 것이 가정의 평온과 행복이다. 그래서 '더없이 행복한 부부'가 되기 위한 배움과 나눔의 장을 신설한 것이다.

'부부행복 교육과정' 교육생들은 부부의 참뜻, 부부의 역할, 부부의 존재 의미, 부부간 대화법 등을 함께 배우며 소통했다. '부부행복교육과정' 1기에 참석했던 경찰관들은 30년 가까이 경찰 생활을 해 오신 백전노장 선배들도 있었다.

그분들은 철야근무를 밥 먹듯이 하면서도 힘든 내색조차 할 수 없었던 시절을 보냈다. 열악한 근무환경 속에서도 솔로몬의 지혜와 충무공의 용기를 불사르며 맨 몸으로 현장을 누비던 백전노장들이다. 그러다보니 집에 들어가지 못하던 날이 부지기수였고, 한 가정의 가장으로서 책임을 다할 수 없었을 때가 많았을 것이 분명하다.

그럼에도 불구하고 박봉을 쪼개 어려운 살림을 꾸리면서 아이들을 보살피고, 남편들이 대한민국 자랑스러운 경찰로 우뚝 설 수 있도록 묵묵히 내조해 오신 경찰관들의 사모님들은 대한민국 경찰의 숨은 공로자들이다. 경찰선배님들은 이 분들의 정성어린 내조가 있었기에 30여년의 경찰 생활을 무사히 마무리하며 아름다운 정년을 바라볼 수 있는 것 아닐까?

지금도 어느 사모님이 남긴 고백이 귓가에 들리는 듯하다.
"사는 것이 바빠 제대로 표현하지 못했습니다. 하지만, 처음 만났던 때부터 지금까지 아직도 당신을 향한 떨리는 마음을 간직한 여자라는 사실을 기억해 주세요."
부부행복 교육 과정을 통해서 서로의 아픔을 드러내고, 그 아픔을 보듬어 안으며 부부관계를 회복하는 소중한 시간은 참석자 모두에게 더없이 뜻 깊고 행복한 시간이 되었으리라.

경찰관들의 부부관계를 더욱 돈독하게 만들어 행복한 가정을 만든다는 1차적인 목표를 넘어 행복한 가정, 안전한 사회, 부강한 국가를 만들고자 하는 우리 모두의 원대한 꿈과 목표가 열매를 맺어가고 있었다.

'경찰관이 행복해야 국민을 행복하게 만들 수 있다.'는 단순한 진리가 우리 모두의 마음속에서 꽃을 피우자 교육원은 더 많이 분주해졌다. 도무지 쉴 틈이 없었다. 그러나 어느 덧 1년이라는 시간이 훌쩍 지나가고 교육원을 떠나는 날이 되었다.
아직도 할 일이 많이 남아 있는데, 떠나려니 마음이 몹시 애석했다. 내 마음을 알았을까? 하늘은 하얀 눈을 펑펑 쏟아주면서 나에게 속삭였다. 걱정하지 말라고. 다음 후임자가 와서 더 열심히, 더 잘할 거라고.
'그래. 눈처럼 순수하고 고운 마음과 생각만을 가지고 떠나자.'
그러자 그동안 일 욕심 많은 원장을 만나서 너무나 많은 수고를 해야만 했던 교직원들이 고맙기도 하고 미안하기도 했다.

'왜 더 잘 해주지 못했을까?'

떠나야만 하는 아쉬움과 직원들에 대한 미안함에 가슴이 먹먹했다. 혹 '잘했다. 수고했다.'는 칭찬과 격려에 인색하지 않았는지 스스로 뒤돌아보았다. 일하는 과정에서 본의 아니게 직원들의 마음을 아프게 한 적이 있지는 않았을까? 혹 상처가 남아있는 사람은 없을까?

나는 깊이 머리 숙여 사랑한다는 말을 했고, 혹 나로 인해 마음 상한 일이 있었다면 용서해 주기를 간청했다. 그리고 결코 개인을 미워하거나 싫어해서가 아니었음을 고백했다. 끝내 눈물을 감출 수 없었다.

나는 눈물 글썽한 눈으로 직원들에게 다시 한 번 강조했다.

"사랑합니다. 많이 사랑합니다. 대한민국 경찰의 미래는 바로 여러분에게, 우리 경찰교육원에 달려 있습니다."

41. 이름도 얼굴도 모르는 경찰관들의 편지

관서장으로서의 책임감, 경찰관으로서의 사명감을 일깨워 나의 가슴을 뛰게 만들고, '더 바르고 겸손하게 국민과 동료들을 섬겨야 한다.'는 다짐을 하도록 만들어 주는 게 있다. 바로 동료경찰관들이 보내오는 정성어린 편지, 문자, 메일이다. 감동적인 글 중에서 몇 개만 원문 그대로 옮긴다.

* 세월호 침몰 사고가 온 국민을 슬프게 하는 오늘 하루도 여느 때와 마찬가지로 밤이 찾아오고 있습니다.

교육원의 정문은 금일 야간수업의 영향인지 아니면 저희들의 지속적 교양탓인지 모르지만 평소와 달리 조용한 밤인 것 같습니다.

평소 업무적 대면 외에는 뵙지 못한 제가 오늘 용기를 내어 진심을 담은 저의 마음을 몇 자 올릴까 합니다. 아마 장황한 카톡이 될 것으로 먼저 용서를 구합니다.

원장님으로 오시기 전 평소 원장님의 탁월하신 업무능력과 추진력에 감탄하여 오면서 정작 교육원장으로 오시기에 다른 교직원은 어떤 생각이 있었는지 모르지만, 저의 솔직한 심정은 '드디어 교육개혁은 시작이고 이제부턴 힘든 시간을 보낼 것이다.'는 생각을 하면서도 약간의 부정도 긍정도 아닌 어정쩡한 스탠스를 취하며 피동적 행동을 취해 왔습니다.

타 학과나 행정지원 파트에는 눈치라면 눈치일까요? 어느 정도는 밉게는 보이질 말아야겠다는 생각으로 소극적 자세로 일관해 온 것도 사실입니다.

게다가 당시 저의 건강은 수술 후 크나큰 정신적 충격을 느끼며 생활해 오던 것이 오히려 더 큰 이유라면 이유이었습니다.

어둡고 힘든 긴 터널 같았던 몇 개월의 시간이 지나고 나서야 교육원이 보이기 시작하였습니다. 그리고 우리 학생과가 보이고 저의 위치가 보이기 시작하였습니다.

그러나 타 과에서 바라보는 지난 우리 과의 위상은 정말 회복키 힘들어 그 회복을 위해 발버둥 치고 해보려 했지만 역시 역부족이었습니다.

원인이 뭘까 되짚어 보니 평소 오래 전부터 타 과로부터의 뿌리 깊은 불신, 즉 학생과는 먹고 놀며 지도계는 수당만 챙기는 사람들이라고 치부해버리는 생각들, 그리고 오래된 학생과의 만연된 행태들~

퇴원 후 정신을 차리고 과 위상을 찾기 위해 노력해 보지만 역부족이고 역시 제자리였습니다.

그러나 이제 우리 과가 달라짐을 스스로 느꼈고, 마음속 깊이 눌려있던 장애가 한순간 시원하게 터짐을 느꼈습니다.

원장님의 열정, 그리고 소신 있는 철학과 교육원 개혁방침에 교육원생활 통 털어 10년이 된 저의 생각이 그전까진 항상 긍정도 부정도 아닌 행동과 소극적 행동이었다는 것을 반성하며, 대내의 흐름을 보면서는 가끔씩 충정어린 걱정도 됩니다.

근자의 예로 야간수업에 대한 교육원 주변 상권 세력들의 지방 언론을 이용한 교육원 험담행위라든지 야간수업에 호응을 하는 교육생이 많다고 하나 일부 교육생의 잔잔한 불평도 개혁에 저항적 요소가 되고 있는 실정이고, 불상 교육생의 교육원을 향한 첩보와 대내외 일부 여론도 한 몫 한다고 봅니다.

　　그러나 원장님, 이들 요소가 장애가 된다고 하여 원장님께서 추진하고자 하시는 방향이 진로를 바꿔서는 안 된다는 생각입니다. 하지만 가끔씩 뒤돌아보시는 것은 좋을 것이라는 직언을 감히 드려봅니다.

　　그리고 존경합니다.
　　아니 이렇게 표현하고 싶습니다.
　　존경하기 시작했습니다.
　　드디어 교육원의 미래가 보이는 것 같습니다.
　　그건 바로 소통이 시작되었다는 것입니다.

　　꽉 막혔던 부서간의 벽을 허무는 일은 역대 어느 원장님도 해내시지 못했지만, 원장님께선 소리 없이 조용히 해내시고 계시다는 겁니다.
　　주변 눈치 보고 생활하며 소극적인 저 역시 그 소통의 대열에 합류했다는 거지요.

　　둘째 놀란 것은 교육원 인사의 변화입니다.
　　적재적소라는 사자성어가 적절한 표현이 아닌가 싶을 정도라는 겁니다.

이 부분에 대해서는 대내에 잔잔히 그리고 조용히 이야기 되지만, 어느 분도 하지 못했다는 이 사실은 분명 훌륭하신 판단이시고, 이로 인해 불완전 소통의 교육원이 소통으로 바뀌는 계기가 될 것으로 진정 기대해 봅니다.

존경하는 원장님!
지극히 보수적이며 매너리즘화 되어 있고 보이지 않는 부서 간의 불균형, 그리고 불통은 이제 서서히 바뀔 것으로 보입니다.
이 모든 걸 통찰력과 넓어진 안목으로 무리 없이 단 순간 조용히 지휘해 나가시는 원장님, 거듭 존경의 말씀 올리며, 원장님은 진정 덕장이자 지장으로 부르고 싶습니다.

끝으로,
원장님!
원장님은 젊습니다.
그리고 건강하십니다.
부디 소신철학이신 존중과 배려 변치 마시고, 우리 교육원과 경찰을 위해 큰일을 해주시길 간곡히 부탁드리며 이만 줄이려 합니다.

원장님!
이제 밤이 깊어갑니다.
저는 아직 완전치 못한 몸이지만, 매사 긍정적인 생각으로 주어진 일과 원장님의 개혁 추진에 적극 노력할 것입니다.
이점 스스로 다짐하면서 장문의 글로 드리는 점 송구스럽게 생각합니다.

참고로 전임 학생과장은 참 좋으신 분이셨고, 새로 부임한 서민 과장도 훌륭한 분입니다.

새로 온 과장과 함께 교육개혁에 적극 동참하겠습니다.

원장님 행복한 밤 되세요~^^

p.s. 간혹 지나가다 젊은 학과장, 교수요원 그리고 생활지도교수 등 행정요원 만나시면 한 번씩 등을 쓰다듬어 주셨으면 감사하겠습니다.

그들이 교육원의 보배들입니다~^^ (2014.4.23. 교육원 OOO)

* '저의 짧은 식견과 부족한 판단력으로 원장님께 이런 말씀을 드려도 될까?'하는 고민을 하다가 원장님을 가슴 깊이 존경하고 응원하는 후배이자 부하직원으로서 응원의 메시지라도 전해드려야 하겠다는 생각에 어렵게 용기 내어 글을 올립니다.

18년간 조직생활을 하면서 많은 것들을 보고, 듣고, 느끼고, 배웠습니다. 가슴 아프지만 모든 인사가 공정하게 업무성과에 의해서만 이뤄지지 않는다는 사실도 경험을 통해 잘 알고 있습니다. 특히 고위직인사의 경우 그간의 업무성과나 역량보다는 정치적 결단에 의하여 결정되는 경우가 적지 않다는 사실도 잘 알고 있습니다.

만약 업무성과나 역량에 따른 인사가 이뤄졌다면 원장님께서 벌써 사회안전비서관, 기획조정관, 정보국장 중 적어도 한 보직을 역임하시고 승진까지 하셨겠지요.

　옆에서 보기에도 이렇게 답답하게 느껴지는데 누구도 따라올 수 없는 업무역량과 열정으로 조직발전을 위해 헌신하고 계신 원장님 본인께서는 얼마나 복잡한 감정을 느끼고 계실지 헤아릴 수도 없습니다만, 원장님께서는 이미 혼자만의 몸이 아니시기 때문에 아무리 큰 벽을 만나신다 해도 어떻게든 뛰어 넘으시길 간청 드립니다.

　원장님께서는 경찰조직 내에서 혈연, 지연, 학연에 기대지 않고 열정, 성실, 노력만으로 앞날을 개척해 나가는 젊은 경찰관들의 표상이십니다. 항상 열정적으로 일을 많이 하시기 때문에 불만을 가지고 있는 경찰관들도 있습니다만, 그 보다는 더 많은 후배들이 원장님을 존경하고 있으며, 정치적 배경 없이 성실한 노력만으로 갈 수 있는 마지막 지점이 지금 원장님의 모습이라고 생각하고 있습니다.

　원장님께서 지금 계신 자리에서 멈추시면 경찰조직에서 열정, 성실, 노력만으로 도달할 수 있는 한계가 치안감이 될 것이고, 한 걸음 더 앞으로 나아가시면 그 한계가 치안정감이 될 것이고, 경찰청장이 되신다면 오직 노력만으로 치안총수의 자리까지 오를 수 있는 조직이 될 것입니다.

　저 개인적으로는 경찰조직의 운영에 대해 실망하기도 하고, 저 자신의 그릇이 그다지 크지 않다는 사실을 자각하기도 해서 경찰지휘부 반열에 오르려는 야망을 버리고 계급으로의 성장은 총경까지로 마음먹은 지 오래 되었습니다만, 아직도 많은 청년경찰들이 비록 혈연, 지연, 학연 등 기댈 곳은 없지만 꿈과 희망을 버리지 않고 원장님을 롤 모델 삼아 성실히 노력하고 있습니다.

원장님께서 혹시나 힘겹고 실망스런 상황을 접하신다 해도 이들에게 새로운 길을 열어주셔야 한다는 의무감에서라도 마지막 순간까지 희망의 끈을 이어가셔야 합니다.

물론 본청장님께서 업무지향적인 성향을 가지고 계시고 원장님의 열정과 역량을 잘 아시리라 생각되기 때문에 저를 포함한 많은 사람이 청장님께서 원장님을 당연히 승진을 시켜주실 것으로 기대하고 있습니다.
그러나 혹시라도 어떤 외적 요인에 의해서 그 같은 일이 일어나지 않는 불상사가 발생한다 하더라도 절대로 희망을 버리지 마시고 어디서든지 교육원에서와 같이 또 다른 큰 행보를 이어가시기를 기원 드립니다.

저는 경찰조직에 정의가 조금이라도 살아있다면 분명히 그렇게 되리라고 굳게 믿고 있습니다. 원장님께서 승진하신다면 기쁜 마음으로 그 다음 더 큰 날개 짓을 위해 늘 기도 드리겠습니다.

솔직하게 다 말씀드리지는 못했습니다만 교육원에서도 원장님의 개혁에 대해 힘들어하고 불평하는 사람이 더 많습니다. 대부분 사람들이 그 일이 옳은가 혹은 그른가 보다는 나에게 편한가 혹은 불편한가 하는 입장에서 바라보는데 원장님의 개혁은 옳지만 상당히 불편하게 만들기 때문입니다.

때로는 저도 원장님께서 애쓰시는 만큼 조직은 발전하겠지만 그만큼

안티나 불만세력도 생겨나서 개인 신상에 부담이 되실 수도 있으니 업무에 대한 관심과 열정 그만 내려놓으시고 차라리 인기·여론 관리를 하시라는 말씀을 드리고 싶을 때가 많았습니다.

하지만 원장님께서 가시는 길이 분명히 바른 길이고 언젠가는 그에 부합하는 평가를 받으실 것이라는 믿음 때문에 차마 그런 말씀을 드릴 수 없었습니다. 아니 어쩌면 원장님께서는 합당한 평가를 못 받으신다 해도 대의를 위해 같은 길을 걸으실 분임을 너무나도 잘 알기에 그대로 따를 수밖에 없었는지도 모르겠습니다.

모처럼 원장님께 글을 올리다보니 이런저런 감정들이 터져 나와서 두서없이 횡설수설 한 것 같습니다만, 마지막으로 다시 한 번 강조 드리고 싶은 말씀이 있습니다.

원장님께서 바라시든 바라지 않으시든 원장님께서는 단순하게 한 개인이 아니시라 요령이나 사술을 전혀 모르고 열정과 성실함만을 가지고 조직을 위해 최선을 다하는 청년경찰들의 롤 모델이시고 대표선수이시기 때문에 원장님을 바라보고 따르는 시선들을 생각하셔서 아무리 높고 험한 장애물을 만나더라도 꼭 뛰어넘으시고 더 높은 곳에서 일한 만큼 평가받고 보상받는 기본이 선 조직을 만들어 주십시오.

또한 그러한 험난한 장애물 경기에서 마른 땅 달리실 때 말고 진흙탕 건너시는데 변변한 장대도 하나 없어 곤란하실 때면 언제든 저를 도약에 필요한 장대로 써 주십시오. 늘 원장님의 마음 써 주심과 가르침을 받기만

했던 지라 가시는 길에 조금이라도 보탬이 될 수 있다면 제 경찰생활에 가장 큰 보람 중 하나가 될 것입니다.

원장님 늘 존경하고 감사드립니다.(2014.10.16. 서울경찰청 000경정)

* 국장님 안녕하세요?

높으신 분들은 부속실에서 메일을 관리한다는 말이 있던데, 국장님한 테 전해지길 바라면서 지푸라기라도 잡는다는 심정으로 용기를 내서 메일을 보냅니다.

주무국장님이 아닌 것이 분명하지만 국장님이 2007년 서대문서장으로 재직할 당시 제가 형사과에서 근무하고 있었는데, 직원들 사고도 모두 아무 일 없이 지켜주시고 징계도 없이, 특히나 직원들 특진이나 상을 먼저 신경 써주시는 것을 보고 국장님 생각이 먼저 나서 메일을 써 보겠다고 마음먹었습니다.

저는 현재 서대문이 아닌 충북청 고속도로순찰대에서 근무하고 있는 윤00 경사라고 합니다.

다름이 아니라 저희 팀 직원분이 무면허 운전자를 적발해 그 사람의 대형차를 운전하다가 톨게이트 부근에서 차량이 전도되어 직원은 물론 운전자도 다치고 차량피해, 적재물 돼지 60마리 분 피해를 모두 떠안아 피해금액만 2-3000만원을 감당하게 될 판입니다.

형사사건 벌금, 징계도 감수해야 할 판인데 당사자도 어찌해야 할지 몰라 실의에 빠져 입원해 있고, 옆에서 지켜만 보는 것은 도리가 아닌 것 같아서 결심하게 되었습니다.

경무국에도 전화를 해서 문의를 해 볼 계획인데 하위직 직원들의 백 마디보다 국장님의 관심이 더 크게 작용하지 않을까 싶어 용기 내어봅니다.

직원들과 조직을 항상 생각하시는 마음, 이번 일에 본청, 조직차원에서 도움을 받을 수 있는 방법이 없을까요?

하위직은 때론 원리원칙의 잣대가 혹독하고, 혼자서 이겨낼 수 없는 시련이 퇴직 전에 한번 혹은 그 이상 찾아오는데 감당하기 힘들 때가 있습니다. 작은 도움이라도 부탁합니다.

ps. 보고가 생명인 조직에서 제 개인행동으로 팀장님, 대장님이나 과장님은 물론 직속 상사 분들이 피해를 보지 않도록 신경 써 주시는 것도 잊지 않아 주시길 바랍니다.

감사합니다. 그리고 좋은 일만, 앞으로 건승하시길 멀리서 응원하겠습니다.

(2015.6.29. 충북청 윤모 경사)

※ 5일후 발송한 답장

수고 많습니다.

저는 내부망이든 외부망이든 메일과 문자는 부속실이나 수행비서를 통하지 않고 직접 관리함을 먼저 말씀드립니다.

이런 사례는 당연히 경찰조직에서 손실보상을 해주는 것이 마땅하다고 생각되네요. 지방청 기획예산계에 손실보상을 신청해보시고 잘 안되면 다시 연락 주세요. 구체적인 논리는 아래와 같습니다.(이하 내용은 생략)

　* 조용한 토요일 오후 입니다.

　며칠 전 조용한 야간 새벽 근무시간에 국장님방(개인 블로그)에 혼자 조용히 들어가서 싹!!~~다보고, 읽고, 왔습니다.ㅋ

　그리고, 국장님 고향, 순성면 양유리도 지도를 통해서 로드뷰를 이용해서 갔다왔고요. 어설픈 풍수도 함께 보고 왔습니다.ㅎ
　'참!~ 좋은 곳이구나'고 느꼈습니다.
　그런데, 그렇게 힘들고 가난한 동네가 아니던데요? ㅎㅎㅎ
　충청도라고 하지만, 수도권에 위치해있고....
　단점이라면, 산업화에 밀려 고압전선이 지나간 것이 마음에 걸렸습니다.ㅎ (보상은 조금 받았겠지만...)

　교육원장님으로 계실 때, 원장님의 교육지침 등도 그곳 교육원에 컴으로 가끔 들락날락 하면서~ 인생의 삶에 대하여 저도 보고 배웠습니다.

　그래서, 저도 한번 실천하는 의미에서 원장님 가르침 중에(제목 : 부모에게 잘 해라!) 참~ 쉽고도 어려운 일인데... 한번 몸으로 때워 보았습니다.

　부모님이 물려준 저의 고향 경북 청송 시골 농가주택(검게 핀 곰팡이가 있는 슬레이트 지붕. 벽돌 담장. 소를 키우던 외양간. 허물어져가는 흙

벽돌집 등등)을 직접 짬짬이 가서 손가락에 피가 나고, 발가락 골절상을 입어가면서 돌아가신 아버님을 생각하면서... 혼자서 힘들면 막걸리를 먹어가며 열심히 집수리 노가다 일을 해 보았습니다.

그것이 효도가 될 것도 아니지만, 그냥 정신적이나마 부모를 생각하는 의미에서... 참~ 힘들었습니다.

그래도 그 동네 새롭게 건축한 집을 제외한 옛날 농가주택 중에는 제일 깨끗하게 단장했습니다.ㅎㅎㅎ
제가 건축기술도 없지만, 다음 아저씨~ 네이버 아지매를 통해서 미장하는 법. 목수 작업. 페인트칠 하는 법 등을 동영상 및 작업설명의 글을 읽고 직접 해보니까 보람도 느꼈습니다.
이렇게 하게 된 동기는 원장님의 가르침으로 시작되었고, 그것을 몸소 실천하는 의미에서 했는데, 저는 개인적으로 성공했다고 자찬해봅니다.ㅋ

당시, 부모님들은 지금의 흔한 목장갑도 없이 맨손으로 논에서 진흙을 리어카(손수레)에 담아 볏짚을 섞어 작은 판자 나무상자를 만들어 찍어낸 흙벽돌집을 직접 제가 수리하면서 - 반성과 후회 - 약간의 눈에 눈물이 고일 정도로 참선의 시간이었습니다. *(휴대폰 사진으로 증명할 수 있음) ㅋ

제 이야기가 너무 길어 졌네요. 이쯤에서 제 자랑은 고만하고....

그래도 경찰인사가 있을 때마다 "정용선" 이름 석 자를 살펴보곤 합니다. 수사국장님으로 영전하실 때 축하 메일이라도 보내드려야 하는데 별로 친한 사이도 아니면서, 건방떠는 것 같고 해서 마음으로만 축하했습니다.

국장님이 살아가는 방식(술과 담배도 하지 않고, 가족과 부모, 애향심, 그리고 몸담고 있는 조직, 국가관...)이 정석인데, 그게 그렇게 쉬운 일이 아닌데, 제가 생각하기로는 종교에서 나오는 정신력인가? 하고 느껴봅니다.

존경하는 수사국장님!

서로 얼굴은 대면하지 못한 인연이지만, 같은 조직의 상하관계로서, 경찰 최고 수뇌부서에 있는 수사부서 수장이고, 저는 최하위부서 현장 지구대 팀장으로 이렇게나마 존경하는 국장님과 글로서 대화할 수 있음에 행복한 토요일 오후 입니다.

아무쪼록 국장님의 앞날에 건승을 기원 하면서~~ 오늘은 여기서 마칠까 합니다.

한마디만~더!
"존경 합니다!"(2015.8.29. 부산청 해운대서 오OO 경위)

제2장 사랑하는 동료들을 위해

제3장

혼신을 다해 마무리한 마지막 경기경찰청장

'나도 하지 못하는 것, 내가 하지 않는 것은
절대로 직원들에게 요구 하지 않는다.'는 것이
공직생활의 신조 중 하나였다.
초지일관, 솔선수범, 언행일치도 관서장으로
근무하면서 지키려 애쓴 금과옥조다.

42. 열사병 청장

'지치면 지는 거고 미쳐야 이기는 거다.'

영화 감시자들에 나오는 명대사다.
'무엇이 성과를 이끄는가(닐도위, 린지 맥그리거 著)'에서는 일의 즐거움이 성과를 높인다고 한다.
김구 선생님은 '돈을 맞춰 일하면 직업이고 돈을 넘어 일하면 소명이다. 직업으로 일하면 월급을 받고 소명으로 일하면 선물을 받는다.'고 하셨다.

나에게 경찰업무는 언제나 재미가 있을 뿐더러 보람도 크게 느껴졌다.
경찰의 수고로 인해 국민이 안전함을 느낀다면, 그래서 행복하다면 경찰관으로서는 감사할 일이다. 경찰이라면 적어도 국민을 행복하게 해주지는 못할지라도 국민의 아픔과 어려움을 같이 하려는 마음가짐이 필요한 것 아닐까?

성남에 사시는 시민 한 분께서는 경기경찰의 초등학교 등굣길 안전활동인 '학교 다녀오겠습니다.' 프로젝트를 지켜보다가 '청장님의 힘겨우신 노고와 깊은 관심으로 인하여 어려운 이웃이 웃고, 작은 아이들의 아침이 행복합니다.'라는 짧은 글과 함께 꽃다발을 보내주시기도 했었다.

'열사병(열정과 사랑이라는 병에 걸린)청장'이라는 별명을 붙여주는 경찰관도 있었다.

경찰관으로서 마지막 자리여서 그랬을까?
정말 그 어느 때 보다 투혼을 불사른 보직이었다.

재임기간 내내 휴일도 없이 5시 반에 기상하여 11시 반에 취침하였다. 때로는 자정을 훌쩍 넘긴 날도 적지 않다. 한동안 직원들에게 '청장은 도대체 언제 잠을 자느냐?'가 관심사일 정도였다고 했다. 휴가기간을 제외하고는 토·일요일을 포함하여 하루도 쉬지 않고 매일 출근하여 치안상황을 점검했다.

3차례 휴가가 있었으나, 한 번은 조성호 토막살인사건 때문에, 또 한 번은 시국상황이 좋지 않아 하루 만에 복귀하고 말았다. 서울 자택에는 휴가기간 3일 동안 머무른 것이 전부다.

무한한 책임감 때문이다.
청장이라는 자리를 즐기기 보다는 임무를 완벽하게 수행해 내는 것이 국가와 국민에 대한 당연한 도리라는 생각에서다.

43. 현장 찾아 지구 한바퀴

'나도 하지 못하는 것, 내가 하지 않는 것은 절대로 직원들에게 요구 하지 않는다.'는 것이 공직생활의 신조 중 하나였다. 초지일관, 솔선수범, 언행일치도 관서장으로 근무하면서 지키려 애쓴 금과옥조다.

한여름이 되면 하루에도 몇 번씩 근무복이 땀에 젖었다 마르기를 반복해야 하고, 추운 겨울에는 아무리 옷을 두껍게 껴입어도 손발이 시려 움츠릴 수밖에 없다. 이러한 현장경찰관들의 수고를 잘 알기에 사무실에 앉아 있는 시간 보다 부단히 현장을 찾으려 노력했다.

휴일 포함하여 하루 평균 97.5km씩 11개월 동안 총 32,958km를 이동했으니, 지구 둘레의 3/4 이상을 돈 셈이다. 도보이동 거리를 포함한다면 지구 한 바퀴는 충분히 이동하지 않았을까?

시간이 촉박한 경우에는 헬기도 이용했는데, 항공대 직원들은 역대 청장 중 헬기를 가장 많이 활용한 청장으로 기록될 것이라고 한다.

현장방문에는 2가지 원칙이 있었다.

첫째, 의전을 간소화하고 가급적 유머스럽게 대화하는 등 직원들의 부담감을 최소화 하려했다.

둘째, 청취한 애로사항을 최대한 해결해주려고 했고 그 진행상황도 공지한 것이다.

44. 소심불패, 세심필승

영화나 드라마에서 묘사되는 경찰관들의 모습이 경찰에 대한 국민의 이미지를 적잖이 좌우한다는 생각에 경찰교육원장 시절 '제1회 경찰영화제'와 학술세미나를 개최한 적이 있었다.

어느 시나리오 작가는 '영화에 나오는 경찰은 이상한 놈, 멍청한 놈, 바보 같은 놈'으로만 묘사된다며 바로 잡아야 할 것을 제언 했었다. 실제 일부 국민들은 영화 속에 비친 경찰관들의 모습을 통해 현실의 경찰관들도 그러하리라고 생각한다.

경찰입장에서는 아주 사소한 일 같지만, 국민의 입장에서는 개인의 인생이, 사활이 걸린 중요한 문제인 경우도 적지 않다. 평생 한두 번 있을까 말까하는 경찰관서 방문이나 도움 요청 시 경찰의 무성의하고 소홀한 업무처리는 경찰불신의 원인이 되고 만다. 만회할 기회조차 갖기 어렵다.

결국, 경찰업무의 사소한 불합리와 부당함을 바로 잡지 않고서는 선진 경찰로 나아갈 수 없다. 작은 개미구멍이 강둑을 무너뜨릴 수도 있는 것처럼 경찰업무도 대수롭지 않게 여긴 일이나 사소한 실수에서 걷잡을 수 없는 비난으로 이어지는 경우가 많다.

경기(남부)청장 재임 중 모두 646개 항목에 이르는 업무를 발굴하여 신설, 개선, 재정비하였다. 이중 555개는 개선을 완료하였고, 85개는 추진 중이었다. 나머지 6개는 검토단계에 있었다.

새로운 일을 싫어하는 경찰관들의 불평불만도 있었고, 청장 개인에 대한 인신공격성 음해도 있었지만 개의치 않았다. '공직자의 무사안일과 복지부동 보다 역사와 국민 앞에 더 큰 죄는 없다.'고 생각하기 때문이다.

특히, 우리 경찰이 그토록 염원하는 수사권을 비롯하여 업무수행에 필요한 최소한의 법률상 권한, 일한 만큼 국가로부터 받고 싶어 하는 정당한 대우는 국민의 믿음과 신뢰 없이는 결코 달성할 수 없는 목표다.

날마다 일신 일신 우일신하는 몸부림이 필요하다.

45. 95권의 기록으로 남은 칭찬의 역사

일 많이 하고 일을 많이 시키는 청장을 좋아하지는 않는다. 늘어난 수고에 비례한 보상과 격려가 필요하다. 그렇잖아도 가장 스트레스가 심한 경찰업무가 아니던가?

소속 경찰관들 칭찬에만 휴일 포함하여 적어도 하루 평균 2시간 이상씩 사용했으니, 일과시간 기준 1/4 가량을 직원들의 활동상황을 간접적으로 지켜보며 칭찬하는데 사용했다.
퇴근 후 관사에서 할 때도 많았다.
내부망 "칭찬 합시다."에 게재된 18,876건(1일 평균 56건)의 칭찬 글을 하나도 빠짐없이 모두 읽었으니, 200쪽 짜리 책을 기준으로 95권쯤 읽은 셈이다.

우수사례 4,111건에 대해서는 특진과 포상을 수여했고, 칭찬 글의 약 90%에는 일일이 댓글을 써서 격려했다.
어느 관서의 어떤 경찰관이 열심히 근무하는지, 어느 관서·부서가 책임자를 중심으로 단합이 잘 되는지 파악하는데 커다란 도움이 되었다.

솔직히 피곤할 때는 '내가 왜 이 일을 시작했는가?'라는 후회되는 때도 있었지만, 칭찬 글을 쓰기 위해 최소 30분 이상씩 투자하는 경찰관들의 정성을 생각하면 하루도 거를 수 없는 중요한 일과의 하나였다.

칭찬 글을 쓴 직원들은 다음 날 출근하여 청장의 포상 약속이나 댓글 내용을 서로 돌려가며 읽기도 할 정도로 기다렸다고 하니 더더욱 멈출 수 없는 업무였다. 이들 칭찬 글을 골라 '땀 심은데 미소 피어나고'라는 책자를 발간했다.

묵묵히 일하는 모범경찰관들을 발굴하기 위해 '멋진 선배', '자랑스러운 후배', '베스트 파트너(팀웍)', '브라보 마이캡틴(계·팀장)', '5정상' 등을 제정하여 모두 653명을 포상하였다. '나는 이렇게 일 한다', '나는 이렇게 일했다' 발표회를 통해 창의적이고 열정적으로 일하는 경찰관 125명도 선발하여 포상했다. 청장인 나도 표창이나 상을 받으면 기분이 좋은데, 직원들도 똑같지 않을까?

매달 한 번꼴로 개최되는 이 같은 행사 때문에 복지계가 엄청 고생이 많았다. 예산 부족으로 특별한 선물을 줄 수 없자 수상자 개인별 사무실을 찾아다니며 인터뷰 동영상을 만들고 켈리그라피를 제작하여 선물했다.
'비타민 같은 후배 찾기' 행사에서는 수 백 병에 달하는 '비타 500'의 상표를 물에 불려 떼어낸 뒤 '비타민 후배'라는 상표를 제작하여 붙이느라 거의 날밤을 새우기도 했다.

그같이 수많은 일들을 기쁘게 하는 위동섭 계장을 비롯한 복지계 직원들의 모습에 미안함과 함께 감동을 받았다.

46. 새내기 순경들에게 희망을

첫 발령을 받는 신임 경찰관들에게 적어도 내부적으로 청장으로부터도 존중받는 대한민국 경찰관이라는 자긍심을 심어주고자 했다. 경찰관으로 임용되어 첫 발령을 받게 되면 어떤 관서장이나 선배를 만나느냐에 따라 경찰생활이 크게 달라지기도 한다.

경기경찰청장으로 부임한지 얼마 되지 않은 2016년 1월에 287기 새내기 순경들이 전입을 왔다. 종전과 같이 회의실에서 환영행사를 한 뒤, 추억을 선사하기 위해 청장집무실로 초대하여 466명 전원과 개별기념사진을 촬영해줬다.
원하는 포즈대로 사진촬영을 해주다보니 1시간 30분이 훌쩍 지나갔다. 허리가 아플 정도였지만, 이들이 경찰의 미래를 끌고 갈 것이기에 그 정도의 수고는 감수해야만 했다.

첫 발령인 만큼 근무지도 가급적 원하는 곳으로 해주려 노력했다. 특히, 여경들의 경우에는 가급적 2지망 이내로 발령하여 주거지 문제를 해결하는데 어려움이 없도록 하였다.
아래는 전입 환영행사에서 신임 경찰관들에게 당부했던 말이다.

여러분! 성공한 경찰이 되십시오.
성공한 경찰이란 높은 지위에 올라가는 것일 수도 있지만, 여러분의 동료들로부터 그리고 주민들로부터 존경과 사랑을 받는 경찰관이 되는 것입니다.

"지치면 지는 거고, 미쳐야 이기는 거다!"
영화 '감시자들'에 나오는 명대사입니다.
'요차불피(樂此不疲)'라는 말이 있습니다.
'좋아서 하는 일은 아무리 해도 지치지 않는다.'는 뜻입니다.

경찰은 여러분이 좋아서 스스로 선택한 길입니다.
앞으로 여러분이 부딪쳐야 할 치안현장에서는 주변의 환경과 근무여건, 그리고 취객을 비롯한 악성 민원인들이 여러분을 몹시도 화나고 힘들게 하는 경우가 있을 수 있습니다.
때로는 임무수행 과정에서 여러분 자신이 위험한 상황으로 내몰릴 수도 있습니다.

하지만, 아무리 힘들더라도 경찰관이 되기 위해 힘들게 준비하던 시기를 생각하면서, 그리고 오늘 경찰관으로서 첫발을 내딛는 이 순간의 기쁨을 생각하면서, 절대로 지치지 말고 이기시기 바랍니다.

그것은 자랑스러운 대한민국 경찰이라는 여러분의 사명과 직무에 미치면 가능한 길이기도 합니다.

범죄와 무질서와의 싸움에서도, 여러분 자신과의 싸움에서도 항상 승리하여 여러분 모두가 성공한 경찰관이 되기를 진심으로 바라고 기원합니다.

47. 제2의 오원춘 막은 특별형사대

경기서남부지역(안산, 시흥, 화성, 평택, 수원)은 2012년 4월 오원춘 사건, 2014년 12월 박춘풍 사건, 2015년 4월 김하일 사건 등 체류외국인들에 의한 흉악범죄가 발생했던 곳으로 도민들이 치안불안을 호소하는 지역이다.

외국인 5만 5천여 명과 3만 1천여 명이 각각 거주하고 있는 안산과 시흥지역의 경우 112신고사건이 접수되어 순찰차가 출동하면 외국인 10여명 이상이 출동경찰관을 둘러싸고 위협을 하는 경우까지 있어서 순찰차도 2대씩 무리를 지어 다녔어야 했다. 있을 수 없는 일이 벌어지고 있었던 것이다. 방치할 수 없었다.

취임 직후 외국인들이 가장 많이 거주한다는 안산 원곡동과 시흥 정왕동을 방문하여 치안상황을 점검했다. 외국인들이 간간이 흉기를 차고 다니며 출동경찰까지 위협한다는 것은 더이상 방치할 수 없는 일이기에 그 대책의 일환으로 특별형사대 발족을 구상했다.

기존의 경찰서 단위 소규모 형사팀만으로는 날로 광역화·집단화 되어가는 내외국인들의 강력범죄에 속수무책일 수밖에 없는 한계를 극복하기 위한 것이다.

시위진압 임무를 주로 하는 경찰관기동대 1개 부대를 특별형사대로 임무 전환하기로 하고, 2016년 2월 2일 지방청 강당에서 발대식을 개최하였다.

특형대 발대를 위해 기동대 정기인사를 하면서 형사경력 3년 이상의 유경험자들을 지휘요원으로 배치하였고, 형사활동에 적합한 복장과 장비를 지급하였다. 경비부서이지만 형사업무를 수행하는 경우에 한해 한시적으로 사건수사비를 지원할 수 있도록 본청과 협의하여 수사비지급규칙도 개정 하였다.

서울에 대규모 집회시위가 있어서 지원 가야하는 경우가 아니면 경기청에서는 특형대를 시위진압이나 시설경비 등의 다른 업무에 동원하지 않고 오직 본연의 임무에만 충실할 수 있도록 배려하였다.

초기에는 안산, 시흥지역 위주로 근무하다가 부천, 성남, 평택 등 경기남부 전 지역으로 활동범위를 넓혀 나갔다.

11월 말까지 10개월 동안 적극적인 검문검색과 차적조회 등 예방적 형사활동은 물론, 지방청과 경찰서의 각종 불법행위 현장단속에도 동참한 결과, 불법체류자 2,053명, 수배자 1,123명 등 모두 4,602명이나 검거하였다. 특히, 2016.5.18 경기 평택과 광명지역에서 연쇄강도를 한 범인을 전산수배 50분만에 수원역에서 검문검색을 통해 검거하는 등 눈부신 활약상을 보여주었다.

이 같은 노력에 힘입어 2016년 2~10월간 경기서남부권의 살인, 강도, 강간, 절도, 폭력과 같은 5대 범죄 감소율은 6.9%로, 여타지역 2.2% 보다 크게 줄어드는 효과를 거두었다. 특히 강절도 발생 감소율은 18.4%로 여타지역의 2배 수준이었다.

특별형사대의 왕성한 활동이 지속되자 서남부권에 외국인들의 움직임이 눈에 띄게 위축되었다.

불법체류자들의 경우, 특형대로부터 검거를 피하기 위해 '첫째 특형대의 검문대상이 될 수 있으니, 외국인 3인 이상 몰려다니지 말라. 둘째, 대포차 대신 자전거를 타고 다녀라. 셋째, 특형대가 나타나면 즉시 스마트폰으로 사진을 찍어 커뮤니티(SNS)로 공유하여 도피할 수 있도록 하라.'는 행동요령까지 생겼다고 한다.

불법체류자 상당수가 경기도를 피해 서울 구로나 충남 천안과 아산, 충북 음성으로 이동했다는 이야기도 들렸다.

특별형사대의 효과 탓인지 2017년도에는 1개 기동대를 추가로 특별형사대로 전환한다는 반가운 소식이 언론에 보도되었다.

48. 촌각을 다투는 생명 구조

국민의 생명과 직결되는 주요 사건사고 발생 시에는 청장까지 참여하는 카톡방을 개설하여 신속히 대응하도록 하였다.

모두 6,752건의 카톡방이 개설되어 실시간 진행사항을 모니터링하거나 필요한 경우 직접 지휘를 했다. 살인·강도 등 중요범죄 246건, 미귀가자·자살의심 등 치안약자 등 신고 5,072건, 기타형사범 1,434건이다.

사건발생 부터 본청장 까지 가장 빨리 보고된 것은 단 9분 만이다.
도입 초기에는 보안성이 없느니 불편 하느니 말이 많았지만, 주요 사건 발생 시 범인검거와 초동상황 조치가 일사분란하게 이뤄지면서 단톡방이 없으면 일을 못할 지경이란 이야기까지 나왔다.

강신명 청장님은 이런 지휘 및 보고 시스템에 대하여 "정 청장 부임 이후 본청에서는 경기청에 대해 아무런 걱정을 안 합니다. 지금 경기청이 아주 잘 하고 있어요. 지금처럼만 해주시면 됩니다."고 여러 차례 격려도 해주셨다.

경찰서는 하루에 많아야 2~4건이지만, 지방청은 평균 20건에 이른다. 청장도 24시간 사건사고의 사령탑 역할을 해야 하기에 '이동 상황실장'이라는 별명을 붙여주는 직원들도 있었다.

사회이목이 집중되는 사건사고는 지방청에서 법률지원팀, 홍보팀, 수사지도팀을 직접 일선 서에 지원하는 시스템과 연결되면서 해마다 반복되는 대형사건사고 관련 잘못된 대응이나 그에 따른 언론의 따가운 비난은 찾아보기 힘들었다.

기능별로 운영 중이던 12개 전산시스템을 통합하여 지원하는 체계도 구축함으로써 112신고 대응시스템을 보다 고도화하였다.

아래는 안산 대부도 토막살인사건과 관련된 기사 내용이다.

안산 토막살인사건 4일만에 해결… "LTE급 수사" 찬사(연합뉴스 2016.5.5)

- 대대적 경찰력 투입·속 지문 채취로 피해자 신원 조기 파악/드론 투입·통화내역·CCTV 분석, 치밀한 과학수사 '개가' -

경찰이 안산 대부도 토막살인 사건의 피의자를 단 4일 만에 검거한데 대해 네티즌들의 찬사가 쏟아지고 있다.

자칫 미궁에 빠질 우려가 적지 않았던 토막살인 사건을 신속하게 해결한 데에는 경찰이 신원 모를 남성 하반신 시신이 발견되자마자 10개 중대 경찰력 900여명을 동원하고 드론을 투입, 대부도 일대를 샅샅이 수색한 것이 주효했다는 평가가 나온다.

또 지문채취가 어려울 정도로 시신 부패가 진행된 상태에서 경찰청 산하 과학수사관리관이 손가락 표피를 벗겨내고 속 지문을 채취, 지문을 복구해냄으로써 피해자의 신원을 조기에 밝혀낸 것도 사건 해결의 결정적 계기가 됐다.

이밖에 사건 발생지역 일대의 CC(폐쇄회로)TV를 샅샅이 분석하는 한편, 피해자의 통화내역을 광범위하게 조사하는 등 폭넓고 치밀한 과학수사를 펼친 것 역시 신속한 범인 검거로 이어졌다는 평가를 받고 있다.

지난 1일 오후 3시 50분께 경기도 안산시 단원구 대부도 내 불도방조제 입구 근처 한 배수로에서 마대에 담긴 신원 모를 성인 남성의 하반신 시신이 발견됐다.

수사에 착수한 경찰은 바로 안산단원경찰서장을 본부장으로 하는 수사본부를 꾸린 뒤 형사 120여명을 투입, 대대적인 수사에 착수했다.

동시에 기동대 10개 중대 경찰력 900여명을 수색에 투입했다.

하반신 시신이 발견된 대부도 불도방조제 인근 뿐 아니라 섬 전역을 샅샅이 수색하던 경찰은 강풍과 비가 내리는 악천후 속에서도 단 이틀 만인 3일 오후 이곳에서 직선거리로 11㎞나 떨어진 대부도 북단 방아머리선착장 인근에서 나머지 상반신 토막시신을 찾아냈다.

재빠르게 상반신을 발견하면서 수사는 급물살을 탔다.

경찰은 국립과학수사연구원에 상반신 시신 긴급부검을 의뢰해 사인이 외력에 의한 머리손상으로 추정된다는 소견을 얻었다.

또 경찰청 산하 과학수사관리관을 통해 부패가 상당히 진행된 시신 손가락에서 지문을 채취하는데 성공, 숨진 피해자의 신원을 파악해냈다.

손가락이 퉁퉁 부어 지문채취가 어려웠지만, 손가락 표피를 벗겨내고 속 지문을 채취해 약품처리한 뒤 원래 지문을 복구해내는 방식으로 피해자가 최모(40)씨라는 사실을 확인했다.

경찰은 최 씨의 신원을 토대로 주거지 파악에 나섰으나 최 씨는 주민등록상 주소지를 부모 집으로 해놓은 데다 최근 5년 여 간 가족과 연락을 끊고 지내 현 주거지를 파악하는데 어려움이 있었다.

경찰은 최 씨의 휴대전화 통화내역을 면밀히 분석해 최근 자주 통화한 대상자 몇 명을 골라냈다.

이 중 범인이 있을 것으로 확신한 경찰은 최 씨와 함께 살아온 후배 조모(30)씨의 존재를 밝혀냈다.

최 씨의 주거지를 찾아 나선 경찰은 집 안 벽면에 비산(흩뿌려진) 혈흔을 발견해 조 씨를 상대로 추궁, 범행일체를 자백 받았다.

조씨는 "집 안에서 최 씨를 살해한 뒤 시신을 훼손해 대부도 일대에 유기했다"고 경찰에 실토했다.

단 4일 만에 토막살인 사건을 해결한 경찰에 네티즌들은 "경찰의 수사력이 대단하다.", "담당 경찰들의 대특진이 기대된다.", "경찰들 대단하십니다. 한국에서는 살인을 하면 반드시 잡힌다는 것을 보여주는군요."라는 등의 반응을 보이고 있다.

경찰 관계자는 "자칫 미궁에 빠질 뻔한 이번 사건은 정용선 경기남부경찰청장 지시로 초기에 대대적인 수색을 통해 시신의 전부위를 찾아낸 것이 가장 큰 성과가 됐다."며 "연휴를 앞두고 밤샘 수사도 마다하지 않은 형사들의 집중력과 노력도 이번 사건을 조기 해결한 열쇠가 됐다."고 말했다.

안산단원경찰서 수사본부는 5일 조 씨에 대해 범행 동기와 경위 등을 조사한 뒤 살인·사체훼손·사체유기 등 혐의를 적용, 구속영장을 신청할 방침이라고 밝혔다.

49. 통계가 전해주는 치안안전도

재임 중 체감치안과 직결되는 살인, 강도, 강간, 절도, 폭력 등 5대 범죄의 발생건수는 4.1% 감소한 반면, 검거건수는 1.2% 증가하여 검거율이 4.2%(76.5%→80.7%) 향상되었다. 특히, 강도는 39.2%, 절도는 13.5%나 발생이 줄었으나, 폭력은 2.3% 증가했다.

총범죄는 14.6% 증가했지만, 검거율도 3.3%(83.4%→86.7%) 증가하였다.

총범죄가 큰 폭으로 증가한 것은 차적조회 생활화를 통해 대포차와 무면허운전자 검거(84,851건) 등 적극적인 단속과 검거활동이 대폭 늘어난데 기인한다.

실제 이를 제한다면 총범죄가 전년에 비해 10% 이상 감소한 것이다. 기간중 발생한 살인사건은 모두 다 검거하여 미제사건이 남아있지 않다.

50. 대박 터트린 차적조회의 생활화

적어도 경기도에서는 대포차량을 비롯한 범죄차량과 수배자들이 마음 놓고 다닐 수 없도록 함으로써 기초치안을 튼튼히 해야겠다는 취지에서 '차적조회의 생활화'를 당부하였다.

2월부터 11월 까지 10개월간 불법차량, 무면허, 수배자 등 모두 98,914건을 검거했다. 1건 검거를 위해 평균 516번씩을 조회해야만 했다고 하니 정말 열심히 근무해준 결과다.

'손가락에 류마티스 걸렸다'고 호소하는 등 일부 불평도 있었지만, 청장으로서는 감사할 일이기도 하다.

유형별로는 차량절도범 229건, 도난차량회수 1,123대, 수배차량검거(회수) 1,481건, 대포차 11,401대 검거, 번호판 위·변조(회수) 759건, 무면허운전자 20,807명 검거, 수배자 14,063명이다.

차량 1대에 부과된 범칙금(과태료) 체납액이 최고 375건에 2,515만원을 비롯하여 1천만 원을 넘는 경우도 많았다. 세금 50억 원을 미납하고 도주했다가 검거되는 경우도 있었다.

검거실적 우수경찰관 10명을 경감까지 특진시켰고, 1,380명에게는 포상을 수여하였다. 검거된 불법행위자들의 9.1%는 2가지 이상의 불법행위자로 확인되기도 하였다.

51. 교통경찰의 두 마리 토끼 잡기

　교통경찰의 목표는 교통안전과 원활한 소통을 확보하는 것이다. 다시 말해 교통사고를 줄이면서 차량의 흐름도 원활하게 유지할 수 있어야 한다. 이 두 마리 토끼를 잡기 위해 교통안전교육과 홍보, 법규위반자에 대한 단속, 안전시설물의 설치 등의 정책수단을 동원한다.

　이 중 어디에 더 중점을 두느냐에 따라 결과도 달라지고 교통정책에 대한 도민의 만족도도 차이가 생기게 마련이다.

　우선, 교통안전을 확보하기 위해 운전자들의 저항감이 큰 단속 보다는 안전홍보와 교통안전시설물 보강에 중점을 두기로 했다. 이어 운전자들의 법규준수를 유도하면서 사망사고를 줄일 수 있는 방법이 무엇일까 고민하다가 안매켜소('안전띠 매고, 전조등과 방향지시등 켜면 소통과 안전이 확보된다'는 의미) 운동을 제안하였다.

　교통전문가들의 연구결과, 운전자들이 안전띠를 매면 교통사고 발생 시 사망위험이 12배나 감소하고, 낮에도 차량의 전조등을 켜면 사고율이 19%나 감소하며, 방향지시등을 켜면 보복운전을 48%나 예방하는 효과가 있다고 한다.

　안매켜소 운동을 추진하는 과정에서 뒤늦게 '안매켜소' 보다는 '안매켜서' 운동으로 하는 게 어감도 부드럽고 더 효과적이었을 것이라는 생각이 들기도 했다. '안전때 매고, 낮에도 전조등과 방향지시등을 켜고, 제한속도를 지켜 서행 하자'는 운동이 사고 줄이기에 더 도움이 되었을 텐데 하는 생각에서다.

경기남부지역에만 모두 11,804개의 교통안전시설을 확충했다. 초등학교 주변 3,574개소에 안전시설을 보강하고, 어르신과 장애인 보호를 위한 노면표지 등 7,730개를 신설했다.
이 같은 노력에 힘입어 교통사고사망자 수는 그 해 11월말 현재 12.8%나 감소했다.

경기도는 안전 못지않게 차량정체가 심한 곳이 많아서 원활한 교통소통을 확보하는 것도 중요한 과제다.

이에, 도내 상습정체교차로 252개에 대해 개소 당 2~3명의 경찰관들이 책임지고 정체원인을 파악하여 해법을 내놓는 실명책임제를 추진하였다. 전문가들은 1번 국도의 차량 소통속도 향상만으로 연간 5,000여 억 원 상당의 경제적 효과를 거두었다고 할 정도로 호평하였다.
다만, 서울청과 소통 향상대책을 논의 중에 퇴직하게 되면서 과천의 남태령 고개의 통행속도를 개선하지 못한 아쉬움이 있다.

교통경찰은 2016년도의 1년이 어쩌면 10년 같이 길게 느껴졌을 지도 모른다. 지방청 오문교 교통과장을 비롯한 일선 경찰서의 교통경찰관에 이르기까지 한 마음 한 뜻으로 열정을 불살랐다. 홍보담당 경찰관들은 혼자서 유명연예인 20여명을 섭외하여 안매켜소 홍보 동영상을 만들기도 하였다.

어느 때는 유명연예인의 촬영이 끝날 때 까지 10시간 넘게 기다렸다가 1분 짜리 인터뷰를 녹화하기도 했다고 한다. 포상 휴가, 표창, 특진, 오찬간담회 등으로 그 노고에 보답하려했지만 교통경찰 입장에서는 많이 부족하게 느꼈으리라 생각한다.

아래는 상습정체 교차로 실명책임제 이후 달라진 1번 국도의 소통 상태를 점검 후 보도한 기사 내용이다.

※ '출근시간 헬도로' 1번국도 교차로 원활해진 이유는(연합뉴스 2016.8.11.)
- 경기남부경찰, 상습정체 교차로 실명책임제 '성과' /
신호체계도 개선… 교통 혼잡·사고 위험 크게 줄어 -

경기도 수원시 권선구 비행장사거리 1번국도(경수대로) 주도로(한 지역이나 지점에 이르는 주된 도로·실질적인 1번국도)는 출퇴근 시간대 거대한 주차장으로 변하는 곳으로 유명하다. 시간당 2천500여대가 몰리는 상습정체 구간이다.

직진 신호를 기다리는 차들은 2~3번 정도 신호를 더 기다려야 겨우 사거리를 빠져나갈 수 있을 정도다.

하지만 11일 오전 7시 20분 비행장 사거리는 출근 시간대라고 생각할 수 없을 만큼 원활했다.

직진 신호 주기 한 번에 거의 모든 차가 사거리 구간을 지나갔다.

차량 통행이 비교적 적은 부도로(1번 국도와 교차하는 도로)의 차량신호(직좌··←↑) 주기를 줄이고 주도로 직진 신호 주기를 늘렸더니 아침 풍경이 확 달라진 것이다.

　통행량에 맞춰 신호 주기를 재설정한 사소한 아이디어로 지난 달 18일부터 적용됐다.

　1번 국도에서 대표 정체구간으로 꼽히는 수원시 장안구 조원동 한일타운아파트 인근 대동우물사거리도 간단한 발상으로 문제가 해결됐다.

　이곳 부도로의 직좌신호는 원래 30초였다.

　주도로에 위치한 두개 횡단보도 가운데 서울방향 횡단보도 보행신호 주기와 같은 시간으로 설정된 것이다.

　하지만, 교통량이 많아 정체가 일상인 주도로와 달리 부도로는 비교적 차가 적게 다녀 이는 비효율적인 신호체계로 지적됐다.

　최근 부도로 직좌 신호 주기를 20초로 줄이고 나머지 10초를 주도로 직진 신호 주기에 더했더니, 주도로에서 늘 빚어지던 차량 정체는 다소 해소된 모습을 확인할 수 있었다.

　경기남부지방경찰청은 이날 오전 7시부터 10시까지 민간 교통전문가와 함께 1번 국도 상습정체 교차로 개선 체험 투어를 실시했다.

　1번 국도 수원 비행장사거리부터 안양 호계사거리까지 17㎞ 구간 13개 상습정체 교차로가 대상이다.

　체험투어에는 하동익 서울대 건설환경공학부 연구교수(한국 ITS 명예학회장)와 강승호 경기도 교통정책과장, 양성영 도로교통공단 교수 등 교통전문가 11명과 취재진 등 모두 30여명이 참여했다.

경기남부경찰은 지난 3월부터 효율적인 교통관리를 위해 상습 정체 교차로 231곳에 전담 경찰관을 지정, 실명책임제를 시행하고 있다.

전담 경찰관들의 실명을 교차로 신호제어기에 표기하고, 교통 경찰관들이 사용하는 전자지도에 담당자를 명시해 교통민원 발생 시 신속히 대응할 수 있도록 한다는 방침이다.

교차로 혼잡이나 사고위험을 줄여 실질적인 대책을 마련하겠다 는 취지다.

고질적인 교통체증으로 시민의 불만대상이던 1번 국도가 눈에 띄는 성과를 나타냈다고 경찰은 전했다.

수원비행장사거리부터 안양 호계사거리까지 25개 교차로에 대 한 상습정체 교차로 실명책임제를 실시한 결과 평균 속도 시속 3.16㎞가 향상됐다.

통행시간도 11분 51초가 단축됐다.

이날 동행 투어에 함께한 하동익 교수는 "경기남부청이 실시하 는 실명책임제는 교차로와 신호기를 안전하고 효율적으로 운영하 기 위한 시도"라며 "유관기관과 협업 체계가 구축돼 지속적으로 시행되길 바란다."고 말했다.

1번 국도는 평택과 안양을 잇는 연장 60.2㎞ 길이 도로로 경 부·영동·서해안 등 주요 고속도로와 연결된 경기도와 서울 서남부 지역의 핵심 교통축이다.

52. 통합 치안태세

통합방위태세는 민·관·군·경이 적의 침투·도발이나 그 위협에 대비하여 국가방위요소를 통합하고 그 지휘체계를 일원화하여 총력전을 수행할 수 있는 시스템을 말한다. 치안도 마찬가지다. 경찰 혼자서 치안을 감당하는 시대는 지났다. 자치단체와 시민들의 협력과 참여가 필수적이다.

2.18 경기도 시장·군수·구청장 협의회에 참석하여 치안인프라 구축을 위한 예산 지원을 당부하였다. 다행히 자치단체의 적극적인 도움으로 CCTV 7,271대를 증설했다. 이로써 경기남부지역에만 모두 44,403대가 설치되었으니 전국 CCTV(183,559대)의 약 24.2%에 이른다.

민간이 보유한 CCTV를 신속히 수사에 활용하기 위해 소유주의 동의하에 모두 75,878대의 위치와 관리자 이름과 연락처 등 기초자료를 DB화하고, 경찰청 내부망의 '지리적 프로파일링 시스템(Geo-Pros)'에도 입력하였다.

사건이 발생하는 곳은 어디든지 공공기관의 CCTV뿐 아니라 민간인들이 설치한 CCTV 위치를 간단한 검색을 통해 확인할 수 있게 되었다. 일선 형사들은 주요 강력사건 발생 시 현장 주변 CCTV가 어디에 있는 지를 육안으로 확인하는 수고를 덜게 되었다.

53. 제32기 경찰대 졸업생들에게 쓴소리

경찰대학 학위수여식 때 마다 외부유명 인사를 초청하여 축하연설을 해왔었다고 한다. 경기청장으로 근무하던 2016년 2월 24일에 열린 제32기 졸업생들의 학위수여식 때부터는 '후배들로부터 존경받는 졸업생 중 한명을 초대하여 연설을 하도록 하는 것이 좋겠다.'는 대학 측의 방침이 만들어진 모양이다.

영광스럽게도 내가 후배들의 학위수여식에서 연설을 하게 되는 첫 번째 선배가 되었다. 칭찬과 격려보다는 쓴 소리가 도움이 될듯하여 후배들에게 요구사항만 잔뜩 늘어놓았다. 우리의 부모님들이 그러하셨듯이…
아래는 연설문 전문이다.

자랑스러운 경찰대학 제32기 졸업생 여러분!
고되고 힘들었던 교육과정을 훌륭하게 이수하고 영예로운 학위를 취득하게 된 것을 진심으로 축하합니다.
정예 경찰간부가 되기 위해 지난 4년 동안 때로는 하고 싶었던 일과 언행을 절제하며 인내해 왔기에 지금은 참으로 행복해 보입니다.
또한, 졸업생들이 오늘 영예로운 졸업을 하기까지 그동안 정성을 다해 가르치고 지도해 오신 학장님, 교수님, 그리고 교직원 여러분께도 깊은 감사의 말씀을 드립니다.

사랑하는 후배 여러분!

얼마 후면 경찰간부로서 첫발을 내딛는 여러분에게 대학의 선배이자, 인생의 선배로서 몇 가지 당부의 말씀을 드리려고 합니다.

첫째로, 부모님께 효도할 줄 아는 참 된 지성인이 되십시오.

인류의 기본인 효도를 실천하지 못하는 사람이 국가와 국민을 위해 봉사하겠다는 것은 어불성설입니다.

여러분이 잠시 아팠을 때에도 대신 아팠으면 좋겠다고 생각하셨던 세계 74억 인구 중 유일한 분들이십니다.

물론, 지금까지는 공부를 잘 했고, 경찰대학교에 들어와 영예의 졸업을 하는 것만으로도 충분한 효도를 해왔습니다.

하지만, 이제는 다릅니다.

부모님의 가르침과 우리 모두의 기대처럼 경찰간부로서의 길을 훌륭하게 걸어가는 것은 물론이고, 진실한 마음과 행동으로 부모님께 감사할 줄 알아야 합니다.

효도할 줄 아는 이른바 '된 사람'은 자신의 가정도 행복하게 가꿀 줄 아는 지혜로운 사람이고, 그런 사람은 반드시 성공한 인생을 살 수 있습니다.

둘째, 언제나 겸손한 마음으로 끊임없이 공부하십시오.

그동안 대학에서 훌륭하신 교수님들의 지도하에 충분히 공부했다는 생각이 들기도 할 것입니다.

그러나, 여러분이 장차 수행해야 할 경찰업무와 사회현상은 날이 갈수록 복잡다기해져만 갑니다.

사무실에서 차분히 서류를 검토하고 판단하기 보다는 예기치 않은 사건사고의 현장에서 현명한 판단을 신속하게 해내라는 요구를 받는 경우도 많이 있습니다.

지식을 습득하는 것 못지않게 지혜롭게 판단하고 지침을 줄 수 있는 능력을 스스로 터득하고 길러 나가야만 하는 이유입니다.

현재의 지식만으로 충분히 해낼 수 있을 것 같지만, 치안현장은 여러분이 생각하는 만큼 만만치 않습니다.

강자가 약자를 지배하는 시대가 아니라 빠른 것이 느린 것을 잡아먹는 시대라고 할 만큼 사회변화의 속도도 실로 엄청나기 때문에 어느 순간엔가 뒤떨어진 지식인으로 전락할 수 있습니다.

여러분의 경쟁자는 대한민국의 젊은이 뿐 아니라 세계 각국의 경찰관들임을 유념하고 겸손한 마음으로 열심히 공부하기 바랍니다.

셋째, 경찰관으로서 국민을 사랑하십시오.

국민을 사랑한다는 것은 국민의 생명을 귀하게 여기고, 국민의 인권을 철저히 보호해주는 것입니다.

살인사건의 범인을 신속하게 검거하는 것도 중요합니다.

하지만, 생명이 위태로운 상황에 처해있는 국민의 안전을 제대로 지켜드리는 것이 훨씬 시급하고 중요한 일입니다.

말로만 국민의 생명을 지키는 경찰은 그 누구도 신뢰하지 않습니다.

가진 것이 없고, 배운 것이 없고, 사회적 지위가 낮다고 하여 서러움과 불편함, 억울함과 답답함으로 인해 눈물짓는 국민이 있도록 방치해서도 안됩니다.

언제 어디서나 치안약자들의 인권과 안전을 철저하게 보호해줄 수 있는 든든한 경찰관이 되어 주십시오.

넷째, 경찰간부로서 스스로의 경쟁력을 키우는 일도 중요합니다.

지금 이 순간 대학졸업생으로서 여러분의 경쟁력은 무엇입니까?

아니 대한민국 경찰간부로서 여러분의 경쟁력은 무엇이냐고 묻는다면 어떻게 대답하겠습니까?

대학과 군 생활을 마친 신임 순경들 보다, 연세가 지긋하신 풍부한 현장경험과 노련미를 갖춘 경위들 보다 과연 여러분이 나은 것은 무엇입니까?

법학 실력입니까?

경찰업무에 대한 전문성입니까?

실무 경험입니까?

아니면 인간미입니까?

어떠한 경우에도 불의에 굴복하지 않는 정의감과 사명감입니까?

손해를 기꺼이 감수하고 모두가 '예'라고 대답할 때 '아니오.'라고 당당하게 말할 수 있는 용기입니까?

여러분 스스로에게 한 번 물어보십시오.

아니 퇴임하는 날까지 날마다 스스로 물어보고 답하면서 근무를 하십시오.

어느 순간엔가 여러분의 경쟁력이 최고가 되어 있을 것입니다.

어느 부서에서 필요한 인재를 구할 때 언제나 모든 사람으로부터 한목소리로 추천받을 수 있도록 자신감 있고 실력 있는 경찰간부가 되어 주십시오.

등산을 할 때 산 정상을 가리키는 일은 누구나 할 수 있습니다.

하지만, 어느 등산로가 가장 안전하게 빨리 올라갈 수 있는 지는 아무나 알려줄 수 없습니다.

경찰의 임무와 사명, 치안의 목표는 누구나 제시할 수 있지만, 등산로라 할 수 있는 구체적인 비전을 제시할 수 있는 것은 실력 있는 경찰간부의 몫이라는 사실을 유념해 주십시오.

다섯째, 경찰간부로서 언제나 솔선수범하며 언행일치 하십시오.

경찰간부에게 있어서 제1의 덕목입니다.

목숨같이 소중하게 지키십시오.

그렇지 않으면 부하로부터 신뢰를 잃게 되고, 나아가 비웃음의 대상이 됩니다.

위험한 현장일수록 여러분이 앞장서야 합니다.

책임을 피하기 위해 비굴하거나 전전긍긍해 하지도 마십시오.

책임은 언제나 간부와 리더의 몫입니다.

책임을 지려한다고 하여 책임을 뒤집어씌우지 않습니다.

마찬가지로 책임을 피하려 한다고 하여 피할 수도 없습니다.

자신도 할 수 없는 일은 절대로 동료경찰관들에게 시키지 마십시오.

여러분이 한 말에 대해서는 어떠한 손해나 어려움이 있더라도 반드시 지키되, 지키지 못한다면 사과하기를 주저하지 마십시오.

여섯째, 장차 우리나라를 이끌어갈 지도자로서 언제나 나누고 베풀 줄 아는 따뜻한 삶을 실천하십시오.

가진 것을 나누는 것이 얼마나 행복한 일인지를 깨달은 사람만이 진정한 지도자의 자격이 있습니다.

여러분이 있기 때문에 여러분의 주위와 우리 사회가 밝아지고 훈훈해진다면 그 보다 더 큰 행복은 없습니다.

사랑하는 후배여러분!
'여러분이 정예 경찰간부이고, 미래 경찰의 주역이고, 여러분에게 경찰의 내일이 달려있다.'는 말이 여러분에게는 어떻게 들립니까?
실감이 납니까?
경찰의 미래를 맡겨달라고 자신 있게 말할 수 있습니까?
공허하고 아득하게만 들리지 않기를 바랍니다.
혹여 그랬다면, 분명하고 또렷하게 들리도록 지금 당장 새로운 도전에 나서십시오.
남의 이야기가 아니라 나의 이야기가 되도록 꾸준히 노력하십시오.
경찰이, 그리고 우리 사회와 국가가 여러분에게 거는 기대가 실로 엄청나다는 사실을 확실하게 기억하고 응답하십시오.
그에 걸맞은 능력을 갖추고 역할을 수행하여 경찰의 발전을 견인하고 여러분 스스로도 커다란 성취를 이뤄주십시오.
여러분을 사랑하는 마음에서 마치 시집가는 딸에게 당부하듯 주절주절 부탁사항만 잔뜩 늘어 놨습니다.

다시 한 번 여러분의 졸업과 학위 취득을 진심으로 축하합니다.
여러분 사랑합니다.
감사합니다.

54. 내부만족도 향상을 위한 '위풍당당' TF

완벽한 치안을 구현해 내고 치안서비스의 수준을 향상시키기 위해서는 내부 만족도가 뒷받침 되어야 함은 주지의 사실이다.

미국의 데이비드 버커스 교수는 '경영의 이동'이라는 저서에서 경영혁신을 위해서는 '직원을 1순위로 대하라'고 제안하고 있다. 직원들로 하여금 회사가 자신들을 진정으로 돌본다고 생각하게 만들고, 직원들에게 적정한 권한을 부여하면 고객서비스가 저절로 좋아진다는 것이다.

'위풍당당'TF는 이 같은 배경 하에서 경기경찰의 위상 제고와 경찰관들의 사기진작을 위해 구성한 것으로 '당당한 법집행, 존중과 배려, 자부심 제고, 사기진작' 등 4개 분야 70개 과제를 추진하였다.

조직 내에 잔존하는 불합리한 행태, 관행, 제도를 개선하고 바람직한 조직문화를 창출하기 위한 '이해(이렇게 해요) 프로젝트'를 가장 먼저 추진했다. 내부 설문조사를 통해 잘못된 관행 및 악습 중 우선 개선해야 할 사항은 소통없는 일방적 지시보고 문화, 부서간 이기주의(업무 떠넘기기), 순번이나 연공서열에 따른 인사 및 포상임을 확인하였고, 이에 대한 개선안과 해법을 마련하였다.

지방청의 역할도 경찰서에 대한 관리, 감독, 감찰에서 벗어나 지원, 격려, 칭찬, 뒷받침에 둠으로써 현장 경찰관들이 보다 소신 있게 일 할 수 있는 여건 마련을 위해 노력했다.

특히, 감찰도 적발이 아닌 숨은 일꾼 찾아내기, 칭찬대상자 장려 등의 역할에 치중하도록 하고, 일선 서장이나 주요 간부들의 동향보고도 폐지함으로써 보다 소신을 가지고 책임감 있게 일 할 수 있도록 하였다.

경찰관들이 업무수행 과정에서 민·형사 소송을 제기 당하는 경우에는 무료법률지원을 받을 수 있도록 경기변호사회와 업무협약을 체결하였다. 경찰관 개인이 일일이 소송 진행상황을 점검하고 필요한 자료를 제출하는 것이 아니라 지방청 소송 SOS팀이 소송단계별로 체계적으로 대응할 수 있도록 하였다.

공상 경찰관에 대해서는 지방청 복지계에서 발생단계부터 실시간 보고를 받아 필요한 지원을 해주는 시스템을 구축하였다.

악성민원인이나 급박한 신고사건 처리에 따른 스트레스를 받는 112상황실 요원들의 정신적인 건강권을 보장해 주기 위해 대학병원과 협약을 맺어 정기적인 심리검사와 상담을 할 수 있게 하였다. 나아가 스트레스 정도를 스스로 자가진단해 볼 수 있는 체크리스트 개발에도 착수하였다.

72명에 달하는 희귀난치병 투병직원과 가족에 대하여도 소액이지만 경제적 지원을 하고 위로하였다. 교통외근경찰관들의 휴게시간을 보장하고 휴게시설도 보완하여 장시간 야외 근무에 따른 피로를 완화시킬 수 있도록 하였다.

추적이나 미행과정에서 범인을 놓치는 일이 없도록 모든 형사 외근차량에도 하이패스 기능을 탑재하였다.

안산단원, 성남중원, 평택 등 치안수요가 과다하거나 근무를 기피하는 경찰서에 대하여는 포상과 승진 시 일정비율을 추가 배정하여 주는 인사상 우대를 통해 소외감을 느끼지 않도록 배려하였다.

획일적이던 지역경찰 야간 자원근무시간을 개인의 선택에 따라 탄력적으로 근무할 수 있도록 배려함으로써 지역경찰관서에서는 적정 근무인력을 확보함과 동시에 개인의 사정을 감안한 근무를 할 수 있도록 자율권을 부여하였다.

방학기간에는 '엄마아빠 직장견학 캠프', 어린이날에는 '가족초청 행사', 무더운 한 여름에는 청사 내 잔디밭에 '별빛 캠핑장'을 운영하였고, 경찰가족 문집을 발간하여 경찰가족으로서의 자긍심 고취를 위해서도 노력하였다.
3월에는 경기경찰청 교육센터에 '행복한 아버지학교' 프로그램을 운영하여 경찰관들도 훌륭한 아버지와 가장으로서의 역할을 충실하게 할 수 있는 방법을 교육하기도 하였다.

산하에 '경찰업무 경량화 추진팀'도 운영, 불필요한 회의를 줄이고 회의시간도 오전이 아닌 오후로 변경하여 오전에는 중요한 업무에 집중하여 근무할 수 있는 여건을 마련하였다.

특히, 지방청 자체적으로 'DRIMS'라는 보고 및 통계 프로그램을 개발하여 수작업으로 관리하던 통계들을 모두 전산화 하였다.

상황보고 문서는 지구대와 파출소에서 지방청장까지 수신처만 지정하면 동시에 전자문서로 보고 및 전파할 수는 시스템을 완비하였다. 이로 인해 불필요한 보고문서 27종을 폐지하는 등 상황보고 문서가 49.5%나 감축되었고, 불필요한 복사지 사용량도 절감하였다.

각 과에서 생산되는 주요문서는 총경급 이상 간부들이 기능불문하고 모두 공유하거나 열람할 수 있도록 개방함으로써 타 기능에 대한 이해도를 높이는 것은 물론 기능간 횡적인 협업체계를 튼튼히 하였다.

여경 경감이 팀장인 '여풍당당'이라는 여성 전용 상담창구도 신설하여 여경, 여성 행정관, 주무관들이 겪는 고충을 수렴하고 이를 적극적으로 해소하는 데에도 주력하였다. 특히, 취임 일성으로 여경들의 전용 휴게공간과 화장실을 설치하도록 하여 미비한 시설을 모두 개선하였다.

제4장

약자가 더욱 안전한 사회를 꿈꾸며

그날 강 할머니는 함박웃음을 지으시며
이렇게 말씀하셨다.
"세상에, 고맙소! 고맙소!
그나저나 도둑은 언제 잡고?"
"할머니, 도둑 잡는 경찰도 있고,
저처럼 할머니 지켜드리는 경찰도 있어요."
그날 할머니는 경찰관의 손을
오래도록 놓지 않으셨다.
그리고 몇 번이고 고맙다며
연신 눈물을 닦으셨다.

55. 치안약자들을 위한 맞춤형 치안

거창하게 법철학의 이론을 빌지 않더라도 법이라는 것이 원래 약자보호를 위해서 만들어진 것이다. 무법천지가 되면 강자도 살아가기 어렵지만, 사회적 약자들은 더 더욱 힘들어질 수밖에 없다.

최일선 법집행기관인 경찰의 입장에서 치안상의 특별한 배려가 필요한 분들을 치안약자라고 볼 때, 아동과 여성은 말할 것도 없고 노인, 장애인, 탈북민, 결혼이주여성, 범죄피해자, 실종자 가족 등이 이에 해당하는 것이다.

치안약자 보호는 모든 국민을 진정성 있게 사랑하는 데에서부터 출발해야 한다. 더불어 경찰이 국민을 사랑한다는 것은 국민의 생명과 인권을 소중하게 여기고 이를 잘 지켜 주는 것이다.

치안약자들이 어려움이나 두려움 없이 안전하게 잘 살아갈 수 있는 나라가 행복한 나라이고, 그 같은 여건을 앞장서 조성하는 것이야말로 경찰의 가장 중요하고 우선시 되어야 할 사명이다.

가전제품의 리모컨, 건물 출입문의 자동개폐장치 센서, 그리고 지하철 승강장의 스크린 도어와 엘리베이터 등이 우리의 일상생활을 더욱 편리하고 안전하게 해주고 있다. 하지만, 이 같은 장치와 시설은 당초 장애인들의 편의와 안전을 위해 고안된 것이었음을 아는 분들은 그리 많지 않다.

결국, 스쿨존이 어린이들의 안전뿐만 아니라 주변을 지나는 모든 보행자들의 안전을 지켜주고 있는 것처럼 치안약자를 기준으로 일상생활의 안전 기준이 만들어지고 국가 전체의 치안 안전망이 구축된다면 사회적 약자는 물론이고 모든 국민이 일상생활에서의 안전을 보다 철저하게 보장받게 되는 것이다.

경찰뿐만 아니라 우리 사회 구성원 모두가 사회적 약자나 소외된 이웃들이 더욱 편안하고 안심하게 살 수 있도록 배려하고 함께 노력하는 사회가 바람직한 사회가 아닐까?

56. 충남경찰, 노인안전 치안으로 대통령 표창

(1) 2011년 11월 충남청장으로 부임하면서 취임사를 통해 '앞으로 아동과 여성, 장애인과 노인 등 사회적 약자를 괴롭히는 파렴치한 범죄행위를 반드시 뿌리 뽑고 따뜻한 치안활동을 전개 하겠다'는 포부를 밝혔다.

체계적인 지원과 보호시스템이 갖춰진 아동·여성과 달리 노인과 장애인은 똑같은 사회적 약자라 하면서도 범죄와 사고로부터 제대로 된 보호의 대상이 되지 못하고 있었다. 어찌 보면 치안의 사각지대에 방치되어 위험에 그대로 노출되어 있었다. 이에 노인과 장애인 안전을 위한 치안대책을 마련하여 중점적으로 추진하기로 한 것이다.

2011년 12월 15일 이성호 생활안전과장을 팀장으로 하는 TF를 구성한 뒤, 한 달 여 만인 2012년 1월 9일 범죄로부터의 안전 확보 등 5대 목표와 25개 실행과제를 내용으로 하는 '노인안전 종합치안대책'을 수립하였다.

당시 어르신들이 공통적으로 겪는 문제는 경제적 어려움, 질병, 외로움, 치매, 학대와 같은 문제였다.
노인들의 경제적 어려움은 평생을 먹고 싶은 것, 입고 싶은 것, 갖고 싶은 것을 거의 포기한 채 자녀들 교육에 재산을 몽땅 투자한 결과였다. 그나마 남은 재산은 자녀들의 결혼과 살림살이 장만을 해주는 데 아낌없이 소비하신 탓이다.

통계적으로도 2011년도 우리나라의 노인빈곤율은 49.3%로 OECD 가입국 중 1위였다. 그것도 수 년 째 부동의 1위인데다 빈곤율 지수는 해가 갈수록 악화되고 있었다.

자녀들 역시 부모의 어려운 사정을 뻔히 알면서도 제대로 돌보지 않거나 못하는 경우가 허다했다. 자녀들이 부모님들께 경제적으로 아무런 도움을 드리지 않는 데도 어르신들은 자녀들이 있다는 이유만으로 자치단체로부터 기초생활 수급대상자로 선정되지 못하는 것도 문제였다. 이 같은 어르신들의 생활은 사는 것이 차라리 고통에 가까울 정도였고, 이를 지켜보는 입장에서는 안타까울 수밖에 없었다.

또한, 어르신 대부분은 젊은 시절에 하도 일을 많이 하시거나 고생을 하셔서 아프지 않은 데가 없었지만, 마음 놓고 병원에서 치료받거나 약을 사먹는 일도 녹록치 않은 형편인 분들도 많았다.

2012년도 기준 충남의 독거노인 비율은 28.3%로 전국의 19.9% 보다 꽤나 높았다. 혼자 사시거나 노부부끼리 사시는 경우에는 누구 한사람 찾아와서 말을 붙여주지 않았다.

나아가 열 분 중 한 분은 치매에 걸려 고통을 겪고 계셨다. 어르신들은 연세가 드시면서 자연스레 기억력이 감퇴하는 것으로 생각하고 치매가 진행되는 것을 방치하여 병을 키우는 경우가 많았다. 치매 어르신들은 본인의 집인 줄 알고 다른 사람의 집에 들어갔다가 도둑으로 오인받기도 하고 집을 찾지 못해 농로나 야산에서 돌아가시는 경우까지 종종 발생하곤 하였다.

　가난하고 몸이 아픈 부모님을, 그것도 치매까지 걸린 부모님을 학대하는 자녀들도 점차 늘어나고 있었다. 하지만, 그런 상황에서도 노인들은 자녀들이 혹시나 처벌받을까봐 이웃이나 경찰에 알려지는 것을 꺼리셨다. 이웃이나 의료진의 신고에 의해 경찰이 수사에 착수할 경우 '그런 일이 절대 없다. 넘어져 다친 것이다'고 변명하거나 부인하기 일쑤였다.

　그 뿐 아니었다.
　여름내 애써 가꾸어 놓은 농작물을 도난당하거나, 가지고 있던 얼마 안 되는 돈마저 보이스 피싱과 가짜 건강식품 판매 사기꾼들의 표적이 되고 있었다.
　연세가 드시면 아프지 않은 곳이 없고, 기운이 없는 것은 공통적인 현상이다. 사기꾼들은 이런 사실과 외로움에 시달리는 어르신들을 겨냥하여 공짜 관광, 공짜 점심, 화장지 등의 선물로 유인하고 재미있는 공연을 보여주며 환심을 샀다. 얼마나 살갑게 대하는지 어떤 어르신들은 '자식 보다 낫다'고 할 정도다.
　하지만, 사기꾼들은 가짜 건강식품 등의 값싼 물건을 건강에 특효약이나 되는 것처럼 속여 최소 3배에서 20배가 넘는 폭리를 취하곤 했다. 어르신들이 속은 사실을 알고 환불을 요구할라치면, 전화를 받지 않거나 아예 전화번호가 결번인 경우가 부지기수다. 전화가 연결되더라도 환불 수수료가 많다고 겁을 주어 환불을 포기하게 만드는 경우가 비일비재했다.

어르신 상대 가짜 물건판매 등의 불법행위에 대한 특별단속을 시작한지 6개월 만에 충남에서 18750여 명의 어르신들이 101억 원이 넘는 사기피해를 입은 사실을 확인 하였다. 경찰이 미처 확인하지 못한 피해를 감안한다면 충남지역의 모든 어르신들이 거의 한 번 정도 피해를 입었을 것으로 추정된다.

그런데, 경찰이 수사과정에서 이 같은 물건을 구입한 어르신들께 피해진술을 요구하면 응하지 않으시는 경우가 있다.

사기꾼들에 대한 처벌을 위해서는 피해진술이 반드시 필요하다고 설득하자, 어느 어르신은 "내가 피해 본 게 맞다. 그런데 그 사람들을 처벌하지 마라. 나한테 얼마나 다정다감하고 살갑게 대해주는 지 내 새끼들 보다 낫더라."고 하시는 일까지 있었다.

얼마나 외로우셨으면, 얼마나 마음이 쓸쓸하고 사람이 그리웠으면 사기꾼이 내 새끼보다 낫다고 하셨겠는가? 그 날, 단속 경찰관들은 너무나 안타까운 마음에 모두 할 말을 잃고 말았다.

더 이상 어르신들을 외롭고 궁핍한 상태로 생활하도록 방치할 수도 없었다. 외근활동중에 생활이 궁핍해진 분들을 발견하면, 읍이나 면사무소, 혹은 동사무소를 통해 긴급구호를 받을 수 있도록 도와드렸다. 경찰관들이 십시일반 힘을 모으거나 독지가와 연결을 시켜드리기도 하였다.

물론, 자치단체나 사회복지사들이 해야 할 일이지만, 소수의 사회복지사들이 그 일을 해내기에 벅찬 것이 사실이고, 경찰관들이 어르신들의 힘겨운 삶을 눈으로 목격하고 내 할 일이 아니라는 식으로 지나치는 것은 공직자로서의 도리가 아니라는 생각에서 자발적으로 나서기 시작한 것이다.

관할 지구대와 파출소에서는 안전을 확인하기 위해 틈나는 대로 홀로 사시는어르신들의 가정을 방문하였다. 경찰관들이 어르신들을 수시로 찾아가 안부를 묻고, 다정하게 이야기를 나누자 시간이 흐르면서 경찰관을 피하던 어르신들이 먼저 경찰을 찾기 시작했다.

그동안 참 많이 외로웠었나 보다.
벌에 쏘여도 경찰을 찾으셨다.
집안에 수도꼭지가 고장 나도 경찰관을 불렀다.
전등의 불이 들어오지 않아도 경찰관들에게 전구를 갈아 달라는 부탁을 했다. 심지어는 들고 오기 힘드니 다음에 찾아올 때는 농약이나 비료를 좀 사다 달라는 부탁까지 하는 허물없는 사이로 발전하였다.

그 뿐 아니었다.
녹두전을 만들었으니 퇴근길에 들러서 먹고 가라는 전화까지 하셨다.
정말 얼마나 마음 훈훈하고 정겨운 일인가?
경찰이 어떻게 활동하느냐에 따라 경찰을 대하는 국민의 태도가 엄청나게 변화함을 실감하는 계기가 되었다.

그렇다. 경찰은 얼마든지 국민들 마음속으로 녹아들어 갈

수가 있다.

국민의 진정한 지팡이가 될 수 있다.

국민이 온전히 믿고 의지할 수 있는 경찰로 충분히 거듭날 수가 있는 것이다.

경찰관들이 어르신들을 위하여 할 일은 태산같이 많았다.

치매 어르신의 미귀가 신고가 있으면 내 부모님처럼 생각하고 강력사건에 준하여 상황을 관리하였다. 또한 해당 파출소뿐 아니라 인근 경찰서 타격대 까지 출동시켜 찾아 드렸다. 발견율 뿐만 아니라 신고접수 후 발견할 때까지 소요되는 시간이 무척 단축되었다.

하지만, 수색에 동원되는 경찰관들은 피로감을 호소해 왔다. 경찰관들에게 참으로 미안한 일이었다. 하지만 그것은 우리 경찰이 꼭 해야 하는 일이었다.

나는 골똘히 생각에 잠겼다.

'우리 경찰관들을 덜 피곤하게 할 수는 없을까?'

당진경찰서로부터 희소식이 들려왔다.

치매 어르신들께 GPS추적기를 보급해드리면 미귀가 치매 어르신들을 7분 이내에 찾아 드릴 수 있다는 보고였다.

보고를 받는 순간 너무도 기쁜 나머지 자리에서 벌떡 일어났다. 당장 충남도와 협의하여 사회복지 공동모금회 기금을 지원받아 저소득층부터 GPS단말기를 보급하기 시작했다. GPS단말기를 보급하는 일은 충청남도에서 끝나지 않았다.

2012년도 보건복지부 노인정책관이 충남경찰청의 노인안전종합치안대책 추진상황을 확인하러 와서 이를 벤치마킹하여 2013년도 부터 정부차원의 정책과제로 채택한 뒤 전국으로 확대 보급되기 시작했다.

정말 얼마나 멋진 일인가?

충남의 작은 소도시 당진에서 시작한 일이 전국으로 확대되다니, 지금 생각해도 가슴이 벅찬 일이다.

대전청과 경기청에서도 어르신 안전을 위한 치안대책을 똑같이 추진하였다. 특히, 경기남부청장 재임 시에는 경기도와 치매어르신 사회안전망 구축을 위한 업무협약을 체결하였다. 5만 여명의 치매어르신들께 실종예방물품인 '세이프 클립'을 배포하고, 경찰공무원들에게도 치매 바로 알기 교육 등을 통해 치매어르신들의 안전을 강화하기로 한 것이다.

세이프클립은 치매 어르신들의 보호자 연락처 등을 적어 옷이나 모자, 가방 등에 부착할 수 있는 캐릭터 용품인데, 낮에는 빛을 반사하고 밤에는 야광 기능이 포함되어 있어 치매어르신 발견에 도움이 되고 있다.

(2) 경제적 어려움과 질병에 지친 어르신들은 외로움까지 더해지면서 자살로 생을 마감하시곤 했다. 2011년 기준 충남지역의 노인자살은 노인인구 10만 명당 127.1명으로 전국 평균 79.7명 보다 크게 높을 뿐 아니라 불명예스럽게도 광역자치단체 중 1위를 차지하고 있었다.

우리나라 노인자살률이 OECD 가입국 중 1위였으니, 충남은 자연스레 OECD 가입국가 중에서 노인자살률 1위 지역이

된 셈이다.

자치단체의 자살방지센터와 협약을 맺어 자살을 기도하는 어르신을 인계하면 책임지고 보호하도록 하였다. 또한, 자치단체에 어르신들을 위한 다양한 프로그램 개발도 제안하였다.

충남지역 교통사고사망자의 40.9%가 어르신들일 정도로 교통사고 피해도 심각했다. 이 같은 상태로 어르신들을 방치하는 것은 죄악이라는 생각이 들었다.

노인 교통사망사고를 줄이기 위해 경찰서마다 경로당과 노인대학에 진출하여 안전교육을 실시하였다.

처음 반응은 그리 좋지 않았다. 어떤 노인은 이렇게 말했다.
"살만큼 살았으니 오늘 죽으면 어떠냐?"
어르신들께 교통사고로 죽는 일이 얼마나 허망하고 안타까운 일인지 그리고, 운전자에게 평생 씻을 수 없는 죄책감을 주는 지를 먼저 설명 드렸다.
그러자 한 노인이 이렇게 말씀하셨다.
"맞아. 교통사고는 객사지. 죽을 때는 집에서 자식들에게 유언이라도 남기며 죽어야지."

경찰관들의 열정에 어르신들이 차츰차츰 진지한 자세로 교육을 받기 시작했다. 그러나 교육만으로는 부족했다.
고심 끝에 충남도와 협의하여 야광모자, 야광지팡이, 야광조끼 등 노인안전용품을 보급하기 시작했다. 또한 충남도내전 지역의 경로당 부근이나 어르신들이 자주 다니시는 도로

2472곳의 바닥에는 흰색 페인트로 '노인보호'라는 노면표시를 하였다.

또한 충남한의사회와 협약을 맺어 어르신들을 위한 무료한 방진료를 하면서 교통안전교육을 실시하자 교통안전교육에 어르신들이 더 많이 참가하게 되었다. 그 결과 충남경찰청은 2012년도 노인을 포함한 교통사망사고 감소 1위 지방청으로 선정되었다.

그렇다. 노력하면 된다. 마음을 다하고 힘을 다해 애쓰면 사람들이 알아주는 것은 물론 뚜렷한 변화와 좋은 결과가 나타나는 것이다.

(3) 충남지역의 노인인구는 2011년 기준으로 15.2%로서 이미 고령사회에 진입한 상태였다. 특히 청양, 부여, 서천, 홍성, 연기(연 세종), 예산, 태안 등 7개 군 지역은 초고령화 사회의 기준인 20%를 이미 넘어서 30%에 육박하고 있었다.

농촌지역 마을에 가보면 72세 되신 분이 경로당에서 다니지 않는다고 하신다. 이유를 묻자 "내가 이 나이에 경로당에서 주전자 당번하게 생겼냐?"고 반문하실 정도다.

충남의 가장 큰 도시인 천안은 비율이 10% 수준이었지만, 시 인구가 많다보니 노인 인구가 5만 명으로 가장 많았다. 농촌지역의 어르신들의 삶만 힘겨운 것이 아니었다.

도시에 사시는 노인들의 삶은 더 비참했다. 농촌지역은 그나마 이웃 간에 옛정이 남아 있어서 서로 안부를 묻기도 하고 오가는 경우가 있었지만, 도시지역은 이웃의 발걸음이 전혀 없는 상태에서 혼자 고독하게 사시는 어르신들이 많았다.

그리하여 노인안전 종합치안대책을 보다 체계적으로 추진할 필요성을 느껴 경찰역사상 처음으로 충남경찰청에 노인장애인계를 신설하였다. 사전에 본청에 보고를 하면 반대를 할 것이 자명하여 우선 신설 후 사후 직제 승인을 요청하는 방법을 선택하기로 하였다.

예상대로 당시 본청에서 반대한 것은 물론이고, 수차례 폐지 지시까지 하였지만 이에 아랑곳하지 않고 계속 유지하며 노인안전대책을 강도 높게 추진해 나갔다.

그즈음 사람들이 나에게 자주 질문을 하곤 했다. "왜 그렇게 노인들에게 관심이 많냐?"고. 심지어는 "부모 손에서 큰 것이 아니라 조부모 손에서 자랐냐?"고 질문하는 사람들도 있었다.

어린 시절, 부모님께서는 어르신을 공경해야 함을 항상 강조하셨다. 그리고 몸소 본을 보여 주셨다. 그렇다. 내가 어르신들을 생각하는 것은 부모님으로부터 물려받은 자연스러운 나의 일상이다.

농촌에서 자랐기에 농촌에 계신 어르신들의 생활상을 누구보다도 잘 알고 있다. 어르신들이 건강하고 행복해야 나라 전체가 건강하고 행복하다. 이것은 절대로 변하지 않을 진리라고 나는 믿는다.

그러나, 새로운 업무가 시작되어 제자리를 찾기까지는 익숙하지 않은 것에 대한 부담이 항상 있기 마련이다. 한 두 개의 과제는 이미 타 청에서 시행하다 흐지부지 된 것도 있었고, 경찰과 자치단체와의 경계구분이 애매한 과제도 있었다. 노인안전을 확보하려는 청장의 욕심이 앞서면서 정책추진 취지와 배경을 제대로 설명하는데 소홀했고, 이로 인해 여기저기서 불만도 터져 나왔다.

'노인문제는 지자체 업무인데 경찰이 왜?, 예전에 독거노인 보호활동을 한 적이 있었지만 별다른 효과도 없었는데…, 노인을 방문할 때는 무어라도 손에 들고 가야 하는데 예산도 없이 어떻게 하라는 말이냐?'라는 이야기들이 들렸다.

이에 현장경찰관들의 의견을 듣고, 필요한 인력과 자원도 보완하며, 공감대 형성을 이끌어 내기 위한 보완대책을 마련했다.

우선, 노인안전대책을 추진하면서 얻게 되는 감동적인 사례를 발굴하여 표창하였다. 내부망에 우수사례들을 게시함으로써 많은 직원들이 읽을 수 있도록 하였다. 실제 업무를 추진하는 지역경찰관서 관리자들과의 워크숍을 통해 정책추진의 당위성에 대한 공감대 확산을 꾀하였다.

둘째, 유관기관 및 민간단체와의 융합행정 내지 협력체계를 구축했다. 자치단체와 농협 등 유관기관으로부터 모두 48억원의 예산을 확보하였고 기관간 역할도 분담하여 함께 노력하였다.

충남도, 도의회, 농협, 우정청, 5대 종단, 한의학계, 언론사 등과 순차적으로 협약을 맺어 어르신들께 제공할 수 있는 안전서비스를 다양화하면서 한층 탄력을 받게 되었다.

  셋째, 경찰서마다 치안여건이 다르기 때문에 일시에 모든 과제를 동시에 추진하는 것 보다는 하나의 과제를 추진하더라도 지역실정에 맞는 시책을 선정하여 제대로 추진하도록 함으로써 집중도를 높였다. 이로써 경찰서별 평균 19.7개의 시책만을 추진토록 하였다. 과도한 업무 부담과 피로감이 다소 해소되었다는 반응이 나타나기 시작했다.

  넷째, 경찰관들의 선행 미담 사례, 지역별 협업사례들을 모아 언론 홍보를 적절하게 함으로써 지역사회의 적극적인 관심과 호응을 이끌어 냈다.

  다섯째, 경찰관들 스스로도 노인안전치안대책을 추진하면서 다양한 사례를 접하게 되고, 이로 인해 어르신들의 고마워하는 모습을 직접 경험하면서 많은 보람을 느끼기 시작한 것이다.
  그동안 처벌과 단속 위주로 일 하느라 마음 한 켠의 부담감이 있었던 것도 사실이지만, 어려움에 처한 어르신들을 조금이나마 도울 수 있게 되면서 직업에 대한 자긍심도 생겨난다는 말도 들려왔다.

  여섯째, 각종 치안지표가 개선되는 성과가 나타나기 시작했다. 보이스피싱과 물품판매사기범 264명을 검거하였다. 순찰차가 혼자 사시는 어르신들을 찾아 다니면서 종전에 다니지 않던 마을 안 곳곳까지 순찰하는 효과로 인해 농축산물 도난 사건이 전년대비 60%나 크게 감소하는 부수적인 효과도 있었다.

　노인자살사건도 전년도 401명에서 280명으로 30.2%나 크게 감소하여 2012년도에는 충남의 노인자살율이 강원, 충북에 이어 3위로 하락하였다. 이 같은 노인안전종합치안대책은 그해 노인의 날(10.2)을 앞둔 9월 27일에 정부로부터 대통령 단체표창을 수상했고, 경찰청 지시에 의해 2014년 3월 18일부터 전국으로 확대되었다.

　또한, 노인교통사고를 줄이면서 교통사망사고 감소율 전국 1위를 차지하여 정부로부터 대통령 단체표창을 수상하여 7개월 여만에 대통령 단체표창을 연거푸 받는 영광을 안기도 하였다.

　이러한 노인안전 종합치안대책은 대전청장 재임 시에는 하하하 운동의 일환으로, 경기경찰청과 경기남부경찰청에서는 도민안심 TF의 과제로 선정하여 지속 추진하도록 하였다. 지금도 충남, 대전, 경기지역의 마을 경로당 주변이나 어르신들이 많이 다니시는 도로의 바닥에는 '노인보호 또는 노인보호구역'이라는 글자가 수 없이 많이 쓰여 있다.

　더불어 경찰이 어르신들을 잘 공경하는 모습을 본보이기 위해 지방청장으로 취임한 뒤, 가장먼저 시·도의 노인회장님과 경우회장님을 찾아가 인사드리곤 했다.

　관내 경찰서의 초도방문 때에도 시·군 노인회장님과 경우회장님을 차례로 찾아 뵙고 인사드리고 난 뒤 경찰서로 들어갔다. 이는 내가 떠난 뒤에도 충남청, 대전청, 경기(남부)청은 전통으로 자리 잡았다.

외부인들이 참여하는 지방청의 공식 행사 시 노인회장님이 참석하시는 경우에는 사전에 다른 기관장들에게 양해를 구하고 노인회장님 좌석을 제일 상석으로 배치하였다. 이는 일부 충남지역 기초자치단체에서 벤치마킹 하여 어르신 공경 분위기 확산에 일조하게 된다.

57. 아름다운 자장면 실랑이

대전청장으로 근무하던 2013년 11월 7일!

이날은 수학능력시험이 치러지던 날이다.

바로 그날 여든 두 세이신 황 할아버지와 자장면을 먹었다.

어르신은 찢어진 군복바지 차림으로 나오셨다.

고단한 삶의 흔적이 그대로 나타나는 얼굴이지만, 당당하셨다.

어르신에 대한 이야기를 많이 들어서일까?

처음 만나는 데도 조금도 낯설지가 않았다. 고향집에 갈 때마다 찾아뵙는 어르신들과 조금도 다르지 않았다. 문득 의아한 생각이 들었다. '이렇게 당당한 모습의 어르신이 왜 남의 물건에 손을 댄 것이지?'

대전둔산경찰서에 폐 자동차 부품이 도난당했다는 신고가 접수된 것은 2013년 1월 어느 날의 일이었다. 수사에 나선 강력 6팀이 여든이 넘은 어르신을 붙잡아 조사했지만 피해액이 크지 않았고, 피해자 역시 처벌을 원하지 않아 기소유예 처분으로 끝이 났다.

조사과정에서 강력반 형사들은 이 어르신이 거처하는 단칸방을 들여다보면서 깜짝 놀랐다. 다른 집에서 먹다 남은 상하기 직전의 음식들로 연명하고 있었던 것이다.

당장 주머니를 턴 형사들은 쌀과 약간의 음식재료를 사서 드렸다. 어르신은 그냥 받는 것에 부담을 느꼈는지 현금 2만원을 형사차량에 몰래 놓고 내렸다.

　형사들은 이 할아버지를 찾아가서 2만원을 돌려드렸다. 그
런데 다음 날에는 허름한 자전거를 타고 다시 경찰서에 나타
났다. 자전거에는 사과 두 봉지가 실려 있었다. 경찰관들에게
사과를 건네주는 어르신의 마음이 어떠했을 지 한 번 상상해
보시라! 더 감동한 것은 경찰관들이었다.

　노인에게 질 수 없는 형사들은 용돈을 모아 오리털 점퍼와
옷가지를 장만해 조용히 전달해 드렸다. 하지만 어르신은 며
칠 후 다시 경찰서를 찾아왔다. 어르신이 형사들에게 건네주
신 것은 돼지갈비 열다섯 근이었다. 그리곤 환하게 웃으며 말
했다. "형사들이 고기를 먹어야 힘을 쓰지."

　형사들은 탐문 끝에 돼지갈비 구입처를 어렵게 찾아내어 전
후사정을 설명하고 환불을 받았다. 정육점 주인은 노인이 지
불한 돈을 그대로 기억하고 있었다.
　노인이 정육점에 지불했던 돈은 꼬깃꼬깃한 1천 원 권 60매
를 포함하여 모두 12만 원이었다. 형사들은 노인의 손 때 가득
한 돈을 받아들고 울컥했다.
　12만원이라는 돈이 보통 사람들에게는 하루 외식비 정도에
불과 할지 모르지만 이 어르신께 큰 돈이 아닐 수 없다.
　'어떻게 하면 돈을 돌려 드릴 수 있을까?'
　어르신의 고집 때문에 고민에 빠진 형사들은 내부통신망에
직원들의 지혜를 구했다. 결국 청장이 나섰다.
　"그럼 내가 한 번 어르신께 점심 대접하며 설득해 보는 것이

어떻겠소?"

청장의 제안에 형사들이 동의했고, 어르신을 만나게 되었다.

"무엇을 드시고 싶으신지 여쭈어 보세요."

다음 날 연락이 왔다. "청장님! 자장면이랍니다."

기름기 많은 자장면을 잘 드시지 못하는 모습을 보면서 "왜 자장면을 드시자고 하셨어요?"라고 여쭈었더니 "자장면이 가장 값싼 준 알았어요."라신다.

바쁜 시간을 쪼개 나눈 따뜻한 자장면 한 그릇, 거기에는 경찰에게 부담을 주고 싶지 않은 어르신의 마음이 진하게 배어 있었다.

식사를 마친 후 작은 선물과 환불한 돼지갈비 값을 쥐어드리자 극구 사양하셨다. 나는 간절한 마음으로 노인에게 말했다.

"서로 마음을 나누는 것인데 받아주시면 좋겠습니다."

순간 노인이 나를 쳐다보았다. 그리고 떨리는 음성으로 말했다. "마음을 나눈다고요? 날 불쌍한 노인네 취급하며 동정하는 줄로만 알고…."

어르신의 눈가엔 웃음과 눈물이 흘렀다. 노인은 고맙다는 말을 남기고 선물과 고기값을 받고 자리를 떴다. 비로소 경찰관들은 마음의 짐을 내려놓고 웃었다. 그 짐은 아름답고 행복한 짐이었다. 노인이 가져온 고기와 과일에 경찰관들의 마음이 훈훈해진 것은 물론 커다란 위로가 있었다.

하지만 더 큰 시련(?)이 다음날 닥쳤다. 이 어르신은 이번에는 돼지고기 30근을 자전거에 싣고 다시 경찰서에 나타난 것이다.

그리곤 지난번과 똑같은 말을 남기고 휭하니 사라졌다.

"힘쓰려면 고기를 먹어야지."

결국 대전둔산경찰서 강력 6팀은 앞치마를 둘러야 했다.

경찰관들은 노인이 사는 인근 노인복지회관에서 300명분 김치찌개 요리를 했다. 남의 도움을 받지 않으려는 어르신의 당당함이 300명의 다른 어르신들께 맛있는 식사를 대접하는 계기가 된 것이다.

이 이야기를 전해들은 이상윤 대전사랑시민연합회장님은 도움을 자처하셨다. 하지만, 황 할아버지는 "나는 폐지를 주우면 먹고 살 수 있어요. 나보다 못한 사람들이나 도와주세요."라고 거절하셨다.

이 어르신은 '부잣집에서 기르는 개가 먹는 사료 보다 싼 음식을 드시고, 남들이 입다 버린 옷이나 개가 입는 옷만도 못한 값싼 옷을 입으시며, 몸이 아파도 개처럼 병원에도 갈 수 없다'며 '나는 개만도 못한 인생'이라고 자조하셨다.

'사람들이 개에게 지출하는 돈을 가난한 사람들을 위해 사용하면 얼마나 좋겠냐?'던 어르신이셨지만, 마음만큼은 참 존경스러운 분이다. 지금도 살아계실까?

58. 어르신들이 행복한 나라

(1) 2012년 공주 웅진동에서 사시던 일흔여섯 박 할머니! 일흔 여섯이라면 누군가의 돌봄이 필요할텐데 돌봄은커녕 아흔넷이나 되시는 시어머님을 봉양하며 살고 계셨다.

박 할머니는 스무 살에 시집을 온 후 50년이 넘는 세월을 시어머니 시중을 들며 살아오셨으니, 할머니의 삶이 얼마나 팍팍하고 힘이 들었을지 짐작되고도 남았다. 그 오랜 세월동안 시아버님을 보내고, 또 남편마저 먼저 보내는 아픔을 겪었다.
박 할머니는 아흔이 넘은 시어머님을 극진히 봉양하셨다.
시어머니와 단 둘이 사는 삶, 더구나 넉넉하지 않은 삶이었다.
그러던 어느 날, 박 할머니 집에 불이 났다. 화목보일러에서 옮겨 붙은 불로 인해 집이 모두 타버린 것이다.
경찰관이 현장에 도착했을 때, 할머니는 팔짝팔짝 뛰시며 우셨다. 누군가 할머니 집을 다시 지어 주겠다고 말해도 울음은 그치지 않았다. 또 누군가 불에 탄 살림살이를 장만해 주겠으니 걱정 마시라 해도 펄펄 뛰며 울기만 하셨다.
간신히 할머니를 달래서 우는 사연을 들었다.
"틀니 하려고, 내가 돈을 아끼고 또 아껴서 모았는데, 저기, 저 잿더미에 내 돈 135만원이 다 탔으니 어찌할꼬?"

화재현장 감식을 담당하는 경찰관들이 당장 달려들어 숯 더미 속을 헤집기 시작했다. 아직 불씨가 남아 있어서 불길이 솟아나오는 곳도 있었지만 아랑곳 하지 않았다. 한 경찰관이 소리쳤다. "여기, 이게 돈 인 것 같아요."

경찰관은 까맣게 타버린 돈을 찾아냈다. 그러나 다 타버려서 이미 사용할 수 없게 되었다. 타버린 돈을 보고 박 할머니는 털썩 주저앉더니 '꺼억 꺽' 소리 내어 우셨다. 우시는 소리가 너무 애처로웠다.

"할머니, 이 돈을 새 돈으로 바꾸어다 드릴게요."

순간 할머니가 울음을 딱 그치고 물었다.

"정말? 정말 그럴 수 있소?"

경찰관들은 모두 이미 마음으로 결심하고 있었다. 십시일반 조금씩 모아서 135만원을 박 할머니께 드리자고.

우선 까맣게 타버린 돈을 들고 한국은행 대전지점을 찾아갔다. 그리고 자초지종 설명을 했다. 한국은행 직원도 우리와 같은 마음이었을까? 잠깐만 기다려 달라고 하더니 곧 까맣게 타버린 135만원을 새 돈으로 바꾸어 주었다.

새 돈 135만원을 들고 박 할머니를 찾아 갔을 때, 할머니는 웃음이 가득한 얼굴로 연신 고맙다는 말을 계속하셨다.

지금도 할머니가 하신 말씀이 생각난다.

"경찰은 도둑만 잡는 줄 알았더니, 불에 탄 돈도 새 돈으로 바꿔다 주네. 참말로 고맙네. 고마워."

(2) 충남 서산 남면에 사시는 강 할머니는 연세가 백 살이 넘으셨다. 강 할머니를 처음 뵌 것은 2011년 겨울이었다.

그 해 겨울은 기상이변 때문인지 유난히 추웠다. 그 추운 겨울날, 강 할머니는 전기료 낼 돈이 없어서 전기장판도 사용하지 못한 채 냉방에서 혼자 생활하고 계셨다. 할머니의 안부가 걱정되어 방문했던 경찰관은 마루 한 쪽에 수북이 쌓여있는 우편물을 발견했다.

"할머니, 저게 뭐에요?"

"저거? 그동안 받은 편지인데 나는 까막눈이라 글씨를 읽을 수가 없어서 그냥 모아 둔거야. 찾아오는 사람도 없으니 어찌 할 방법도 없고."

"할머니, 그럼 제가 읽어 드릴까요?"

"그럼 나야 고맙지. 도대체 누가 나한테 편지를 보냈을까?"

할머니의 동의를 얻은 경찰관이 편지를 뜯어보았다.

세상에, 그것은 할머니가 기초생활 수급대상자가 되었으니 면사무소에 나와 신고하면 기초생활지원금을 주는 것은 물론 전기세와 수도료도 감액해 주겠다는 내용이었다.

경찰관은 할머니를 모시고 면사무소에 가서 필요한 절차를 밟아드린 뒤 말씀 드렸다.

"할머니, 이젠 전기장판도 전기히터도 뜨끈뜨끈하게 켜고 생활하세요. 매 달 생활비도 나오고 전기요금과 수도요금은 거의 다 깎아준대요. 이젠 돈 걱정 안하셔도 됩니다."

그날 강 할머니는 함박웃음을 지으시며 이렇게 말씀하셨다.

"세상에, 고맙소! 고맙소! 그나저나 도둑은 언제 잡고?"

"할머니, 도둑 잡는 경찰도 있고, 저처럼 할머니 지켜드리는 경찰도 있어요."

그날 할머니는 경찰관의 손을 오래도록 놓지 않으셨다. 그리고 몇 번이고 고맙다며 연신 눈물을 닦으셨다.

59. 네 차례의 한국 장애인 인권상 수상

2006년도 서대문경찰서장으로 근무할 때 우연히 시각장애인들과 만날 기회가 있었다. 예전에 미처 신경 쓰지 못하던 장애인들의 불편함에 대해 조금은 알게 되었고, 그 분들을 후원하는 행사를 개최하였다. 이후 장애인들의 안전문제, 특히 지적장애 여성들의 성폭행 사건에 대해 관심을 갖게 되었다.

충남청장으로 근무할 때 노인안전 종합치안대책이 어느 정도 자리를 잡아감에 따라 장애인들을 위한 맞춤형 치안활동을 추진해야겠다고 생각했다.

장애인에 대한 이해가 부족한 터라 '장애인의 애로사항이 무엇인지? 그리고 장애인의 안전과 인권을 지켜드리기 위해 경찰이 시급히 해야 할 일이 무엇인지?'를 파악하는 것이 선결과제였다.

장애인단체에 연락하여 간담회를 갖자는 제안을 했다.
장애인단체에서는 긴 설명 없이도 충남경찰의 장애인 보호치안활동의 취지나 방향성에 대해 공감을 했다. 그렇게 간담회 자리가 쉽게 마련되었다.

우리 경찰관들은 긴장했다.
'우리가 하려는 일이 장애를 가진 분들에게 정말 도움이 될까?' 하는 걱정이 앞섰다. '혹 장애인들의 마음을 더 불편하게 하는 일은 일어나지 않을까?' 하는 염려도 있었다. 그러한 생각을 일단 떨쳐버리고 간담회장에 도착하는 장애인들을 정성으로 맞이하였다.

이건휘 충남지체장애인협회장님을 비롯한 시군지회장님, 각 장애인 단체의 대표들과 경찰관들이 머리를 맞대고 함께 앉은 자리, 아마 대한민국 경찰 역사상 처음 있는 일이 아니었을까?

서로 인사를 나눈 후 간담회의 취지를 설명 드렸고, 어떤 점이 가장 불편하고 답답한 것인지를 물었다. 장애인들은 너도 나도 이야기를 쏟아 놓기 시작했다.

어떤 분은 그간의 서러움에 목이 메여 제대로 말을 잇지 못했다. 그 중에 청각장애인들의 아픔이 가슴 묵직하게 다가왔다.

"교통사고가 난 적이 있었는데, 상대방이 잘못했거든요. 그런데 경찰이 오니까 상대방은 계속 이야기를 하는데, 제가 손으로 하는 수화를 경찰관이 알아듣지 못하더군요. 그때 상대방 주장대로 사고처리결과가 뒤집힐까봐 정말 답답하고 속상했어요."

그러자 다른 청각장애인도 이야기를 시작했다.

"신호 대기 중에 진행신호로 바뀐 줄 모르고 잠간 서 있으면 뒤에서 빵빵거리고, 그러다 쫓아와서 삿대질하거나 심지어 욕을 하는 사람들도 있어요."

장애인들이 겪는 아픔은 그 뿐이 아니었다.

"장애인 전용주차장에 비장애인들이 불법 주차를 하는 바람에 주차를 하지 못하여 목적지 주변을 두 시간이나 빙빙 돈 적이 있어요."

"맞아요. 병원 예약해 놓고 주차를 못해서 헤매다가 예약시간에 늦게 가면 간호사들이 막 핀잔해요."

"저는 아예 병원 진료가 끝났다고 해서 진료를 못 받고 돌아온 적도 있어요."

장애인들이 겪은 답답함과 어려움을 듣는 시간 내내 가슴이 아팠다.

간담회를 마치면서 "경찰관들은 집에 장애인이 있는 경우가 아니면 장애인들에 대한 이해도가 그리 높지 않습니다. 장애인들이 어떤 점이 불안하고 불편한지 아직 자세히 모릅니다. 잘 모른다고 나무라거나 짜증내시면 경찰관들이 장애인들을 피하려고만 할 것입니다. 장애인관련 용어, 에티켓 등에 대해 경찰도 내부적으로 교육을 하겠으니 혹시 잘 모르더라도 경찰관들에게 잘 설명해 주면서 장애인의 인권과 안전을 지키려는 노력을 함께 해주셨으면 좋겠습니다."하고 당부 드렸다.

참가한 단체장님들도 모두 공감하고 적극적인 동참을 약속하셨다.

간담회에 참석했던 충남경찰청 간부들은 장애인들을 위한 맞춤형 치안활동의 필요성을 절감하게 되었고, 장애인들을 위해 경찰이 추진해야 할 과제들을 보다 구체화 할 수 있는 좋은 계기가 되었다.

이름 하여 '장애인 보호 치안활동 계획'이다. 이 계획은 노인 안전 종합치안대책을 추진해본 경험이 있기에 일사천리로 시행되었다.

경찰관들에게 기초적인 수화교육을 하는 것은 물론 수화통역사가 올 때까지 일체의 조사를 시작하지 않도록 했다. 그리고 청각장애인들의 운전 차량에는 '청각장애인'이라는 표지판을 나누어주고 차량 뒤 유리창에 붙이도록 했다.

시각장애인들의 가장 큰 고충은 도로마다 불법적으로 설치된 볼라드였다. 점자 블럭을 따라 걷다가 부딪쳐 넘어지거나 무릎에 부상을 입을 수밖에 없게 만들기에 자치단체와 협조하여 최대한 제거했다.

장애인들의 안전과 인권을 제대로 지켜드리기 위해서는 우선, 지방경찰청에 신설된 노인장애인계 외에도 경찰서마다 장애인 전담 경찰관을 1명씩 배치하여 장애인 단체들과의 의견교환 창구로 활용하였다. 아울러, 장애인들에 대한 경찰관들의 그릇된 편견과 오해를 불식시키는 것이 필요하다고 생각하여 관서별로 '장애인의 이해'라는 직장교육을 실시했다.

장애인들이 일상생활에서 겪는 불편함을 없애는 일이 무엇보다 중요했다. 우선 장애인단체와 합동으로 경찰관서의 장애인 편의시설 부터 점검하고 개선해 나갔다. 경찰관서의 장애인 전용주차장에 비장애인들의 얌체주차도 금지시켰고, 병원 등 다중이용시설 업주들과 협의하여 개선을 촉구하고 자치단체와 합동으로 단속활동도 전개하였다.

장애유형별 불편사항 해소를 위해 충남시각장애인협회에는 시각장애인들이 경찰의 도움을 받을 수 있는 방법 등을 수록한 '경찰이용 권리고지서'를 점자책으로 만들어 전달했다.

그 때 까지 충남도내에는 장애인보호구역이 한 군데도 설치되어 있지 않은 것을 확인하고 장애인복지시설 주변을 장애인보호구역으로 지정하여 필요한 시설을 갖추도록 자치단체와 협조하였다. 충남 보령시 정심원 앞 등에 시설을 설치해 나가면서 노인보호구역과 마찬가지로 도로 위에 '장애인 보호'라는 노면표지를 242개소에 설치하였다.

특히, 지적장애여성들에 대한 성폭행이 국민의 분노를 자아내는 점을 감안하여 정복경찰관이 사회복지사, 장애인인권단체 등과 합동으로 주기적으로 방문하면서 설문조사도 하고, 상담활동을 병행하는 등 장애인들에 대한 인권침해방지는 물론 성폭력사건 예방을 위해 노력했다.

장애인들과의 간담회 때 결코 잊을 수 없는 어느 장애인의 말이 있었다.
"장애인들이라고, 제가 이렇게 다리가 불편해 휠체어에 앉아서만 생활한다고 계속하여 도움만 받으며 살 수는 없지 않습니까? 장애인이라고 계속해서 남의 도움만 받으며 살아간다면 비참하지 않겠습니까? 우리는 장애인이지 결코 거지가 아닙니다. 그래서 우리가 일을 시작했습니다. 우리도 물건을 만들고, 그 물건을 팔아서 우리의 생계도 스스로 책임져야 한다고 생각합니다. 그런데 물건을 아무리 잘 만들어도 장애인이 만든 물건이라고 쳐다보지도 않습니다. 판매할 방법이 없습니다. 그래서 자꾸 자활 의지가 꺾입니다."

간담회에서 들었던 어느 장애인의 간절한 외침, 그것은 경찰 역사상 처음으로 경찰청사에서 '중증장애인 생산제품 구매박람회'를 개최하는 성과로 이어졌다.

박람회에는 장애인들이 만든 많은 물건들이 쏟아져 나왔다. 장갑, 복사지, 볼펜, 인형, 다육식물, 화초, 쿠키, 실내장식품, 지갑, 가방 등 종목도 다양했다.

어떤 장애인들은 행사장에서 직접 빵과 쿠키를 굽는 모습을 보여 주면서 자신들이 만든 먹거리가 얼마나 위생적이고 안전한지를 보여 주었다. 물론 맛도 훌륭했다. 맛을 본 사람들은 너도나도 쿠키를 샀다.

공사장에서 쓰는 목장갑도 튼튼하고 질겼다. 목장갑은 건설회사에서 대량으로 구매해 갔다.

볼펜도 잉크양이 많이 들어 있어서 쓸모가 있었다. 실내장식품뿐만 아니라 가방과 지갑도 모양이 예쁜데다가 튼튼했다.

정성들여 가꾼 다육식물은 특히 여경들에게 인기가 높았다.

다른 관공서에서 온 공무원들은 주로 복사지를 앞 다투어 구매해 갔다.

비가 내리는 날이었지만 박람회 하루 동안 약 1억 5200만 원 어치의 물건이 팔렸다. 대단한 성과였다. 아니 사랑의 기적이었다. 사랑의 기적은 그 날로 멈추지 않고 계속 되었다. 이후에도 계속 주문이 이어졌던 것이다. 어떤 장애인시설에서는 즐거운 비명이 쏟아졌다.

"주문이 너무 많아 생산시설을 늘리기 전에는 이제 더 이상 주문을 받을 수가 없어요."

사실 법적으로 공공기관은 소모품 구매 예산의 1% 이상을 장애인들이 만든 물품을 구매하는데 사용해야 하지만 제대로 이행되지 않고 있었다. '중증장애인 생산제품 구매 박람회'는 충남도내 공공기관과 단체에 장애인 생산제품 의무구매제도가 있음을 홍보하는 효과를 거두게 된 것이다.

국민들에게, 특별히 장애인들에게 가까이 다가가려는 경찰의 노력을 세상이 알아 준 것일까? 2012년 12월 2일에는 경찰 역사상 처음으로 충남경찰청이 한국장애인인권상 위원회가 수여하는 장애인인권상을 수상했다.

2012.12.4. 오후에 다른 부처의 청장님으로 근무하시다 퇴직하신 분과 안부 문자를 주고받았는데, 충남경찰이 장애인인권상을 받은 것을 축하하시면서 '참으로 희한한 일이 벌어졌다. 경찰이 인권상을 받다니..'하시며 농담을 건네 오셨다.

경찰청 생활안전국장으로 자리를 옮긴 이후에도 장애인 안전과 인권대책을 전국적으로 확대하기 위해 노력했다. 충남경찰청의 노인과 장애인에 대한 맞춤형치안활동 백서를 활용하여 장애인단체들에게 찾아가 협약을 맺었다.

또한 장애인의 인권과 안전문제에 대해 체계적인 대응을 해

나가자고 제안하여 경찰청에서 지체, 청각, 시각 장애인단체 장과 장애인부모회 등이 참여하는 간담회도 개최하였다. 그리고 충남경찰청의 장애인 보호 치안활동을 전국적으로 확대 시행토록 하였다. 장기적으로는 경찰청에 노인장애인과를, 지방경찰청에는 노인장애인계를 설치하는 계획도 준비해 갔다.

대전경찰청에서도 ㅎㅎㅎ 운동의 일환으로 '장애인 보호 치안활동'을 똑같이 추진했다. 경찰교육원장 근무 시에는 모든 교육생에게 '장애인의 이해'라는 교과목을 의무적으로 이수토록 하였다.

이와 함께 장애우권익문제연구소와 공동으로 '장애인경찰조사 가이드라인'을 제정하여 장애인 조사과정에서 인권침해가 없도록 하였다. 하지만, 이는 경찰청 차원의 공식적인 지침이 아닌 참고사항일 뿐이어서 수사국장으로 발령받은 뒤 이를 좀 더 보완하여 '장애인수사매뉴얼'로 제작하여 강제성을 부여하였다.

경기경찰청장으로 부임해서는 가장 먼저 개최한 공식 대외행사가 장애인단체 대표들과의 간담회였다. 마찬가지로 충남과 대전에서 추진했던 장애유형별 맞춤형 치안대책을 추진하였다. 장애인생산제품 구매박람회에서는 4억 4천만 원 어치의 판매고를 올렸다.

이러한 노력으로 내가 관서장이나 부서장으로 근무했던 충남경찰청, 대전경찰청, 경찰청 수사국, 경기남부경찰청 등 4개 관서가 모두 한국장애인인권상을 받았으니 이색 기록이 아닌가 싶다.

　어떤 분들은 나에게 "집안에 장애인이 있느냐?"고 묻는다. 그렇지 않고는 장애인들을 위하여 그렇게 일 할 수가 없다고 말한다. 그러나 집안에 장애인은 없다. 노인이나 장애인의 안전과 인권을 보살피는 일은 경찰에게 너무나도 당연한 일 아닌가?

　그것이 바로 대한민국 경찰, 아니 대한민국 공무원들이 해야 할 일이라고 생각해 왔다. 그리고 이를 적극적으로 실천한 것뿐이다.

　장애인단체장님들과의 인연은 지금까지 계속되고 있다.
　이건휘 충남지체장애인협회장님과 황화성 한국장애인개발원장님(전 충남시각장애인협회장)은 항상 근무지가 바뀔 때마다 찾아오시거나 전화로 친형님처럼 격려를 해주신다.
　경찰의 장애인관련 치안 정책 방향에 대한 가르침도 주신다. 장애인들이 사회 구성원의 일원으로서 당당하게 잘 살아가고 있는 아름다운 이야기들도 전해 주시곤 하셨다. 만나는 경찰관들에게 내가 추진했던 장애인을 위한 치안활동에 대한 상세한 홍보와 자랑까지 해주시니 참 고마운 분들이다.

　경기남부경찰청장으로 근무하던 2016년 5월 초순경!
　대전장애인단체총연합회 황경아 회장님으로부터 전화가 왔다. 황 회장님은 내가 대전청장일 때 척수장애인협회장님으로 일하셨다.

"수원 갈 일이 있는데, 차 한 잔 나눌 시간 좀 주시지요?"

"회장님이 오신다면 언제든 대환영입니다."

수원에 일정이 있어서 오시는 김에 나를 만나 차 한 잔 나누고 가시려나 보다 생각했다.

대전을 떠난 지 3년 만에 집무실에서 황 회장님을 만났다.

책상 위에 감사패를 꺼내 놓으신다.

"아이고~ 이것 주시려고 이 먼 수원까지 오신 거예요? 몸도 불편하신데 그냥 택배로 보내시지 그러셨어요?"

"아닙니다. 우리 대전의 장애인들이 어찌 청장님을 잊을 수가 있겠습니까?"

"아무리 그래도 그렇죠!"라고 말은 했지만, 가슴이 뭉클했다.

황 회장님은 1급 척수장애인이셔서 전동휠체어에 타신 채로 장애인 전용 택시를 타고 대전에서 수원까지 130여 km를 달려오신 것이다.

"지난 4월에 회장으로 취임 후 우리 장애인단체총연합회에 도움을 주신 분들에게 우리 연합회에서는 무엇을 해드렸는지 일일이 찾아봤습니다. 다른 분들께는 작은 감사라도 표해 드렸는데, 청장님께만 아무 것도 해드리지 않은 것을 발견하고는 이렇게…"라며 겸연쩍게 웃으신다.

그렇다.

높은 곳에서 주먹만한 눈을 굴리면 시간이 갈수록 커다란 눈덩이가 되듯이 이웃을 향해 실천하는 작은 사랑도 언제나 사회 곳곳을 향해 더 큰 사랑으로 번져 나가는 것이 세상의 이치다.

장애인, 그 이름이 눈물처럼 곱다.

그들의 마음은 흰 눈 보다 더 순수하고, 장미꽃 보다 더 아름답다.

내 삶은 눈물처럼 고운 사람들과 언제나 함께 하리라.

60. 봉사는 자녀와 함께

충남경찰청장으로 근무할 때의 일이다.

경찰관 가족들과 함께 공주에 있는 삼휘장애인복지관을 찾았다. 대부분 부부가 함께 참여했고, 자녀들도 동행했다.

장애인 복지관에 처음 도착하자 봉사가 처음인 자녀들과 경찰관들은 조금 당황스러운 눈치였다. 하지만 경찰관들 아닌가? 또한 대한민국의 경찰관 가족들이 아닌가?

어른들은 빨래와 청소, 그리고 매일매일 널지 못했던 이불을 햇볕에 널었다가 먼지를 탁탁 털어내어 다시 정리하는 일을 맡았다. 집에서 하던 가사일과는 달리 무언가 가슴을 벅차게 만드는 것이 있었다.

모두들 신중하고, 또 열심히 일했다. 그것은 우리 자녀들도 마찬가지였다. 초등학생부터 고등학생들까지 자녀들의 연령층이 다양했지만 모두가 한 마음이 되어 지적장애인들을 스스럼없이 대했다.

그림에 재능이 있는 아이는 그림으로, 또 이야기를 잘하는 아이는 장애인들에게 이야기꾼이 되어 어울리는 모습이 아름다웠다. 지적장애인의 손을 잡고 산책을 하는 아이들도 있었다. 지적장애인들을 두려워하거나 거부감을 갖는 아이는 보이지 않았다.

청소를 하다가 슬며시 돌아보면 지적장애인들과 함께 대화를 도란도란 나누다가 웃음을 터트렸다. 장애와 비장애가 구분이 되지 않는 모습이었다. 그것은 동료경찰관들도 마찬가지였다. 구슬땀을 흘리면서도 뭐가 그리 즐거운지 얼굴은 환한 웃음으로 가득했다.

부모와 자녀가 함께하는 경찰관가족 봉사활동 시간은 다섯 시간이었다. 그 다섯 시간은 너무도 빠르게 지나갔다. 헤어질 시간이 되자 어른들은 조금 더 도와 줄 것이 없나 두리번거렸고, 아이들은 장애인들의 손을 잡은 채 놓을 줄 몰랐다.

집으로 돌아가는 길에 자녀들에게 소감을 물었다.
"우선 저를 건강하게 낳아주신 부모님께 감사해요."
"솔직히 예전에는 장애인에 대한 거부감이 있었는데 직접 만나서 놀다보니 우리와 똑같다는 것을 알았어요."
"장애인 친구들이 그림 그리는 거 좋아해요."
"장애인 친구들은 노래도 참 잘해요."
자녀들의 소감을 듣는 시간은 행복했다.
그리고 한마음으로 소리치는 아이들 고백에 우리 모두의 가슴이 뭉클했다.
"오늘 부모님과 함께 한 봉사활동은 평생 잊지 못할 것 같아요."

아, 이보다 더 귀한 산교육이 있을까?

우리 사회에는 그 수를 헤아릴 수 없을 정도로 많은 봉사단체들이 소외되거나 어려운 이웃을 위해 자신들의 재능, 물질,

시간을 나누고 베풀고 있다.

헌혈과 장기 기증에도 나선다. 국내뿐만 아니라 도움의 손길을 기다리는 외국의 먼 나라까지 망설이지 않고 찾아가 다양한 선행과 봉사활동을 펼친다.

또한 중학교와 고등학생들의 경우 졸업할 때까지 매 학년마다 20시간씩 모두 60시간의 봉사활동을 해야 한다.

그런데 안타깝게도 시간을 다 채우지 않아도 요구하는 시간만큼 봉사활동 확인서를 발급해주는 기관을 찾는 경우가 있다. 그 뿐 아니다. 땀 흘리지 않고 간단히 할 수 있는 일들을 찾는 경우도 많다. 그러다보니 우리 사회에 겉치레 봉사활동이 만연하고, 심지어 학생들이 직접 해야 하는 봉사활동을 부모가 대신해주면서 봉사활동 시간마저 학원에 보내는 경우가 있다고 한다.

제발 소문이었으면 좋겠다. 마음을 담지 않고, 또 정성이 없는 봉사활동은 외형이나 형식은 갖출지 모르나 봉사정신이 함양되기는 어려울 것이다. 또한 봉사활동이 갖는 진정한 의미와 소중함에 대한 교육도 찾아보기 힘들 것이다.

오래전 신문에서 본 이야기다.

회사에 다니는 한 아버지가 자녀들의 생일에 그들의 손을 잡고 선물을 마련해 장애인 시설을 방문했다고 한다. 자녀들 역시 생일날 근사한 레스토랑에서 생일파티를 하는 대신 장애인 시설에 가는 아버지를 잘 따라 나섰다고 한다. 자녀의 첫 생일부터 시작한 일이어서 그 일은 자녀들 마음에도 자연스럽게 배어 들었나보다.

그 가족의 봉사활동이 어디 생일날뿐 이었을까? 설날에는 양로원을 방문해서 가족이 없는 노인들에게 세배를 드렸고, 여름휴가도 장애인 시설에서 보냈다고 한다.

물론 그 아버지가 봉사에 미쳐 있었던 것이 아니다. 결코 이상한 사람이 아니다. 자녀들에게는 다함없는 사랑을 주었고, 아버지의 마음을 자녀들이 먼저 알고 나섰다고 했다.

시간이 아주 많이 흘렀지만 봉사가 생활의 일부분이었던 그 가족을 찾아보고 싶었다. 또한 그 자녀들이 어떻게 성장했는지 알고 싶었다.

참으로 놀라웠다. 학원 한 번 다녀 본 적이 없는 큰 아들은 대학병원의 과장님이 되어 있었다.

대학에서 건축을 공부한 작은 아들은 회사에 다니는데 의사인 형보다도 월급을 더 많이 받는다고 했다. 그리고 그 자녀들 역시 아버지가 보여준 봉사정신을 그대로 자녀들에게 실천하며 살고 있다는 것이다.

봉사는 아무리 강조해도 지나치지 않고, 선한 일은 또 다른 선한 일을 이어간다. 도움의 손길을 기다리는 가난한 이웃들을 향해 부모가 자녀와 함께 나눔과 봉사를 실천한다면 자녀들에게는 평생토록 간직할 수 있는 소중한 추억이 되고, 크나큰 유산이 될 것이다. 그 유산은 어떠한 경우에도 도적질 당하지 않고 평생 자녀의 삶을 건강하고 행복하게 만들어줄 것이다.

61. 초등학생이 건네주는 막대사탕

학부모들이 자녀들에게 갖는 바람이 있다면 과연 무엇일까?

첫째는 '우리 아이가 공부를 잘 했으면 좋겠다.'는 것이고, 두 번째는 '학교폭력을 비롯한 사건사고의 피해 없이 안전하게 등하교를 했으면 좋겠다.'는 것이리라.

첫 번째 바람이야 본인들이 할 일이지만, 교통사고와 범죄 없는 안전한 등하굣길을 만드는 것은 경찰의 임무다. 그동안은 일손 부족을 이유로 녹색어머니회나 모범운전자회에 맡겨두고 사실상 거의 신경을 쓰지 않았다. 등하굣길에서 교통사고는 물론이고, 납치나 성폭행 사건이 종종 발생하는 데도 말이다.

적어도 초등학교 등하굣길만큼은 절대적인 안전지대로 만들기로 하였다. 이름하여 '등하굣길 안전활동!'

대전경찰청장으로 부임한 1주일 뒤인 2013년 4월 22일부터 안전하고 행복한 학교 만들기를 위한 1-2-3추방 운동(학교폭력 1 / 교통무질서 2 : 무단횡단, 불법주정차 / 청소년유해환경 3 : 유해업소, 불량식품, 불법현수막)을 시작했다.

이를 위해 대전 시내 초중고 292개 학교의 등굣길에 경찰관들을 배치하였다. 하굣길은 학교주변 공공기관 단체와의 1사

1교 협약을 통해 안전을 지켜주었다. 처음에는 반신반의하던 지역사회에서 겨울방학 때까지 경찰관들의 안전 활동이 이어지자 호평하기 시작하였고 달라진 학교주변의 모습을 언론에서도 보도하기 시작하였다.

학교주변 시설개선은 학교나 자치단체의 몫이 아니냐며 마지못해 근무에 나섰던 경찰관들도 지방청장 이하 지휘부부터 하루도 빠짐없이 등굣길 안전 활동에 동참하는 모습을 보면서 마지못해 하던 근무에서 하고 싶은 근무로 서서히 변화하였다.

학교에서는 여름방학식 날에 떡을 해오기도 하고, 학교행사 때 근무경찰관들에게 감사패를 수여해주기도 했다. 학생들은 경찰관들에게 감사편지나 막대사탕 등을 호주머니에 찔러주고 내빼기도 하는 등 학교 앞 풍경이 날이 갈수록 달라졌다.

아이들의 교통사고나 범죄피해를 크게 줄였다는 점 이외에 학교주변 안전 활동의 또 다른 성과는 학생들의 욕설이 사라졌고, 경찰관들을 만나면 반갑게 인사를 하는 등 경찰에 대한 인식이 달라졌다는 점이다.

특히, 점심시간을 이용해 학교 구내식당에서 함께 식사를 하는 런치톡(Lunch-Talk) 행사는 학생들과 더욱 허심탄회하게 이야기를 나눌 수 있는 계기가 되었다.

대전경찰청장 임기를 마치고 경찰교육원에 부임하던 날, 한 통의 편지를 받았다. 편지를 보낸 사람은 대전에서 함께 근무하던 경정급 경찰관이다. 보내준 편지를 읽으면서 가슴 뭉클한 감동을 받았다.

받은 편지를 읽으면서 많은 생각들이 교차한다.

너무 많이 일을 벌인 것에 대한 미안함, 그리고 불평하면서도 따라와 준 고마움, 새 임지에서 대전경찰청 동료들에 대한 그리움 때문에 나는 한참을 서성거리며 몇 번이고 편지를 다시 읽었다.

청장님!

개인적으로 학교 안전 활동과 관련하여 請이 하나 있습니다.

청장님께서는 부임하시고 얼마 지나지 않아 등굣길 안전 활동 지시를 하셨지요. 청장님의 명을 거부할 수가 없어 마지못해 학교 정문에 나가 근무를 서게 되었습니다. 여러 가지 생각에 몸이 무겁고, 마음은 어지러웠습니다. 불평이 저절로 쏟아졌습니다.

"아니, 내가 왜 아침에 이 짓을 해야 하지? 도대체 지금 여기서 뭐하는 거야?"

불평은 쉽게 멈추어지지 않았습니다.

"정말 짜증 나. 학교와 관련된 업무는 교육청과 학교가 앞장서야 되는 것 아냐?"

저는 청장님의 마음을 도저히 알 수가 없었습니다. 아니 알고 싶지 않았습니다. 사실 정부기능이 여러 기관으로 나눠져 있는 것은 분업화, 전문화를 통해 일의 효과를 최대로 끌어올리기 위한 것이고, 각기 고유 업무가 주어진 것이 아닙니까?

우리 경찰의 업무는 민생치안인데 왜 학교 정문 앞에 나가서 안전 활동을 해야 하는지 마음속에서 일어나는 갈등을 참을 수가 없었습니다. 그런 상태에서 근무를 서게 되니 몸은 경직 되고, 마음은 한없이 짜증스럽고, 시간은 또 왜 그리 길게만 느껴지는지 도통 적응할 수가 없었습니다.

그렇게 며칠이 지나던 어느 날, 문득 제 눈에 무질서하게 주차된 차량과 나뒹구는 전단지, 여기저기 게시된 불법현수막, 아이들이 위험하게 횡단하는 모습들이 눈에 들어오기 시작했습니다. 그리고 참 이상한 일이 제 마음속에서 벌어졌습니다.

"아, 그래. 경찰관을 떠나 어른으로서 어린이들의 안전을 위해 노력할 수 있는 것 아냐? 내가 아침에 한 시간 학교 앞에서 근무를 함으로써 학교 주변의 무질서가 바로 잡히고, 깨끗하게 정리되고, 미래의 주역인 어린학생들이 안전하게 등교할 수 있다면 아침 시간을 할애할 가치가 충분히 있는 것 아냐? 그리고, 나는 경찰관인데 지역사회를 위해 그런 일을 하면 좋은 거 아냐?"

참으로 이상한 일은 그 다음에 연속적으로 일어났습니다. 저도 모르게 신호봉을 구해서 손에 들고 기쁜 마음으로 교통정리와 휴지 줍기는 물론 전단지와 현수막을 제거하고, 또 아이들과 반갑게 인사를 나누고 있는 것입니다.

그 뿐 아닙니다.

경직되어 있던 몸이 자연스러움과 미소로, 짜증스런 마음이 즐거움과 기쁨으로 변화되고, 시계를 자주 보던 행동도 사라졌습니다. 학교 안전지킴이 어르신의 인사가 참으로 기분 좋게 들렸습니다.

"수고하셨습니다. 학생들 등교가 끝났으니 이제 출근하셔야죠?"

인사해주시는 어르신의 손을 덥석 잡자 어르신의 얼굴도 환해지셨습니다.

스스로 느끼기에도 기적 같은 변화가 일어난 것입니다.

또한, 웃음꽃을 피우며 등교하는 학생들의 해맑은 모습과 학교와 학부모님들의 안도감을 엿보는 것은 크나큰 기쁨이었습니다. 또한 감사하다며 찔러주고 내빼던 아이들이 준 막대사탕, 추운데 수고한다며 아침마다 따뜻한 차를 건네주시는 정문 앞의 문구점 아주머니와 교감선생님...

사람 사는 모습을 느낄 수 있는 시간이 되었기에 아침이 기다려지곤 했습니다. 정말 보람과 감사함을 느끼게 해주는 내 인생 최고의 아침이 시작된 것입니다.

그런데 청장님 인사이동 시기가 다가오자, 학교지킴이 어르신, 학부형, 학교 관계자분들께서 저에게 묻는 것입니다.

"내년에도 안전활동을 계속 합니까?"

"청장님 바뀌시면 끝나는 것 아닙니까?"

제 마음 한편에는 내년에도 반드시 지속되어야 하고, 그렇지 않으면 시민들로부터 큰 불신을 가져오겠다는 생각이 자리 잡기 시작했습니다.

그동안 우리 조직에서는 지휘관이 새로 부임하면 특수시책을 추진하다가 아무리 좋은 시책이라 하더라도 임기 종료와 함께 자연스레 중단되었습니다. 새로운 지휘관의 새로운 시책을 시행하기 바빴던 모습들이 반복되는 것이 관행처럼 되어있었습니다.

그래서 경찰에서 새로운 시책을 시행하게 되어도 시민들의 적극적인 협조가 이루어지지 않았습니다. 따라서 등하굣길 안전 활동이 이번 겨울 방학과 함께 중단된다면 시민들의 반응도 예전으로 돌아 갈 거라는 생각이 듭니다.

저는 오늘 학교근무 내내 걱정을 했습니다.

'내일이면 방학인데 내년에도 지속될 수 있을까? 아니면 중단 될까? 내년에도 꼭 시행이 되어야 할 텐데...'

경찰은 국민을 위해 존재하는 조직입니다. 그러나 국민을 위하는 일일지라도 국민의 협조 없이는 불가능합니다. 그래서 경찰은 무엇보다 국민에게 신뢰를 줄 수 있는 조직으로 바뀌어야 합니다.

그래서 감히 청장님께 청을 하나 올립니다.

청장님께서 이제 떠나셨더라도 우리 대전경찰이 내년에도 학교 안전 활동을 지속할 수 있도록 새로 부임하시는 청장님께 꼭 말씀드려 주셔서 이 제도가 계속 유지 되었으면 좋겠습니다.

물론 청장님께서도 계속해야 할 필요성을 알고 계시기에 당연히 인계하시고 떠나셨으리라 믿고 있지만 대전경찰에 보다 더 관심을 가져주시면 좋겠습니다.

청장님!

8개월 넘게 지속되어온 우리 대전경찰의 등하굣길 안전 활동은 정말 의미 있고 보람 있는 좋은 시책이었습니다.

그동안 청장님도 더우나 추우나 비가 오나 매일매일 아침마다 함께 직접 동참해주시느라 수고 많으셨습니다. 솔선수범 하시는 모습에 정말 감사했습니다.

계속해서 많은 이들에게 행복한 웃음꽃을 선사 하실 수 있도록 늘 건강하시고, 행복과 행운이 함께 하시길 빌겠습니다.

2013년 12월 26일 아침 근무를 마치고, 대전경찰 OOO드림

62. 학교 다녀오겠습니다

대전경찰청에서 실시했던 등하굣길 안전 활동은 경기경찰 청에서는 '학교 다녀오겠습니다!' 프로젝트로 명명하여 909개 초등학교에만 배치하였다.

역시 학부모들로부터 크게 호평을 받았다. 학부모들이 지구 대에 찾아와 작은 음악회를 열어주며 감사함을 전해왔고, 학 생들의 감사편지도 이어졌다.

"확 달라진 학교 앞" 경기경찰 학교안전 프로젝트 100일(연합 뉴스 2016.6.9.)
- 학부모 91.6% "등하굣길 안전해졌다"…초등학생 감사편지 552통 /
100일간 경찰관 14만3천221명 투입·유해업소 단속 2만8천972 건 -
경기남부지방경찰청이 올 3월부터 진행해 온 학교 앞 안전활동 프로젝트 '학교 다녀오겠습니다!'가 9일로 시행 100일을 맞았다.
그간 경찰은 이 프로젝트에 경찰관 14만3천221명을 투입, 교 통시설물 1천814개소를 개선했고, 교통법규 위반 차량 1천971대 를 단속했다.
이 같은 노력에 학부모 10명 중 9명 이상은 최근 설문조사에서 등하굣길이 더욱 안전해졌다고 답했다.
◇ 달라진 학교 앞 풍경 = 이날 오전 8시 50분 경기도 수원시

영통구 광교초등학교 앞.

경찰관 5명이 학교 앞에 나와 교통정리를 하며 등교하는 초등학생들과 일일이 인사를 나누고 있었다.

학생들은 경찰관들이 낯설지 않은 듯 반갑게 인사를 하는가 하면 경찰관들과 포옹까지 한 뒤 속속 등교했다.

예전 같았으면 학교 정문 앞에 차를 세우고 아이들을 내려주던 학부모들의 모습은 찾아보기 힘들었다.

상당수 학부모들은 학교 주변 이면도로에까지 가서 아이들을 내려줬고, 아이들은 걸어서 등교했다.

한 학부모는 "예전엔 학교 앞에서 아이들이 사고라도 당할까봐 학교 정문에 차를 대고 아이들을 내려줬다"며 "이젠 경찰관들이 아이들의 안전을 지켜주고 있으니 먼 곳에 차를 대고 아이들을 내려줘도 안심이 된다."고 말했다.

학교 앞에 정차하는 차량이 없어지다 보니 교통 소통도 훨씬 원활해졌다.

더구나 이 학교 주변에선 불법광고물이나 인도 위의 적치물도 눈에 띄지 않았다.

한 경찰관은 "3월부터 오늘까지 거의 매일 학교 앞에 나와 교통정리를 하고 아이들과 인사를 나눴다."며 "처음 이 프로젝트를 시작할 때 경찰관이 인사를 건네면 쭈뼛쭈뼛하던 학생들이 이젠 가족을 만난 것처럼 반갑게 인사하고 있다."고 전했다.

이어 "경찰관들이 학교 주변에서 항상 안전을 지켜준다는 이미지를 심어줬더니 왕따나 폭행과 같은 학교폭력도 거의 사라진 듯하다."고 덧붙였다.

◇ 가시적인 성과 = 그동안 경찰은 도내 909개 학교(특수학교 25곳)에 14만3천221명(하루 평균 2천316명)의 경찰관을 투입, 학교 주변 교통시설물 1천814곳을 개선했다.

또 학교 주변에서 불법 주정차 등 교통법규위반 2천925건을 단속하고 유해업소나 인도 불법플래카드 등 2만8천972건을 지도·단속했다.

매일같이 경찰관들이 나와 인사해주자 학생들은 552통의 감사 편지를 경찰에 보내 고마운 마음을 전하기도 했다.

한 경찰관은 "안전한 등하굣길을 만들자는 마음으로 시작된 이번 프로젝트가 결실을 보는 듯하다"며 "격무에 시달리다가도 아이들의 해맑은 얼굴을 대하고 나면 스트레스도 싹 사라지는 기분이 든다."고 말했다.

'학교 다녀오겠습니다!' 프로젝트 시행 100일을 맞아 지난달 20일부터 27일까지 학부모 1천338명을 상대로 다시 설문조사한 결과 91.6%인 1천226명이 "학교 주변이 안전해졌다."고 응답한 것으로 집계됐다.

시행 한 달 만인 지난 4월에는 학부모 1천141명을 대상으로 벌인 설문조사에서 949명(83.2%)이 "학교 주변이 안전해졌다."고 응답한 바 있다.

정용선 경기남부경찰청장은 "최근 들어 확 달라진 학교 앞 풍경과 학생들의 밝은 미소에 경찰관으로서 보람을 느낀다."며 "앞으로도 학교 앞이 안전한 경기도를 만드는데 계속해 노력하겠다."
고 전했다.

인천일보에서는 그 해 8월 2일에 '학교 안전프로젝트 성과 이어가길'이라는 사설을 게재하기도 하였다.

경기남부경찰청이 지난 한 학기동안 실시한 안전프로젝트 '학교 다녀오겠습니다!'가 성황리에 마무리됐다. 경찰은 3월부터 7월 하순까지 경기남부지역 909개 초등학교 등굣길에 연인원 25만여 명의 경찰관을 배치하여 학교 앞 안전 활동을 벌여왔다. 1일 평균 2550명의 경찰관을 배치한 셈이다.

경찰은 그동안 학교 앞 교통시설물 2187건을 개선했고, 스쿨존 내의 교통법규 위반 2856건을 단속했다. 또 탈선장소로 활용될 수 있는 학교주변 공, 폐가 679곳을 점검하기도 했다.

경찰의 안전 활동은 즉시 큰 성과로 이어져 학교폭력과 교통사고, 아동 대상 범죄 사건이 크게 줄어든 것으로 나타났다. 학부모들의 호응도 뜨겁게 나타났다. 경찰이 경기지역 학부모를 대상으로 한 설문조사 결과는 이런 분위기를 고스란히 반영한다. 학부모 1338명 중 91.6%에 해당하는 1226명이 "학교주변이 안전해 졌다."고 답변했다고 한다.

90.2%에 이르는 1207명은 "학교 앞 교통질서에 도움이 됐다."고 답변했고, 1295명은 "안전 활동이 계속돼야 한다."는 의견을 제시했다고 한다. 학생들의 반응은 더 뜨겁다. 감사 편지와 표창

장 등으로 연일 훈훈한 미담을 쏟아내고 있다.

초등학생들이 손 글씨로 직접 쓴 4416통의 감사편지가 최근 경찰청에 배달됐다. 전교생이 8명인 부천 덕산초 대장분교 아이들은 텃밭에서 손수 키운 감자와 직접 만든 부채를 선물했다고 한다. 안성 서운초 학생들은 등굣길에서 만난 이강석 서운치안센터장이 간암수술 뒤 건강에 이상이 생겼다는 소식을 전해 듣고 직접 만든 표창장과 손 편지를 전달했다고 한다.

단 한 명이라도 다쳐서는 안 되는 어린이들의 안전에 심혈을 기울이는 경찰, 우리가 얼마나 오랫동안 꿈꾸며 기다려 온 경찰상인가. 어린 생명을 보호하며 시민들의 삶과 더 가까운 곳에서 바람직한 경찰상을 심어가는 경기남부경찰의 가식 없는 노력에 박수를 보낸다.

프로젝트를 처음 시작할 당시만 해도 일선 경찰관들은 매우 귀찮게 반응했다고 한다. 그러나 오래지 않은 시간, 경찰은 경찰 스스로는 물론이고 시민들에게도 세상을 바꾸는 일은 결코 멀거나 거대한 행동으로만 가능한 게 아니라는 사실을, 아니 오히려 가까운 곳에서 작은 행동만으로도 가능하다는 교훈을 새삼 일깨워 준다.

학교 교장선생님이나 생활지도 담당 선생님들의 편지와 감사인사도 줄을 이었다.

존경하는 청장님!

우리 관모초등학교 교가에는 '성실한 마음으로 참되게 자라 온 세상 빛이 되자 관모 어린이'라는 구절이 있습니다. 어른의 이기에서 비롯된 수많은 위험 요소들이 사방에 도사리고 있는 이때, 우리 아이들을 '참되게', '빛'처럼 밝고 건강하게 지키는 일이 얼마나 어려운지 새삼 깨닫는 요즘입니다.

2년 전, 우리네 아이들을 허망하게 잃어버린 세월호 참사 이후 우리는 아이들의 안전을 담보로 한 수많은 대책을 마주했습니다. 혼란 속에 시간이 흘렀고 성급히 꾸려진 대책들은 어느 것 하나 아이들의 굳건한 울타리가 되어주지 못했습니다.

전과 달라진 것은 아무 것도 없었고 우리 교육가족은 아주 작은 위험의 징후에도 신경을 곤두세우며 아이들의 안전을 염려해야 했습니다. 그렇게 2년이 지난 지금, 우리는 매일 아침 우리에게 손을 내미는 사람들과 마주합니다. 하루도 거르는 법 없는 그 정성 때문에 우리는 이제 학교 둘레에 든든한 울타리가 존재한다고 믿게 되었습니다. 관모 아이들은 그들을 이렇게 부릅니다.

"경찰 아저씨"

우리 관모 가족들은 매일 등하굣길에 말끔한 제복 차림의 '경찰 아저씨'들을 만납니다. 그들은 매일 교문에서 우리를 기다립니다. 그들이 시야에 들면 괜스레 마음이 놓이고 발걸음이 가벼워집니다. 그들은 우리보다 먼저 웃고, 먼저 고개 숙여 인사합니다. 먼저 하이파이브 하자며 손을 들고 다가오고, 먼저 어깨를 토닥입니다.

이제 아이들은 '경찰 아저씨'가 매일 만나는 친구들, 선생님만큼이나 친근합니다. 아저씨들과 인사를 나누기 위해 저만치서부터 걸음을 재촉하는 아이들도 있습니다. 매일 아이들의 안위를 염려하는 마음으로 교문을 지키고 서 있는 그들의 얼굴에서 우리는 진심을 봅니다.

진심은 흉내 낼 수 있는 것이 아닙니다. 흉내 낼 수 없는 것이란 걸 알기에 우리도 그들을 진심으로 대합니다. 그들의 진심을 배웁니다. 언젠가부터 그들이 우리의 육체적 안전뿐만 아니라 마음의 안전 또한 지키고 있다고 생각하게 된 것은 아마도 그 때문이 아닐까 생각합니다.

그리고 얼마 전 우리는 모든 것이 청장님 덕분이라는 사실을 알게 되었습니다. 사실 본교 관모초 교장은 학교 등하굣길 어린이 친절히 맞이하기 활동을 서울에 계신 경찰 총수의 지시에 의한 것으로 착각 했었습니다.

그래서 며칠 전 제가 직접 아이들을 맞이하시던 안양만안서 김일호 경감께 '이런 활동이 경찰 총수의 지시에 의한 것이냐?'고 물었더니 '그건 아니고 우리 경기경찰청장님의 지시'에 의한 것이라 말씀하시는 겁니다. 그래서 제가 '교과부 장관님보다 더한 분이 계셨네!'고 답했었지요.

청장님께서 초등학생의 등하굣길 안전한 환경 조성을 위해 추진해주신 이처럼 다양한 활동들이 지속해서 이뤄져 우리에게 든든한 울타리를 만들어 주었습니다. 아이들의 등하굣길이 밝고 건강해졌습니다. 학교 주변에 불법 주차된 차들이 사라졌습니다. 등하굣길뿐만 아니라 상시로 실시되는 순찰로 학교 주변 정서가 건강해졌습니다.

탈북민 가정, 다문화 가정 자녀들에게 보여주는 경찰관들의 지극한 관심 또한 빼 놓을 수 없을 것입니다.

동화 중에 삼나무 숲을 일군 농부에 관한 이야기가 있습니다.

쓸데없는 일이라며 많은 사람들이 말렸지만, 농부는 삼나무를 심고 가꿉니다. 그가 죽고 난 후에도 삼나무들은 자라고 또 자랍니다. 후에 삼나무들은 거대한 숲을 이뤄 아이들의 놀이터가 되고 사람들의 쉼터가 됩니다.

많은 사람이 쓸데없는 일이라 말했던 일이 많은 사람의 기쁨이 되었습니다. 많은 사람이 농부를 오래오래 기억했습니다. 청장님께서 우리 아이들의 안위를 위해 시작하신 활동들이 지금 커다란 숲이 되어, 견고한 울타리가 되어 우리 학교 주변에 둘러쳐 있습니다. 아이들은 숲에서 뛰어놀고, 사람들은 숲에서 쉼을 얻습니다.

청장님이 이 농부와 다른 것이 있다면 농부는 나무를 심었지만, 청장님께서는 사람을 심었다는 것이겠지요. 그 사람들이, 그 사람들의 진심이 숲이 되어 지금, 바로 이곳에서 우리를 지키고 있습니다.

청장님! 고맙고 또 고맙습니다.

그리고 청장님, 염치없지만 한 가지 부탁드립니다.

우리의 '경찰 아저씨'들을 칭찬해주세요. 지시만 있고 실행이 없었다면, 실행은 있으나 형식적인 실행에 그쳤다면 아마 이런 글을 써야겠다는 생각조차 못했을 것입니다.

몸뿐만 아니라 마음으로 수고하고 애쓰는 청장님의 사람들을 칭찬해주세요. 우리가 받은 귀한 마음에 미약하지만, 진심을 담은 감사의 마음을 엮어 청장님께 보내드리니 우리의 마음도 함께 전해주세요.

청장님의 칭찬으로 우리 '경찰 아저씨'들이 수많은 경찰관의 귀감이 되어 우리 관모 가족이 받는 넘치는 사랑을 다른 교육 가족들도 동등하게 받을 수 있다면 안전의 기초를 든든히 세우는 이보다 더 좋은 방법은 아마 없지 않을까 조심스레 생각해 봅니다.

청장님, 그리고 항상 본교 정문과 후문 중간의 골목길에서 매일 아침 학생의 등굣길 안위를 책임지시고 계신 군포경찰서 금정파출소 문을식 소장님, 아이들의 안전 마중하기를 비롯하여 매일 본교 후문에서 탈북민 가정, 다문화 가정의 아이들을 위해서 애써주시는 군포경찰서 보안계 소속 최장구 경위님, 그리고 본교 정문에서 매일같이 우리 아이들의 손을 잡아주고 때론 포옹하며 등굣길을 반겨 주시는 안양만안경찰서 경제팀 팀장 김일호 경감님(참고로 본교는 안양과 군포의 경계학교로 공동 학구임), 그리고 본교 후문에서 비가 오나 바람이 세차게 부나 매일 아침 어린이들의 등굣길을 교대로 마중해 주시는 금정 파출소 순찰팀 우리의 '경찰 아저씨'들게 깊은 감사를 드립니다.

이분들은 정말 1계급 특진이라도 시켜 전국 경찰관님들께 본보기로 삼고 싶다는 생각이 들 정도로 매일매일 우리 학교 어린이들과 학부모님께 더없는 귀감이 되고 계십니다.

도민을 사랑하는 경찰, 도민이 사랑하는 경찰이라는 경기남부지방경찰청의 구호가 진심이라는 것을, 진심을 담아 도민에게 전하는 메시지라는 것을 우리 관모 가족은 몸과 마음으로 겪어 알고 있습니다. 잊지 않겠습니다.

지금 경기경찰청장님께서 추진해 주시고 계신 학생 등하굣길 안전을 위한 경찰관의 학생 아침맞이 활동이 1학기 종반에 접어들어 위대함으로 기억되고 있습니다. 일선 학교장으로 청장님께 무어라 감사의 말씀을 드려야 할지 모르겠습니다.

고맙습니다.

2016년 6월 20일
관모초등학교장 이한재 올림

63. 맨발의 소녀

2013년 11월 28일 아침은 매우 추웠습니다.
겨울 동장군이 성급하게 발톱을 드러냈으니까요.
더구나 바람이 불고, 눈까지 펑펑 쏟아졌습니다.

그 날, 맨발로 파출소 마당으로 들어 온 일곱 살 여자아이가
있었습니다.
마치 성냥팔이 소녀처럼.
그러나 소녀의 손에는 사람들에게 팔 성냥이 없었습니다.
소녀는 초롱초롱한 두 눈으로 경찰관들을 바라봅니다.
참 이상하네요. 파랗게 언 소녀의 얼굴에 옅은 미소가 보이
네요.
경찰관들을 보자 소녀의 눈이 비로소 안심을 합니다.

소녀의 맨발을 발견한 경찰관이 놀라서 소리칩니다.
그리고 얼른 소녀의 언 발을 두 손으로 꼭 감싸 안아 줍니
다.
경찰관의 따뜻한 입김이 소녀의 발을 녹입니다. 소녀가 수
줍은 듯 웃습니다.

다른 경찰관은 밖으로 달려 나가더니 금세 들어옵니다. 경
찰관은 얼른 소녀의 발에 양말을 신깁니다. 또 다른 경찰관이
슬며시 나가더니 이번에는 아주 예쁜 털신을 들고 옵니다.

이제 소녀의 언 발에 따뜻한 온기가 돕니다. 경찰관들은 그렇게 온기를 나누어 주었습니다.

점심시간이 되자 한 경찰관이 소녀를 데리고 점심을 먹으러 갑니다. 또 어떤 경찰관은 동화책을 한 아름 안고 와서 소녀에게 읽어 줍니다. 크레파스와 스케치북을 사다주는 경찰관도 있고, 연필을 사다주는 경찰관도 있습니다.

소녀에게 파출소는 세상에서 가장 따스한 곳입니다. 소녀는 오늘 세상에서 가장 좋은 곳을 찾아서 온 것입니다.

소녀가 사는 집은 한 평이 겨우 넘는 작은 고시원이었습니다.

엄마는 식당으로 일 나가면서 소녀의 신발을 감추었습니다. 엄마가 없는 동안 혹시 밖으로 나가서 집을 찾지 못하게 될까 봐 염려가 되었기 때문이죠.

사실 얼마 전에도 아이가 밖으로 나가 몹시 놀란 적이 있거든요. 엄마는 울면서 아이를 찾아다니다가 112에 신고를 했습니다. 길거리에서 웅크리고 앉아있는 딸을 찾아낸 것은 경찰관들이었습니다.

아이는 엄마가 나가고 없는 작은 고시원이 참 답답합니다.

혼자서 읽을 그림책도 없습니다. 아이는 자신에게 무슨 일이 일어났는지 잘 알지 못합니다. 엄마와 작은 가방 하나만 들고 한 번도 와 보지 않은 대전으로 이사를 왔습니다. 작은 가방에 그림책을 넣을 수가 없었습니다. 그래서 아이가 사는 작은 고시원에는 그림동화집도 없습니다.

아이는 벽에 그려진 벽지 그림을 세어 봅니다. 그래도 심심합니다. 하지만 밖으로 나갈 수가 없습니다. 지난번처럼 돌아오는 길을 잊어 버려서 밤늦은 시간까지 길에 웅크리고 있으면 엄마가 너무 걱정을 하시니까요.

집을 나갔다가 경찰관 아저씨들이 찾아주어서 다시 돌아온 그날 밤.

소녀는 늦게까지 자신을 안고 울었던 엄마 마음을 알고 있습니다. 그러니까 혼자 밖으로 나가서는 안 됩니다. 밖으로 나갔다가 돌아오는 길을 또 잊을 수가 있으니까요. 그 날 엄마가 울면서 말했습니다.

"절대로, 절대로 밖으로 나가지 마. 오늘은 경찰관 아저씨들이 너를 찾아 주었지만 만약 다음에 나갔다가 길을 잃게 되면 다시는 엄마를 못 보는 거야."

소녀는 엄마가 해 놓으신 밥을 먹어 봅니다.

엄마 없이 혼자 먹는 밥은 맛이 없습니다. 소녀는 밥을 한 숟가락 입에 문 채 또다시 벽에 있는 꽃그림을 만져 봅니다. 그래도 심심합니다. 정말 밖으로 나가고 싶습니다. 그때였습니다. 소녀가 기가 막힌 생각을 해 낸 것입니다.

그리곤 소리칩니다.

"그래. 거기 가는 거야."

소녀는 신이 나서 짝짝 박수까지 칩니다.

도대체 소녀가 생각해낸 곳이 어디일까요?

네. 맞습니다. 소녀가 생각해 놓은 곳은 파출소입니다.

'그래. 거기 가는 거야. 거기는 환하고 좋은 곳이었어. 좋은 아저씨들도 많았어.'

소녀는 가만히 생각해 봅니다.
'집을 나가서 골목을 끝까지 내려가서 한 번 꺾고, 편의점이 있는 곳에서 조금 더 걸어가면 파출소가 보여. 그래 파출소에 가자.'
소녀는 얼른 신발을 찾습니다. 그런데 신발이 보이지 않습니다. 소녀는 다시 생각합니다.
'괜찮아. 좋은 아저씨들 만나러 가는 거니까 발이 좀 시려운 것쯤은 참아야 해.'

소녀는 맨발로 집을 나섭니다. 그런데 너무 춥습니다. 땅바닥이 너무 차가워서 발바닥을 송곳으로 뿅뿅 뚫는 것 같습니다. 그런데 눈이 펄펄 내립니다. 눈송이 하나가 소녀의 발등에 살포시 떨어집니다. 소녀가 웃으며 눈송이에게 말합니다.
"너도 좋은 경찰관 아저씨 만나고 싶은 거지?"
소녀는 발등에 떨어진 눈송이가 떨어질까 봐 조심조심 걸어서 파출소로 갑니다.

그날, 엄마는 파출소에서 걸려온 전화를 받습니다.
아이가 파출소에 있다는 말을 듣는 순간 깜짝 놀라는 것을 경찰관이 안심을 시켜 줍니다.
"놀라지 마세요. 거리에서 헤매는 것을 데려온 것이 아니라 아이가 우리 파출소를 찾아 왔네요. 아마 심심했었나 봅니다. 파출소에서 잘 놀고 있으니까 퇴근하시고 천천히 오세요."

엄마는 퇴근 후 아이를 데리러 가면서 생각을 합니다.

'도대체 높은 선반 위에 올려놓은 신발을 어떻게 꺼내 신고 파출소에 갔을까?'

엄마는 아이가 맨발로 파출소를 찾아갔다는 사실을 아직 모릅니다.

식당 종업원으로 일하면서 고시원에서 지낼 수밖에 없는 모녀의 딱한 사정, 아이를 데리러 온 젊은 엄마의 얼굴에 고단함이 가득합니다.

파출소 경찰관들은 가여운 모녀를 돕기로 뜻을 모았습니다.

엄마가 식당에 출근하면서 아이를 파출소에 데려다 놓는 것입니다.

아이는 2층 숙직실에서 학습지로 공부도 하고, 책을 읽기도 하고, 텔레비전도 보면서 시간을 보내기로 한 것입니다. 민원인이 없는 시간에는 경찰관들이 번갈아가며 아이와 함께 놀아주고, 공부도 가르쳐 주는 것입니다. 소녀는 영특했습니다.

아이는 엄마가 일을 마치고 돌아와서 집에 가자고 하면 울면서 안 간다고 떼를 썼습니다. 그러면 엄마도 한참씩 파출소에 머물러 있다가 가기도 했습니다.

경찰관들은 다시 머리를 맞대고 의논을 했습니다.

"어떻게 하면 조금 더 잘 도울 수가 있지?"

"우선 모녀가 살 집이 필요해."

경찰관들은 구청과 주민자치센터에 찾아갔습니다. 그리고 한 부모 가정이 거주할 수 있는 복지시설에 입소할 수 있도록 했습니다. 복지시설은 전기료와 가스비만 내면 최대 5년까지 거주할 수 있고, 퇴소 시에는 지원 정착금 400만원과 기초수급 신청 시 매월 40만원을 지원받을 수 있는 여러 가지 혜택도 있었습니다.

무엇보다도 모녀가 살기에 넉넉한 공간이라는 점이 경찰관들과 엄마의 마음을 기쁘게 하였습니다. 더구나 사무실 2층에 있는 공부방에 아이를 맡겨도 된다는 말을 듣고 엄마의 얼굴에 미소가 가득 피어났습니다.

드디어 작은 고시원에서 복지시설로 이사를 하는 12월 6일, 소녀 가족의 살림살이는 이불 한 채와 옷가지 몇 개가 전부였습니다.

파출소 경찰관들과 생활안전협의회에서는 연말 송년회 대신 텔레비전과 냉장고를 구입해서 전달했습니다. 녹색어머니회와 소비자모임, 동사무소에서도 의류, 학용품, 쌀 등을 전달해 따뜻함을 더했습니다.

참 아름다운 이야기이지요?
대전중부경찰서 선화파출소 이을수 소장님을 비롯한 경찰관들의 아름다운 이야기입니다.

며칠 후 맨발의 소녀는 이번에는 예쁜 털 장화를 신고 대전경찰청장실을 방문합니다. 청장으로부터 소녀 가족의 딱한 사정을 알게 된 어느 중소기업 회장님이 소녀의 엄마를 당신의 회사에 취직시켜 주기로 한 것입니다. 소녀의 엄마가 용기를 내어 보다 더 열심히 살도록 함께 격려해 주기 위해 마련한 자리였습니다.

그 날 회장님은 소녀의 엄마에게 정말 큰 용기를 주었습니다. 회장님의 이야기를 듣는 동안 소녀의 엄마는 한참 동안 울었습니다.

자, 그럼 회장님이 건넨 이야기를 함께 들어 볼까요?

"모녀의 사정을 아는 사람은 나와 관리이사 뿐입니다. 그냥 평범하게 취업한 사원으로 똑같이 대우할 거니까 그 어떤 마음의 짐도 가질 필요가 없습니다. 그리고 출근버스 노선을 변경해서 출퇴근에 문제가 없도록 할 테니 아무 것도 염려하지 말고 지금까지 살아왔던 것처럼 따님을 사랑하며 열심히 살기 바랍니다."

이제 소녀는 초등학교에 입학했습니다.
시간은 빠르게 흘러 소녀는 이제 4학년이 될 것입니다. 공부를 아주 잘하고, 영특하고, 마음이 밝다는 소식도 들려옵니다.
만약, 만약에 우리 경찰관들이 소녀를 찾아 주지 못했다면, 아니 찾았다고 해도 찾는 것으로 끝났다면, 그리고 맨발로 찾아온 소녀를 그저 집으로만 보냈다면 그 소녀의 가족에게 사랑의 기적은 일어나지 않았을 것입니다. 그 소녀는 마음이 사나워져서, 혹은 외로움에 지쳐 어쩌면 거리를 헤매고 있을지도 모릅니다.

사랑의 기적은 그렇게 우리 경찰관들의 따뜻한 마음에서 시작되었습니다.

지금도 어디선가 우리 경찰관들로 인해 이 땅은 여전히 사랑의 기적이 진행 중입니다.

이 글을 마치려는 지금, 소녀의 목소리가 들리네요. 같이 들어 볼까요?

"저는 세상에서 경찰 아저씨가 제일 좋아요."

64. 범죄피해자의 아픔까지 보듬는 경찰

경찰관으로 근무하는 동안 노인, 장애인, 이주여성, 탈북민, 실종가족과 같은 치안약자들을 위한 맞춤형 치안대책을 체계화 하려 노력했다. 하지만, 범죄피해자들은 거기에서 빠져 있었다.

솔직히 범죄피해자들의 어려움에 대해서는 잘 알지 못했었다. 그저 '범인을 빨리 검거하고, 가·피해자간 합의를 통해 적정한 피해 보상을 받도록 해주면 그만 아닌가?'라는 고루한 생각 탓이리라.

KOVA(Korea Organization for Victim Assistance : 한국피해자지원협회)를 알게 된 것은 2014년에 경찰교육원장으로 근무할 때다.
당시 박민준 수사학과장과 류경희 교수로부터 이제 경찰이 범죄피해자들의 어려움에 대해서도 관심을 가져야 한다는 건의를 받은 것이 계기였다.

실제 2005년도에 제정되어 2006년에 시행된 범죄피해자지원법에 따라 해마다 정부차원에서 범죄피해자를 보호하고 지원하기 위한 정책들이 추진되고 있었으나, 법무부 주관으로 추진되다보니 경찰에서는 상대적으로 관심이 미미했던 것이다.

범죄피해자 지원 정책의 기본이념은 첫째, 범죄피해자는 범죄피해 상황에서 조속히 벗어나 인간의 존엄성을 보장받을 권리가 있다(회복), 둘째, 범죄피해자는 당해사건과 관련하여 각종 법적 절차에 참여할 권리가 있다(참여), 셋째, 범죄피해자의 명예와 사생활의 평온은 보호되어야 한다(안전)는 것으로 요약할 수 있다.

수사학과의 건의를 받고 나서 경찰교육원에 범죄피해자 교육과정을 확대하기 시작했다. 이 교육을 이수한 전국의 경찰관들을 중심으로 '범죄피해자 보듬이'라는 학습조직(2014년도 경찰청의 최우수학습 동아리 선정)을 만들었다.
KOVA와 MOU도 체결하여 캠프와 학술토론회를 개최하고, 경찰서 마다 경찰-코바간의 연계활동도 추진하였다.
그 해 KOVA측에서는 나를 고문으로 위촉해 주어서 아직까지 활동 중이다.

다행히 경찰청은 2015년을 '피해자 보호 원년의 해'로 선포했다.
경찰청과 KOVA간 MOU를 체결토록 주선하여 이제 피해 발생 초기부터 전문지식을 갖춘 심리상담사들이 도와줄 수 있는 체계적인 여건을 만들었다.

심리학자 에미 워너 교수(Werner,E.E)의 연구에 의하면, 고아나 범죄자의 자녀중 1/3은 학교에서 뛰어난 성적을 거두고, 장학생으로 대학에 입학하는 등 좋은 환경에서 자라난 아이들보다 더 모범적으로 성장한 사실을 발견했다고 한다. 그런데 이처럼 잘 성장한 자녀들에게는 끝까지 자기편이 되어 믿어주고 공감해주고 응원해주는 어른이 최소한 한 명은 곁에 있었다는 사실이다.

코바회원들의 노력에 힘입어 범죄피해자나 그 자녀들이 피해를 신속히 극복하고 모범적으로 생활해 나간다면 우리 사회가 더욱 건강하고 행복해지리라 믿는다.

이상욱 회장님, 박효순 수석부회장님, 김부식 부회장님을 비롯한 KOVA 회원님들의 사람을 사랑하고 건강한 사회를 만들어 가고자 하는 따뜻한 마음, 그리고 그 실천을 위한 수고와 헌신에 존경을 표한다. 세월이 흐를수록 KOVA가 더욱 발전하기를 기원 한다

2015년 7월 11일 KOVA의 박효순 수석부회장님은 네이버 자체 밴드(BAND)에 아래 글을 게재해 주셨다.

이상욱 회장님, 김부식 변호사님과 함께 코바를 설립한 뒤 단체등록을 위해 처음으로 경찰청에 찾아가 범죄피해자를 돕고 싶다는 의견을 전달했더니 경찰청의 인권과로 가라고 했습니다.

인권과에 찾아가서 전후사정을 설명하자 꼭 필요한 일이라고 느낀다더니, 그 다음에 찾아가자 태도가 바뀌면서 피의자나 피해자의 인권은 똑같이 소중하다는 이야기를 했습니다.

그래서 피의자와 피해자의 인권이 모두 중요하지만, 현재 피해자의 인권은 피의자에 비하여 형편없음을 설명했습니다.

예를 들어 살인미수 사건이 발생할 경우, 가해자인 범죄자는 국

민의 세금으로 운영하는 교도소에서 밥과 옷을 받고, 비가 새지 않는 곳에서 책을 보면서 운동까지 할 수 있고, 본인이 반성하고 착실하게 수감생활을 하면 제과, 인테리어, 자동차 기술도 배울 수 있어요.

나아가 검정고시도 볼 수 있고, 출소 후에도 국민의 혈세로 자립금, 대학등록금까지 보조받는 등 여러가지 혜택을 누릴 수 있지요. 심지어는 국가가 피의자를 위하여 국선변호인까지 선임도 해주고 있습니다.

사람을 죽이거나 죽이려 한 사람에게도 이처럼 많은 혜택을 주는데 반해 범죄피해자의 가족들에게는 그렇지 않잖아요? 하루아침에 사랑하는 아빠를 잃고 나면 아내는 가장 역할을 하면서 남편의 병원비와 자녀의 양육비를 마련하기 위해 자녀들을 할머니나 친지 집에 맡겨 놓은 채 식당일이나 막노동을 하는 경우도 있지요.

그나마 자녀를 돌봐줄 분조차 없으면 아이들만 집에 방치될 수밖에 없게 되어 탈선이나 비행으로 이어지거나 학업이 중단되는 경우가 부지기수에요.

심지어 범죄에 연루되는 일도 발생합니다. 집을 팔거나 전세 계약을 해지하여 병원비를 지급해야 하는 경우에 자식들은 친인척이나 고아원으로 뿔뿔이 흩어질 수밖에 없고, 엄마는 힘든 식당일에 지쳐가면서 범인보다는 아무도 돌봐주지 않는 세상을 원망하고 자신의 신세를 한탄할 수밖에 없습니다.

경찰관님!

이 두 가지 사례를 볼 때 지금 우리 사회에서 과연 피해자와 피의자의 인권이나 처우가 동등하다고 보시나요?"라는 질문들을 던졌습니다.

설명을 들은 경찰관은 "맞는 말씀이지만 피해자 지원을 위해 책정된 예산이 없고, 인권이란 측면에서 보면 둘 다 똑같이 보호되어야 합니다."는 말만 녹음기처럼 되풀이할 뿐 피해자의 보호나 지원이라는 말에는 별다른 관심을 두지 않았습니다.

그 이후에도 기회가 있을 때 마다 우리 코바의 임원진은 수많은 경찰관계자들을 만나 피해자 보호의 필요성과 중요성에 대하여 역설하고 또 역설 했습니다. 그때만 하더라도 피해자는 수사과정에서의 참고인 내지 재판의 증인이라는 지위와 역할에만 머무를 수밖에 없었습니다.

이처럼 늘 피해자는 억울하고 분했지만 누구 하나 도움을 주기는커녕 하소연조차 들어주는 곳이 없었습니다. 우리나라의 사법체계는 오직 검거와 처벌 위주이었으니까요.

우리는 회장님과 함께 각종 사회단체, 국회의원들에게까지 피해자 보호와 지원의 필요성을 설명하면서 적어도 가해자 1명에게 쏟아 붓고 있는 예산의 일부만이라도 피해자한테 주는 것이 사회적 정의와 형평에도 맞는 것이라고 주장을 했지요. 어언 10여 년간 그같이 호소하며, 경찰관계자들을 설득하기 위해 노력하였습니다.

그럴 때마다 경찰에서는 "피해자 지원 필요성은 알겠다. 하지만 범인을 검거하기에도 벅차다. 피해자를 위한 지원서비스를 제공해줄 시간이 없다."는 답변만 반복할 뿐 우리의 건의를 받아들이지 않았습니다.

2014년도에 경찰교육원장을 하시던 정용선 치안감(현 경찰청 수사국장)께서 우리 코바 임원진의 이야기를 들으시고 "그동안 노인, 장애인, 북한이탈주민, 결혼이주여성, 실종가족 등 우리 사회의 다양한 사회적 약자를 위한 맞춤형 치안대책을 추진했고, 이분들의 인권과 안전을 강화하기 위해 노력해왔다. 하지만, 피해자 보호와 지원 필요성에 대해서는 솔직히 잘 모르고 있었다."고 하면서 관심을 갖기 시작했습니다.

당시 정용선 원장님은 박민준 수사학과장님과 류경희 수사학과 교수님과 함께 경찰교육원과 코바 간에 피해자 지원을 위한 업무협약을 맺고(4.14), 경찰관들을 위한 피해자보호업무를 담당할 교육과정을 신설한데 이어, 그 과정을 이수한 전국의 경찰관들을 중심으로 "피해자 보듬이"라는 학습동아리까지 조직하여 현장에서 코바와 연계하여 피해자 보호에 나서도록 해주었습니다.

또한, 경찰교육원에서는 피해자 지원 역량강화 프로그램인 코바 한마음 리더십 캠프(8.2~3, 경찰교육원)를 개최할 수 있도록 지원해 주었고, 코바와 함께 범죄피해자 정책 개선방안 마련을 위한 학술토론회도 공동개최(11.27, 경찰교육원) 하였습니다.

마침내 올해에는 경찰청이 '피해자 보호원년의 해'를 선포하였고, 코바와 경찰청이 피해자 지원을 위한 MOU까지 체결하기에 이르렀습니다. 전국 지방청과 코바 지부 간에도 MOU를 맺어 피해자를 위한 촘촘한 사회안전망이 구축되고 있습니다.

이렇게 되기까지 꼬박 10년이란 세월이 걸렸습니다.

아직 갈 길은 멀고, 피해자에게 지원되는 예산은 가해자에게 들어가는 예산에 비하면 눈꼽만치 정도도 되지 않습니다.

코바가 피해자 보호라는 본연의 임무를 모범적으로 잘 수행해낼 때 피해자는 비로소 인권의 사각지대에서 벗어 날 수 있습니다. 피해 상담선생님들의 노력과 땀방울이 모여 피해자의 아픔이 씻어집니다.

우리 주변은 물론 국민의식까지 바뀌게 될 것입니다. 아직 국민도, 경찰도 피해자 지원 필요성에 대한 인식이 부족한 상태지만 예전 보다 많이 향상되고 있습니다.

강신명 경찰청장님께서 코바 전북지부를 방문하신 자리에서 "우리는 피해자 보호를 위해 코바랑 함께 간다."는 말씀을 하셨다고 합니다. 우리는 그 뜻을 잘 받들어 나가야 합니다.

"코바포럼은" 순수학자들의 모임으로 피해자 지원에 관한 학술연구를 통해 모범적인 싱크탱크가 되기 위해 경찰과 호흡하고 있는 상태이며, 지금도 그 역할을 훌륭하게 해내고 있습니다.

회장님을 비롯한 협회는 양질의 상담사 양성을 위해 최선을 다해야 합니다. 많은 선진국의 사례처럼 민관이 조화로운 협조를 통해 피해자가 제대로 보호되고 힘을 얻을 수 있도록 돕는 것이 최우선이기 때문입니다.

이토록 어려운 과정을 겪으며 (사)한국피해자 지원협회(KOVA)가 탄생을 했고, 피해자 지원하면 "코바"가 떠오르는 것이 오늘의 현실이 된 것입니다.

65. 민원인의 해우소

우리나라를 고소공화국이라고 부르기도 한다.

2015년 경찰에 접수된 고소사건은 약 28만 여 건으로 일본의 100배가 넘는다고 한다. 이처럼 수많은 고소사건은 형사사건이라기보다는 당사자 간 채무불이행 등 민사사안인 경우가 많다. 실제 경찰이 접수한 고소사건중 형사처벌이 필요하다는 기소의견으로 검찰에 송치되는 사건의 비율은 매년 30% 안팎에 불과하다.

법을 잘 모르는 민원인들의 입장에서는 돈을 떼이거나 금전적 손해를 보게 되면 변호사나 법무사 사무실에서 작성해주는 고소장을 경찰이나 검찰에 제출한다. 그리고는 당연히 상대방을 처벌해 주고 피해보상도 받을 수 있을 것이라고 기대한다.

따라서 경찰이 고소 접수단계에서 죄가 되지 않는다며 고소장을 반려하면 민원을 제기한다. 불기소 의견으로 사건을 송치했다는 수사결과를 통지하면 경찰수사에 불만을 드러내곤 한다.

경찰입장에서는 민원제기를 우려하여 죄가 되지 않는 고소사건까지 접수하여 처리하느라 많은 시간과 수사력을 낭비할 수밖에 없다. 죄가 되는 사건을 선별적으로 수사하여 신속히 범인을 검거하는 데 장애만 될 뿐이다. 우리 사회가 안고 있는 고소 남발의 폐해다.

이 같은 문제점을 개선하기 위해 경찰청 수사국장으로 근무하면서 수사민원상담센터를 운영하는 계획을 수립했다.

2015년 3월부터 경기일산경찰서(현 일산동부경찰서)에서 시범 운영을 시작한 수사민원상담센터에는 전문수사관과 변호사가 함께 근무하도록 하였다. 고소사건이 접수되면 검토 후 죄가 되는 사건은 당연히 조사관을 지정하여 즉시 수사에 착수한다. 죄가 되지 않는 사건은 친절한 상담 후 반려하는 대신, 민원인들의 피해회복에 도움이 되도록 변호사가 민사절차를 자세히 안내하도록 하였다.

기존의 민원상담관 제도와 다른 점은 변호사들이 공익활동 차원에서 상주하며 상담을 해준다는 것, 돈을 들여 고소장을 작성해오지 않더라도 관련 증거만 있으면 구두로도 고소를 접수해 준다는 것이다. 특히, 어르신이나 장애인 등 치안약자의 경우에는 구두 고소를 적극적으로 접수하도록 하였다.

우리 형사소송법 제237조 제1항에 의하면 고소는 서면이나 구두로 할 수 있도록 되어 있지만, 그동안은 서면 고소만 접수해온 것이 검찰과 경찰의 오랜 관행이었기에 이를 법의 취지대로 개선한 것이다.

수사민원상담센터 개소 이후 경찰관들도, 참여변호사들도, 민원인들도 모두가 만족해했다.

수사관들은 형사 처벌할 수 없는 사건을 조사하느라 소모하던 시간과 수사력을 다른 범죄 수사에 집중할 수 있어서 보다 능률적으로 일할 수 있게 된 것이다. 당연히 조사관 1인당 담당사건이 감소하였고, 검찰에 기소의견으로 송치하는 비율도 높아졌다.

참여변호사들은 처음부터 민원인들로부터 사건내용을 일

일이 다 들어줘야 하는 타 기관에서의 공익활동과 달리 1차로 경찰관이 상담한 내용과 사실관계를 토대로 법률적 조언을 해주면 되기에 훨씬 수월하다고 했다. 초임변호사들은 일선경찰의 수사를 간접 체험하는 계기도 된다며 좋아했다.

민원인들의 고소 목적이 피해금품의 조속한 회수나 보상에 있는 경우 신속한 형사처벌과 민사적 보상 등 소기의 목적을 달성할 수 있기에 만족도가 높았다. 특히, 구두 고소도 접수함에 따라 변호사나 법무사 비용에 대한 부담 없이 국가공권력의 실질적인 도움을 받게 된 것을 크게 반겼다.

그 해 연말에는 전국 16개 지방경찰청별로 1개 경찰서씩 수사민원상담센터를 운영하도록 하였다. 2016년 말 경기경찰청장으로 부임한 이후에는 경기청 자체적으로 도내 10개 경찰서로 확대하였다.

수사민원상담센터를 설치한 이유는 우선 경찰수사에 대한 국민의 신뢰도와 민원 만족도를 높임으로써 수사권 조정 논의 시 경찰이 보다 유리한 입장에 설 수 있는 기틀을 마련하려는 것이었다. 실제 시범운영을 했던 일산경찰서의 경우, 수사결과 이의신청 건수가 단 한 건도 없었다.

둘째, 고소사건의 처리절차를 경찰의 수사권 조정안대로 현실화 하려는 것이다. 경찰의 수사권 조정안은 경찰이 1차적·본래적 수사기관이 되고 검찰은 2차적·보충적 수사기관화 하자는 것이다. 그러나 고소인들이 경찰 외에도 검찰에 고소하는 경우도 있어서 현재로서는 강력사건과 달리 경찰만이 1차적

수사기관이라고 할 수는 없는 것이다.

민원인들이 검찰에 고소하는 것 보다 경찰에 고소하는 것이 비용도 들지 않고 더 빠르고 정확하게 수사가 완료되고 피해 회복까지 제대로 이루어진다는 사실을 깨닫게 되면 검찰에 직접 고소하는 사건은 급감하거나 사라지게 될 것이다. 결국 고소사건도 발생사건이나 강력사건처럼 경찰이 1차적 수사기관으로 자리 잡을 수 있게 될 것이다.

셋째, 수사민원상담센터에서는 다른 경찰서의 관할사건에 대해서도 상담을 해줌으로써 경찰과 피고소인간의 유착 의혹 제기를 사전에 차단하는 효과도 거두고 있다. 자신의 고소사건이 불기소 처리된 경우, 그 내용을 수사민원상담센터가 설치된 다른 경찰서에서 사건처리결과의 적정성에 대한 의견을 한 번 더 들어 볼 수 있도록 배려한 것이다.

경기청에서는 어르신이나 장애인이 구두로 고소한 사건이 하루 평균 6건이었다. 경기청이 북부청과 남부청으로 분리된 이후 남부지역 7개 관서의 수사민원상담센터에 참여하는 변호사는 모두 128명이다.

경찰수사관이 1차 상담한 12361건 중 2536건만 접수하였고, 79.5%인 9825건은 반려하였다. 변호사상담은 총1645건으로 반려상담 546건·일반상담 1099건이었다. 고소장 없이 상담한 7449건 중 705건을 접수(접수율 9.5%)하여 수사에 착수하였다.

KICS 기준 기소의견 송치율은 29.8%로 전년(25.9%) 대비 3.9% 상승하였다. 이들 7개 관서에 접수된 고소사건은 전년대비 23.4%나 감소하여 경기남부청 관내 총 감소건수 7,919건의 51.9%나 차지하였다.

앞으로 전국 경찰관서로의 확대는 물론이고, 이를 통해 수사권 조정에 작은 도움이 되기를 기대해 본다.

66. 끝나지 않은 보이스피싱과의 전쟁

수사국장으로 부임하던 2014년에는 '보이스피싱'이라 불리는 전화이용 사기범죄가 급증하고 있었다.

보이스피싱은 특히 20대 여성과 연세가 지긋하신 70세 이상의 어르신들이 주로 피해를 입고 있었다. 속지 않을 것 같은 사회적 신분이 있는 분들까지 이따금씩 속아 넘어가는 것을 보면 대표적인 지능범죄가 아닐 수 없다. 부임하자마자 이를 뿌리 뽑기 위해 대대적인 소탕계획을 마련하였다.

우선, 수도권의 3개 지방경찰청 지능범죄수사대에 수사전담반을 설치하여 검거에 나서는 한편 중국공안, 태국경찰 등과 국제 공조수사체제를 강화하였다.

수사심의관이 중국에 출장을 가서 공안부 수사부국장을 면담하여 한국에서 서면으로 통보하는 콜센터를 급습하여 검거해줄 것을 요청하였다. 다행히 중국 내에서도 보이스피싱 문제로 한참 골머리를 앓고 있는 터여서 비교적 협조가 잘 되었다.

이 같은 노력으로 중국 등 해외에 있는 보이스피싱 콜센터 책임자들을 포함하여 매월 1,800여명씩을 검거하였고, 조직폭력배에게 적용되던 범죄단체조직죄로까지 의율하여 엄정하게 처벌하였다.

둘째, 금감원은 물론이고 은행연합회 등 관계기관과 협조하여 예금을 계좌로 이체할 경우 30분간 인출을 제한하는 지연 인출제도를 도입하는 등 보이스피싱 사기범들의 범죄환경을 축소시키기 위한 제도 개선에도 심혈을 기울였다.

이 같은 공로로 정부 3.0경진대회에서 경찰청과 금감원이 국무총리상을 수상하기도 하였다.

셋째, 보이스피싱 피해 예방요령을 다양한 홍보수단과 매체를 통해 알기 쉽게 알림으로써 국민들이 사기범들에게 속지 않도록 하였다.

또한, 미래부, 이동통신회사와도 협조하여 보이스피싱 범죄에 이용된 전화번호를 강제로 통화정지 조치하는 방안을 활성화하였다. 이 같은 노력에 힘입어 2015년 3월초까지 매주 400건이 넘게 발생하던 보이스피싱 범죄는 10월 들어 45건으로 급감하였다.

하지만, 최근 다시 보이스피싱이 고개를 들고 있어서 매우 안타깝게 생각한다.

67. 교통 약자들도 세심하게 보살피고

어느 나라건 대표적인 교통약자는 어르신, 장애인, 아동일 것이다.

어린이 교통사고, 특히 어린이들의 보행 중 사고, 그것도 등하굣길에서의 사고는 단 1건만 발생하더라도 학부모님들의 불안감이 커지기에 경찰입장에서는 더 많은 신경을 쓸 수밖에 없다. 어린이 보호구역내 교통사고를 철저히 예방해야 학부모들의 체감안전도도 높아진다.

대전경찰의 '등하굣길 안전활동', 경기경찰의 '학교다녀오겠습니다' 프로젝트가 이 같은 학부모님들의 안전욕구에 부응하기 위한 시책이었다.

경기경찰청에서는 학교주변 횡단보도의 안전구역 내에 노란색 페인트로 어린이들의 발자국 모양을 그려놓는 '노란 발자국' 프로젝트를 추진했다.
2016.3월 용인서부경찰서 관내 상현초등학교에서부터 시작된 이 프로젝트는 어린이들이 안전구역 내에 설치된 노란발자국 위에 자신의 두 발을 올려놓은 채 횡단보도 녹색 신호를 기다리도록 하기 위한 것이다. 강압하지 않고 부드러운 개입으로 사람들이 더 좋은 선택을 할 수 있도록 유도하는 이른바 '넛지(nudge)효과'를 노린 것이다.

상현 초등학교의 시범운영결과, 어린이들의 교통사고 예방과 질서의식 함양에 도움이 된다고 판단, 지속적으로 확대하기 시작하여 그 해 11월 30일 까지 경기남부지역의 909개 모든 초등학교 주변 횡단보도에 설치를 완료하였다.

이후 5.3 부산 중구를 시작으로 경북울진, 대구동부, 광주북구, 충북충주, 세종, 대구달성, 대구북부, 서울강남, 인천부평, 서울용산, 강원원주, 전북군산, 대구강북, 광주동구, 울산지역의 경찰서와 자치단체에서 도입하였다. 2017년에는 경남경찰청 차원에서 도입하고 있고, 인천시에서는 관내 120개교에 우선 설치할 계획인 것을 비롯하여 전국적으로도 확산 추세다.

이런 가운데 '노란 발자국' 프로젝트는 2016년 11월 10일 문화체육관광부 주최 제9회 공공디자인 대상 시상식에서 경기남부청에 최우수상의 영예를 안겨 주었다.

어르신들의 교통안전문제 또한 해마다 교통사고사망자의 40% 이상을 차지하고 있다는 점에서 교통사망사고 줄이기 정책의 우선순위를 차지한다.

일반적으로 어르신들은 먼 거리에 위치한 횡단보도, 지하도나 육교 보다는 무단횡단을 하시는 경우가 많고, 좁은 골목길에서 빠르게 이동하는 차량을 피하기에는 몸이 불편해서서 피해를 보는 경우가 많다. 예전처럼 손전등을 들고 다니지도 않고, 어두운 색깔의 옷을 입으시기에 운전자들의 눈에 쉽게 띄지 않는 것도 문제다.

어르신들께 반복적인 교통안전교육과 홍보를 전개하고 있지만, 쉽게 개선되지 않는다. 또한 자치단체와 협조하여 야광모자, 빛에 반사되는 지팡이와 팔찌, LED 우산 등의 안전용품도 전해 드렸다. 폐지나 고철 등 재활용품을 모으시는 어르신들께는 야광조끼를 나눠 드리고 리어카에 반사테이프를 붙여 드리기도 하였다. 하지만 착용률이나 휴대율이 낮다는 것이 경찰에겐 언제나 고민거리다.

경기경찰청에서는 어르신들이 주차에 어려움이 많은 점을 감안하여 2016년 1월부터 경찰관서, 공공기관, 대형마트와 병원 등에서 주차를 편리하게 하실 수 있도록 전국 최초로 어르신 전용주차구역을 별도로 신설하였다. 만드는 김에 임산부 전용주차구역도 함께 만들어 임산부들의 주차 불편을 해소해 주려하였다.

어르신 주차구역이나 임산부 주차구역은 '장애인 등의 편의 증진에 관한 법률'에 따라 시행되고 있는 장애인전용주차구역과 달리 법률상 근거는 없으나, 어르신과 임산부의 안전과 편의를 보장하는 차원에서 시행한 것이다. 2017.2월 현재 경기남부지역에 모두 451개소가 설치되었는데, 앞으로 전국적으로 확대도 되고 법적인 근거까지 마련되길 기대해 본다.

장애인들에 대한 교통안전대책은 교통사고예방이라는 측면과 함께 이동권 이라는 기본권 보장 측면을 동시에 고려해야만 했다.

우선 장애인복지시설을 비롯하여 장애인들이 많이 다니는 곳의 횡단보도 신호주기를 초당 1m씩 이동하도록 설계되어 있던 것을 0.8m만 이동해도 건널 수 있도록 횡단보도 신호주기를 늘였다.

시각장애인들을 위해서는 경찰관서를 비롯한 공공기관의 점자 블럭 등을 제대로 설치할 수 있도록 하였고, 보행안전을 위협하는 인도상의 불법 볼라드를 제거하였으며, 시각장애 학생들을 위한 통학차량 전용승강장도 설치하였다.

시각장애인들이 경찰의 수사절차를 이해하기 쉽도록 '수사민원 안내서'를 점자로 제작하여 시각장애인협회에 전달하였다. 수사민원 안내서를 제작하여 전달하는 자리에서 김진식 경기도시각장애인협회장님께서는 '수사관 기피신청 제도가 있다는 사실을 처음 알았다. 우리 협회의 녹음시설도 있으니 음성녹음 파일로도 제작했으면 좋겠다.'는 제안을 하셨다.

경찰관이 직접 녹음에 참여하는 것도 의미가 있을 것이다. 하지만 기왕이면 목소리 좋은 아나운서나 성우가 재능기부를 해주었으면 좋겠다고 생각했는데, MBC여성 아나운서가 기꺼이 재능기부를 해주셨다.

이 아나운서는 잠시 몸이 아팠을 때 건강을 회복하면 재능을 기부하여 남을 도우며 살겠다는 생각을 했었다고 한다. 그런데 그 첫 재능기부가 공교롭게도 경찰의 시각장애인들을 위한 녹음 CD제작이었다며 매우 뜻 깊게 생각한다고 소감을 밝했다.

전동휠체어와 전동스쿠터에 삼각형 모양의 전조등 반사표지를 부착하여 안전을 확보토록 하였다. 하지만 반사표지 부착장소에 작은 가방을 걸고 다녀 효과가 없는 경우도 적지 않았다. 이에 전동휠체어나 스쿠터의 제작단계에서부터 작은 경광등 또는 LED등을 부착하도록 협조를 구했으나 제조회사가 대부분 외국회사여서 뜻대로 이뤄지지는 않았다.

어르신이나 장애인들이 자주 다니시는 장소를 어린이 보호구역처럼 노인보호구역이나 장애인 보호구역으로 지정하여 안전을 강화할 수 있도록 되어 있지만, 시설을 완비하는데 1개소 당 1억 5천만 원 이상 소요되는 예산으로 인해 많은 장소를 지정할 수 없는 것이 현실이었다.

할 수 없이 도로바닥에 노인보호, 장애인 보호라는 문구를 커다랗게 쓰도록 하였는데, 경기남부청에서만 노면표시 4365개소, 안전표지 5412개소, 과속방지턱 93개소, 투광기 96개소를 신설했다.

68. 실종자와 미귀가자라는 가족

　지방청장으로 근무하는 동안 치매어르신, 미성년자, 지적장애인 미귀가 사건이 발생하면 살인, 강도 등 강력사건 보다 더 우선하여 찾아드리도록 하였다.
　강력사건이야 이미 사람의 생명·신체·재산에 피해가 발생한 사건이니 신속히 범인을 검거하고 피해자에게 필요한 지원을 충분히 하면 되는 것이다. 연쇄살인이나 연쇄강도가 아닌 한 하루 이틀 늦게 검거하더라도 큰 문제는 없는 것이다.

　하지만, 납치, 미귀가, 실종사건의 경우에는 자칫 사람의 생명을 잃을 수 있는 사건이다. 특히 자녀들이 실종된 가족들의 아픔은 형언할 방법이 없는 것이다.

　아동실종사건은 사회적으로 치안 불안감이 확산되는 요인이 되기도 한다. 가족들에게는 홀로 감당하기 어려울 만큼 여러 가지 후유증을 남긴다.

　우선, 부모들이 실종자녀를 찾아 나서면서 정상적인 가정생활을 영위하기 곤란한 경우가 발생한다. 심지어 가족의 생계를 책임지던 가장이 실종된 자녀를 장기간 찾아다닐 경우, 가족의 생계마저 막막해지곤 한다. 죄책감으로 인해 일부 부모들은 대인기피증이나 우울증에 시달리고 심지어는 자살까지 하는 경우도 있다.

부부간에 책임 소재를 둘러싼 다툼이 이혼으로 이어져 아예 가정이 파탄되는 경우도 적지 않게 발생한다. 친척 간에 왕래가 뜸해지는 것은 물론이고 명절날 친지들의 모임에서도 웃음이 사라지게 마련이다.

서기원 실종아동찾기협회 대표는 실종자녀를 둔 부모들의 마음을 더욱 아프게 하는 것은 시간이 흐를수록 시들해지는 주변의 관심이라고 한다. 줄어드는 세상의 관심과는 반대로 실종자 가족들은 시간이 흐를수록 자녀를 지켜주지 못한 죄책감에 고통은 더욱 커져만 가고 마음의 상처는 좀처럼 아물지 않는다.

다급한 마음에 실종 전단지를 들고 거리로 나서지만 이를 받아든 시민들은 아예 거들떠보지도 않거나 길가의 쓰레기통에 던져버리기 일쑤다. 희망의 끈을 놓지 않고 수 년 또는 수십 년 동안 실종자녀를 찾아다니던 부모들은 커다란 좌절감과 무력감을 느낄 수밖에 없다. 사회의 무관심이 원망스럽고 잃어버린 자녀에게는 미안한 마음만 켜켜이 쌓여가는 것이다.

이제는 장기실종자에 대한 실질적인 전담수사체제를 구축하여 20년이든 30년이든 지속적인 경찰의 수사가 가능한 여건을 제도적으로 보장해야 한다. 다음으로 실종자 가족에 대해서는 적어도 범죄피해자 수준의 경제적 지원, 심리적 치유 등의 정책적 배려가 필요하다.

범죄임이 확인되지 않았다고 하여 실종자 가족들을 지금처럼 사실상 방치해서는 안 될 일이다. 마지막으로, 무엇보다도 모든 국민들이 아동 실종에 대하여 각별한 관심을 갖는 일이다. 우리가 살아가는 이 세상에 자녀들의 안전만큼 중요한 일은 없기 때문이다.

충남청, 대전청, 경기(남부)청의 청장으로 근무할 때에는 실종아동 등 가출인이나 자살의심자 발생신고가 접수되면, 그 즉시 지방청장까지 실시간 보고를 하고 가용 경찰력을 최대한 동원하여 찾도록 하였다.

대전청과 경기청에서는 24시간 대기하는 전담부대를 운영하기도 하였다. 기존 경찰력에 의존한 대응에서 헬기, 탐지견, 드론에 이르기 까지 인적·물적 자원을 최대한 동원하였다.

경기남부청에서는 '팬텀프로'라는 드론 동호회와 협약을 맺어 경찰력으로 수색이 곤란한 해안가나 산악지역, 넓은 들판에 대한 수색을 하도록 하였다.

실시간 위치추적을 할 수 있는 배회감지기(GPS위치추적기)에 더하여 리니어블밴드(보호자위치 확인기) 2500여대도 시범 운영에 들어갔다. 리니어블 밴드는 미귀가자 주변에 있는 스마트폰으로 사진과 함께 경찰이나 가족이 찾고 있음을 알려주는 팔목형 밴드다.

그 해 3월에는 다음카카오와 협약을 맺고 카카오택시 단말기가 설치되어 있는 택시기사들에게 미귀가자나 자살기도자의 사진과 인적사항을 동시에 전파하여 택시기사들의 신고를 통해 찾아드리는 시스템까지 구축하였다. 이는 경찰청에서 전국으로 확대하기도 하였다.

69. 아름다운 손

경찰관서장으로 부임할 때마다 가장 먼저 식사를 모시는 분들이 있다.

세상에서 가장 아름다운 손을 가지신 분들! 바로 우리 관서를 위해 청소와 조경 등 궂은일을 해주시는 분들이다.

임기를 마치고 다른 곳으로 발령이 날 때에도 시간이 촉박하여 간부들과의 식사는 못하더라도 이 분들과는 반드시 송별 회식을 하고 떠나 왔었다.

비싸고 귀한 음식을 대접하는 것은 아니지만 정을 나누고 싶고, 그 분들이 하시는 일이 결코 소홀하지 않다는 메시지를 전해 드리고 싶었기 때문이다.

경찰교육원에 부임했을 때의 일이다.

부임 직후 청소와 시설관리를 담당하시는 50여 분과 식사를 함께 했다.

인사말을 통해 미국의 37대 닉슨 대통령의 일화를 소개했다.

"여러분은 일을 하실 때 어떤 심정으로 일을 하십니까?
직접 얼굴을 뵈니 모두가 신이 나서 일하시는 것 같습니다.

제가 한 가지 즐거운 이야기를 들려 드리겠습니다.

미국의 닉슨 대통령이 NASA를 방문했을 때 콧노래를 부르며 일하고 있던 청소부를 발견했답니다. 너무 즐거워하는 모습을 본 닉슨 대통령은 청소부에게 다가가서 '뭐가 그렇게 신이 나느냐?'고 물었답니다.

여러분, 만약 여러분에게 똑같은 질문을 하면 무어라고 대답하시겠습니까?

그 청소부의 대답이 궁금하시지요?

그 청소부는 이렇게 대답했다고 합니다.

'나는 지금 우주선을 달나라로 보내는 일을 하고 있다.'

청소부가 하는 일은 NASA 건물의 청소를 하는 일이었지만 넓게 생각하면 그 청소부가 하는 일은 우주선을 달나라로 보내는 일이었지요.

많은 연구원들이 집중해서 일을 할 수 있도록 건물을 아름답고 깨끗하게 가꾸어 주는 것, 정말 중요한 일이지요.

여러분이 하시는 일이 바로 그런 일입니다.

여러분은 교육생을 직접 가르치는 교수님들 못지않게 경찰관들에 대한 교육을 통해 대한민국 경찰을 발전시키고 계신 분들입니다.

저는 여러분의 얼굴을 뵈면서 여러분의 가슴 속에 자긍심이 가득하다는 것을 느끼고 있습니다.

지금처럼 정성껏 일해 주시고, 지금처럼 여러분의 일을 소중하게 생각해 주시면 우리 대한민국 경찰이 무궁한 발전을 하는데 커다란 도움이 될 것입니다."

식사를 하면서 대화를 나누던 중 원장 집무실을 구경 못했다는 분들이 많았다. 집무실을 구경 시켜드리겠다는 약속을 했다. 며칠 후 집무실에는 세상에서 가장 아름다운 손을 가지신 분들이 오셨다.

부부가 함께 교육원에서 일하시는 가족도 있었다. 일일이 기념촬영을 해드리고, 팀원 전체와 한 번 더 촬영을 요구하는 부서는 다시 한 번 더 사진을 찍었다.

그리고 다시 또 약속을 했다.
따뜻한 봄날이 되면 교육원내 가장 경치 좋은 곳에서 점심시간에 김밥을 먹자는… 그 약속 역시 지켰다.

경찰이 국민을 사랑하고, 국민의 생명을 귀하게 여겨야 함은 작은 것에서부터 제대로 실천되어야 한다.
모든 교육생들이 이를 가슴에 담아갈 수 있도록 헌신하시는 분들, 그분들의 아름다운 손에서 세상을 바꾸는 기적이 시작되고 있다.

경기경찰청장으로 부임해서도 마찬가지다.
가장 먼저 청소와 조경을 하시는 분들과 식사를 했다.
지방청의 과·계장들은 관사로 초청해서 식사를 하지 않았지만, 이 분들과는 꽃피는 5월에 관사 내 잔디밭 한편에 마련된 그늘 집에서 식사를 함께 했다.

12월에 네 번째 식사를 할 때에는 관사 내 감이 많이 익었으니 감을 따서 나눠 가시셨으면 좋겠다는 제안을 드렸다. 함께 식사하시던 분들은 청장과 식사를 하는 것도 올해 처음인데, 관사의 감까지 당신들에게 나눠주는 청장도 처음이라며 고마워하셨다.

나는 안다.
식사를 나누고 감을 나누는 것이 아니라, 역할이 나누어져 있을 뿐 똑같은 사람이고, 함께 일하는 일터에서 정을 나누는 것이 중요한 것임을… 그리고 우리 사회가 이렇게 정에 메말라 있다는 사실을….

제5장

퇴임 후 받은 문자들

퇴임을 전후하여 받은 수많은 문자와 메일들…

동료들과 주위 분들로 부터 과분한 사랑을
받았음에 틀림없다.
그래서 감동어린 글을 몇 개 골라봤다.
앞으로 두고두고 갚아 나가면서,
이 분들의 기대에 부응해 나가야 함을
다짐해 본다.

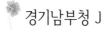 경기남부청 J

청장님의 취임사와 이임사를 같이 꺼내 놓고 읽습니다.

먼저 청장님의 그 마음, 그 생각, 그 실천, 그 방향 하나하나 감사드립니다.

특히, 2기동대는 청장님의 은혜에 많은 감동을 받았습니다.

비록 떠나시더라도 저는 청장님의 정신인 5정과 그 일부인 '학교 다녀오겠습니다!'를 실천하고자 합니다. 아니 저작권 계약 없이 그냥 쫌 사용하겠습니다.

국민을 향하고, 서민과 사회적 약자의 아픔을 보듬었던 청장님의 실천은 경찰의 시대정신을 가장 잘 구현한 정책이라 생각합니다.

저는 단 일면식도 없이 경기청에서 처음 청장님을 뵈었습니다.

'안매켜소 운동' 출범식과 경찰가족 초청 행사(처와 딸이 청장님과 사진)에서 청장님의 애경·애민사상을 읽을 수 있었습니다.

부디 국민과 사회적 약자인 대다수의 소리 없이 살아가는 백성의 눈높이에서 앞으로도 더 많은 일을 해 주시기를 바랍니다.

학교근무 시 빗속 탑동초등학교 앞 빵집에서의 커피 향은 평생 잊지 못할 것입니다.

경기남부청 J

그동안 살아오신 기간 아쉬움도 있겠지만 옆에서 바라보는 청장님의 모습과 삶은 참으로 훌륭하고 멋졌습니다.

시류에 휩쓸리지 않고 주관을 지키고 옳지 않은 당장의 눈 앞 이익에 눈감을 줄 알고 경찰과 국가의 미래를 생각하고...

앞으로 하셔야 될 일이 많습니다.

더 큰 역할이 주어지더라도 마다하지 마십시오.

오늘 회의 시간에 웃겼던 얘기를 하고 싶었는데, 너무 가슴이 저려 울컥하는 바람에 말도 제대로 하지 못하고 중간에 멈춰 버렸네요. 다음에 청장님과 자리했을 때 하지 못했던 얘기 나누도록 하겠습니다.

충남청 P

문자를 보고 심적으로 많은 충격을 받아 한동안 멍하니 있었습니다.

마음을 추스리고 청장님의 그간 발자취를 인터넷을 통해 긴 시간 동안 더듬어 보았고 마음이 안정이 되어 이렇게 글을 쓰고 있습니다.

수평적 조직문화를 선도적으로 이끌어 오셨고 경찰 조직발전을 위해 혼신을 다하셨으며, 국민의 안전을 최고의 가치로 삼으시고 국민을 섬기는 것이 경찰 본연의 사명이라고 말씀하신 우리 청장님!!

특히, 노인과 장애인 등 사회적 약자 보호를 위해 노력하셨던 우리 조직 최고의 리더이셨습니다.

이제부터는 국민의 생명과 재산보호 등 안전이 아니라 지역사회의 발전을 위해서 힘써 주시는 청장님이 되어주실 것을 소망합니다.

그간 수고 많으셨습니다. 존경하고 사랑합니다!

🍀 K 목사님

그대의 눈을 돌려 보라.

그대 마음속에 여태껏 발견하지 못했던 천 개의 지역을 찾아내리라.

그곳을 답사하라.

그리고 '나'라는 우주학의 전문가가 되어라(헨리 데이빗 소로우).

뜻밖의 소식에 놀랐습니다.

"국민을 위한 의로운 대통령이 세워지는 날에 경찰의 수장이 되셨으면 참 좋겠다." 기도했는데, 주님의 뜻은 더 먼 곳을 향해 있으신가 봅니다.

이젠 진정한 한 사람, 자유로운 영혼으로 천 개의 미답지를 향해 가는 진정한 노마드가 되시기를 축복합니다.

🍀 서대문경찰서 N

비록 2005년~2007년 사이 짧은 순간이었지만 청장님을 서대문경찰서 장님으로 모신 순간이 가장 행복했었고, 개인적으로 정말 존경하는 경찰 지휘관이자 선배님이었습니다.

많은 동료들의 전화를 받으시고 답변해주시는 수고를 하시기에 저는 전화도 한 번 안 드리고 카톡으로만 연락을 드렸었습니다.

아마 지금도 수많은 동료들이 아쉽고 서운하다는 전화가 물밀듯이 걸려올 것 같아 또 카톡으로 제 마음을 표현합니다.

경찰 선배이자 인생에 있어 닮고 싶은 정용선 청장님에게 보이지는 않지만 혼자서 사무실에서 예를 갖춰서 절을 올립니다.

충남 청사경비대 K

너무 아쉽고, 또 아쉽습니다.

항상 웃음으로 아랫사람을 편하게 맞이해 주시던 그 인자하심과 조직을 위해 또 직원들을 위해 24시간 고민의 열정을 놓지 않으셨던 그 모습 잊지 않겠습니다.

청장님이 계셨기에 저를 포함한 직원들이 당당할 수 있었습니다.

서운한 마음 때문에 일이 손에 잡히질 않지만, 앞으로 청장님께서 더 큰 역할을 맡으시고, 다시 뵐 수 있을 거라는 생각으로 그 서운함을 달래보려 합니다.

 경찰청 P

경찰 선배와 대학선배 중 가장 존경하는 우리 청장님!

언론보도 등을 통해 경찰인사 이야기를 대충 들었지만, 실제 인사가 발표된 걸 보니 눈앞이 깜깜했습니다.ㅠ 마음도 아팠구요. 그런데 어제 웃으시면서 노란발자국 행사하시는걸 보니 역시 청장님께서는 여기서 멈추시거나 주춤해 하실 분이 아니라는 생각이 들었습니다. 또 앞으로 청장님의 길에 얼마나 많은 영광과 축복이 있을지 기대도 됩니다.

청장님께서 3~4년 정도만 더 계셔 주셨어도 조직이 환골탈태 했을 텐데, 참 저희도 복이 없네요.

저는 청장님께서 2009년도 기획조정과장으로 근무하신 1년간 짧게 인연을 맺었지만... 앞으로 자주 연락드리며 귀찮게? 안부를 챙길 계획입니

당 ㅎㅎㅎㅎ

부족하나마 제가 도와드릴게 있으면 언제나 말씀해주시길 바랍니당. 무엇이든 만사를 제쳐놓고 달려가겠습니다.

제가 생각하기에 청장님 사주에 한가한 시간이 많이 있을 것 같지는 않습니다.ㅎㅎ

청장님의 이임을 본인보다 더 아쉬워하는 후배들이 엄청 많다는 것도 기억해 주십시오!

 ## 안양 만안경찰서 L

언제인가는 이임을 하셔야 하겠지만 승진전보가 아닌 현직을 떠나셔야 한다는 것에 서글픔과 마음 한구석이 휑하니 뚫리고 허전하여 방향키를 잃은 심정입니다.

지난 해 12월 28일 취임하신 이래 열혈 청장님으로서 '도민을 사랑하는 경기경찰, 도민이 사랑하는 경기경찰'이란 목표아래 생활법치, 협업치안, 치안업무의 효율화 과학화, 치안수준의 향상을 위하여 마음가짐의 변화 즉 긍정, 공정, 열정, 다정, 진정 이렇듯 5정을 기치로 600대 과제를 제시하며 쉼 없이 달려오셨던 청장님!

취임 초기에 이른 아침 헬기를 타시고 교통현장을 직접 점검 지휘하시는 열정은 정말 멋있었습니다. 포상을 통한 동기부여는 활력을 불어넣어 목적의식을 갖게 하셨습니다.

'학교다녀오겠습니다'는 어린 학생들에게 친근한 이미지와 희망을, '차적조회 생활화'는 어려운 불심검문을 대신하여 생활법치를 실천하는 계기가 되었습니다.

청장님 이임식에 참석하여 인사를 드리는 것이 도리이나 왠지 눈물이 왈칵 쏟아질 것 같아 청장님의 지난 1년여 걸어오신 날들을 생각하며 이렇게나마 글을 올립니다.

청장님의 열정과 긍정, 좋았던 호탕하고 환한 웃음과 미소 오래오래 기억하겠습니다.

 ## 경기 광주경찰서 Y

청장님 부임이후 경기남부 주민과 더욱 가깝고 공감하는 치안활동을 통해 지역주민께 사랑받는 경찰이 되었다고 생각합니다.

제 개인적으로는 4개월째 최일선 지역경찰 업무를 경험하면서 '학교다녀오겠습니다', '안매켜소 운동'을 통해 경찰의 변화상과 주민의 요구가 무엇인지 느끼게 되는 소중한 경험도 하게 되었습니다

국민이 사랑하는, 공감하는, 사랑받는 경찰행정은 어떤 방향으로 가야 한다는 지표를 설정하는 좋은 계기가 되었습니다.

항상 웃는 얼굴이 아름다운 우리들의 영원한 청장님!

저는 청장님께 감히 "아름다운 청년 정용선" 이라는 말씀을 드리고자 합니다.

어느 곳에 계시든지 항상 후배경찰관의 모델이 되어주시고 건강과 행운이 함께하시길 기도드립니다.

🌸 경기남부청 C

그동안 많이 부족한 저를 예쁘게 봐주셔서 너무 감사드립니다. 올해처럼 몸이 힘든 적도 없었고 앞으로도 없을 것 같습니다.

하지만 청장님과 함께한 1년여 시간은 너무 행복하고 즐거웠습니다.

매일 밤 잠자리에 들기 전에 집사람과 그날 청장님 함께 하며 재미있었던 이야기를 하면서 웃으며 피로를 잊고 잠들기도 했습니다.

다음날 행사가 많아도 다음날이 기다려지는 그런 시간이었습니다.

매일 같이 청장님의 사진을 통해 그날, 그날 청장님의 표정, 눈빛, 입술 등을 보며 많이 피곤하실 텐데... 항상 직원들과 함께 하실 때면 웃음이 끊이질 않으셨습니다.

항상 건강 챙기셔서 경기경찰이 아닌 대한민국 경찰을 사랑하는 자리에 오르셨으면 좋겠습니다.

집사람도 청장님 떠나신다는 말에 우울해졌습니다.

그동안 저에게 해주신 칭찬과 격려도 과분했습니다.

항상 건강하십시오.

🌸 용인 동부경찰서 K

지난 1년간 청장님의 치안철학에 공감하고 기대에 부응하기 위하여 달려온 시간이 주마등처럼 지나갑니다.

'학교다녀오겠습니다' 프로젝트를 시행하면서 매일 아침 학교에 가서 어린 눈망울들과 눈을 마주치며 하이파이브를 하면 제가 저절로 힐링 되는 기분을 느끼고 학부모들의 좋아하는 것을 보면서 '높이 나는 새는 그만큼 멀리 보는 구나' 라며 새삼 청장님의 혜안에 감탄하곤 했던 시간이었습니다.

또한 '칭찬합시다' 코너 때문에 저 자신을 제대로 알리는 계기도 되었구요. 이렇게 청장님께 고맙습니다! 인사도 카톡을 통해 드립니다.

사실 저는 청장님의 치안철학이 전국 경찰에 울려 퍼지기를 바랐으나, 이제 헤어져야 하는 시점에서 아쉬움을 금할 길이 없습니다.

🍀 대전청 P

존경하는, 그리고 닮고 싶은 청장님~!

오로지 시민과 동료들의 안녕과 행복, 조직의 발전과 위상을 위해 젊음과 열정을 다 바친 청장님의 퇴임을 생각하니 가슴이 뭉클해집니다.

항상 밝은 웃음으로 격의 없이 대해 주시고 박식한 인품으로 조직의 위상을 높여주신 청장님~!

청장님을 잃은 경찰조직은 그 빈자리가 언뜻 보이지 않는 것 같아도 실제로는 상상할 수 없을 정도로 매우 크리라 생각합니다.

지휘관의 인품과 역량이 얼마나 다방면으로 많은 영향을 끼치는지 잘 알고 있기 때문입니다.

"긍정, 열정, 공정, 다정, 진정"을 실천하신 청장님의 뜻, 저도 가슴에 새기며 조직 내에서 잘 이어가도록 하겠습니다.

청장님, 그 동안 정말 수고하셨고 감사했습니다.

더욱 화려한 인생 2막을 시작하시기 전에 잠시라도 편안한 휴식시간을 가지시면 좋겠습니다.

 경기 김포경찰서 C

순경으로 들어와서 이런 글을 청장님께 처음 보내봅니다.
정용선 청장님 가신다고 하니까 아쉽습니다.
청장님의 진심은 일선에서 근무하는 파출소 직원들도 느끼고 있습니다.
다.
열심히 일하게 환경 만들어 주시고 격려해 주셔서 고맙습니다.
특히, 어린이날 행사 때 그 많은 인원과 일일이 사진 찍어주셔서 처음으로 조직에서 존중받고 있다는 느낌을 받았습니다. 오늘 부터 팬클럽 회원이 되겠습니다.

 시인 C

마치 한 편의 영화를 보고 있는 것처럼 늘 감동의 연속이었습니다.
끝이 아니라 사이즈에 맞는 보다 넓고 큰 세계로 나가기 위한 첫 여정이 아닌가 싶습니다.
그동안 눈물겹도록 애쓰셨습니다. 기도하겠습니다.
더 높고 아름다운 곳에서 다시 뵙겠습니다. ^^
그래도 뭔지 모르게 맘이 짠하고 아쉬운 것은 어쩔 수가 없네요.ㅠ

당진 H

많은 업적 이루시고 직을 마치시는 청장님께 축하와 아쉬움을 함께 표합니다.

수고 하셨습니다.

앞으로 청장님께서 하실 일 많습니다.

주제 넘는 말씀입니다만, 요즘 현실을 보면 안타깝기 그지없습니다.

청장님께서는 부디 바른 마음과 처신으로 고향과 나라를 위해 더 큰 일, 더 좋은 일 많이 해 주시기 바랍니다. 앞으로 더 큰 영광 있으시길 바랍니다.

 오산 성호초등학교 녹색어머니

딱 한번 뵈였던 청장님!

오산시 성호초에 "학교 다녀오겠습니다"로 소리 소문 없이 이른 아침 오셔서 학교 후문에 아이들은 물론이거니와 보행자들의 통행로가 없다는 것, 그러면서도 아직까지 큰 사고가 나지 않은 것이 다행이고 감사할 일이며 "성호초 출신의 시장님은 두었다 뭣하냐?"

저 아침부터 통쾌했었습니다.

청장이란 직함이 참으로 어렵고 바라보기 힘든 자리라 생각하였는데, 그건 제 오해였습니다.

아이들을 진심으로 사랑하시고 서로 손잡고 아침 등굣길에 오는 시간

만이라도 서로의 안부를 묻고 담소를 나누며 땅을 밟을 기회를 주신 것 같아 좋았습니다.

청장님께서 안 계신 지금도 청장님의 정책을 이어받아 학교마다 경찰 가족분들께서 수고를 하고 계십니다.

덕분에 주행속도도 많이 감소되었고 역주행차들도 이젠 볼 수 없으니 말론 형용할 수 없을 만큼 감사를 드립니다.

지금은 잠시 쉬고 계시지만, 민생을 위한 고문으로서 나라 위해 큰일을 해주시길 진심으로 바랍니다.

경기남부청 K

청장님!

아래 글은 어제 언론기사에 댓글로 올린 글입니다.

경찰은 국민의 생명과 재산, 공공의 안전과 사회질서, 평온한 삶을 위해 "온 몸으로 투신하여 평생 봉사"하는 직업입니다.

대부분의 다른 내근직 공무원들과 달리 경찰은 민생현장에서 온몸과 정성을 다하여 시민들을 만나고 지켜주고 도와주고 섬기며 봉사해야만, 경찰의 존재이유가 있는 겁니다.

자기 몸 하나 좀 더 편안하기만 하면 뭘합니까?

직업에 대한 소명의식으로 위험하고 힘든 근무환경에서도, 국민을 더 안전하고 행복하게 할 수만 있다면 자기 역량의 100% 아니 150% 노력하는 것이 어찌 기쁘지 않겠습니까?

이렇게 온몸으로 헌신하는 공직자를 사랑하고 뜨거운 격려의 박수를 보내지 않을 국민이 있을까요?

바로 이런 경찰이 되어야합니다.

국민들은 바로 이런 경찰이 되어주기를 바라고 있는 것입니다.

최근 1년 동안 경기남부경찰이 보여준 다양한 치안 안전활동에 경찰관들 개인은 그전 보다 더 힘들었답니다.

경찰이 종전에 안하던, 국민들에게 꼭 필요한 좋은 일들을 해야 하니 더 힘들고 고생들 많이 하더군요.

그러나, 매일 초등학교 등굣길에 "학교 다녀오겠습니다" 근무를 해 온 경찰관들은 힘든 기색보다는 '아이들을 돌보며 스스로 소중한 일을 하고 있고 아이들과 소통하니 행복하고 보람을 느낀다.'고 하더군요.

매일 현장에 나가니 새로운 아이디어도 발전하여 횡단보도에 노란발자국을 바닥에 칠하여 아이들 스스로 안전선 뒤에서 기다리니 교통사고로부터 훨씬 더 안전해져서 실제로 어린이 교통사고가 많이 줄었답니다.

경찰은 힘들지만 국민이 안심하고 자녀를 학교에 보낼 수 있어서 편안한 맘으로 생업에 종사하게 되니 행복지수가 올라갑니다.

한편으로, 장애인들의 열악한 사회적 지원과 일부 편협한 국민의 시각을 조금이나마 개선하기 위해 협약을 맺고 지원하고 위로하며, 이 분들의 좀 무질서한 집회시위 때에도 인내심을 갖고 차분히 설득하여 사고 없이 유연하게 관리를 했고, 경찰관들이 여러 시설들을 방문하여 봉사활동도 많이 했죠.

또 한편으론, 경찰관기동대 1개 부대(100여명)를 '특별형사대'로 지정해서 외국인범죄가 많아 야간 치안상태가 매우 나빴던 안산지역과 다른 대도시에 집중 배치하여 훨씬 안전하게 질서가 잡혔답니다.

안산에 범법 외국인들은 경기도에서 하도 많이 검거하니까 살 수가 없다며 서울 구로 쪽으로 이동한다는 게 사실입니다.

내국인 형사사건 다발지역에도 지속 배치하여 범죄예방 및 검거활동을 지속하니 특형대 떴다하면 예비범죄자들이 벌벌 떨며 범죄를 포기하고 집에서 자장면만 시켜먹는 답니다.

또 한편으론, 상습정체 구간 전담경찰관을 배치하고 신호체계를 개선하여 150% 소통 개선시켰고, 음주운전 및 교통위반 단속을 매일 강화하여 교통사망사고를 30%이상 줄였답니다.

또 한편으론, 가출 치매노인 신고가 발생하면 관할 서장이하 전 직원을 동원하여 대대적 수색으로 발견하여 가족 품에 돌려보낸 사례는 수 백 건입니다.

소중한 생명을 얼마나 많이 살린 건가요?

요즘처럼 공직자에 대한 국민의 신뢰가 바닥으로 곤두박질치다 못해 울분이 쌓여 홧병이 늘어가는 시민들이 많은 이 시대에, 반대로 국민으로부터 신뢰를 넘어 감사와 존경을 받는 공직자들이 있다면 정말 신기하고 고맙고 충직한 국민의 공복(종)인 것이죠.

아침·오후 등하교시간에 초등학교에 나가 교통사고나 납치로부터 안전하게 지켜주고, 시민들 특히 여성, 장애인, 아동 등 사회적 약자들을 더 보호하며 그들의 편이 되어주는, "강한 위법에는 더 강하게 대응하고, 약한 국민의 편이 되어 손잡아 주는 경찰"을 만들기 위해 스스로 솔선수범하신 경찰지휘관이 바로 어제 명예퇴임하신 정용선 전 경기남부경찰청장입니다.

도민의 손으로 만든 큰 상을 줘야합니다.

아니, 더 큰 일하게 국회로 보내야 합니다.

사실 저 분을 그냥 집에서 쉬게 하면 안되구요, 더 중요하고 큰 나라의 일을 맡겨야 합니다.

요즘 국민 여망에 턱없이 부족하고, 사리사욕만 밝히며 제 역할을 못하는 국회의원들, 고위공직자들이 많은데요.

정용선 씨를 그 자리에 임명하여 더 정의롭게, 충실하게 국민의 대변인, 사회적 약자의 편이 되어달라고 요구하는 게 어떨까요?

저는 그보다 성실하고 언행일치하며 국민을 사랑하는 공직자를 본 적이 없습니다.

경찰교육원 K

처음엔 국장님으로 시작해서 원장님. 국장님. 청장님으로 말씀드렸는데, 이젠 선배님이라고 말씀드리고 싶습니다.^^.

엊그제 국회에서 도시환경 범죄예방 관련 세미나에서 셉테드를 주제로 발표하고 왔습니다.

당시 자리에 6명 정도의 정치인이 자리를 해서 축사 등을 했습니다.

그 모습들을 보면서 선배님 생각이 떠올랐습니다.

"저런 분들도(좀 모지리 같은 인사도 있었습니다) 다하는데...."

그 분들 하나하나가 각자 출중한 부분이 있겠지만, 가장 중요한 건 타인을 존중하고 시민을 위해 일한다는 철학이 가장 중요한 것 같은데... 그 분들에게서는 그런 모습을 느끼지 못했습니다.

선배님 생각을 할 때면 "늘 힘이 들겠지만" 좋은 일들이 있으실 거라는 느낌이 강하게 듭니다. ^^.

선배님의 열정과 역량과 사람을 위하는 철학이 우리 세상에 더 쓰여지기를 기원 드립니다.

늘 뒤에서 응원하는 후배가 되겠습니다.^^.

경기남부청 A

일관성 있는 정책마인드가 훌륭하신 청장님^^

'학교 다녀오겠습니다.'를 통해 경찰관들의 기존 인식을 새롭게 바꾸는 계기가 되었습니다.

일회적 → 지속적 / 회의적 → 긍정적 / 갈등적 → 자발적 / 어색함 → 친근함 / 의무감 → 사명감

하루의 시작을 알리는 경찰관의 손길이 필요한 곳이 학교 등교 안전지도인 것 같습니다. 하면 할수록 보람도 크고 중독성 있네요.

아이들의 밝은 미소와 부모님의 감사표정을 볼 때마다 자연스레 하루하루 행복해 짐을 느낍니다.

경기남부청 C

소탈하고 인자한 웃음으로 격려해 줄 때면 단단하게 만들어지는 영혼은 단백질과도 같다.

행복 호르몬이 제 집인 양 혈관을 드나들 때면 자신감은 가득 넘쳐 보이지 않는 기운을 만든다.

새로운 길과 방향을 나침반과 같이 안내해줄 때면 우리는 충만한 사기를 얻고, 가고자 하는 행로로 자박자박 걸어갈 때면 세 개의 무궁화는 더욱 빛을 발한다.

🍀 경기남부청 K

퇴임식 후 청장님께서 걸어 내려가시는 뒷모습을 뵈었지요...

청장님께선 아까 직원들이 생각하는 것 보다 훨씬 더 경찰을 사랑한다고 하셨지요...

모두는 아닐 테지만 그래도 제가 아는 사람들은 청장님이 생각하시는 것 보다 훨씬 청장님을 존경하고 좋아합니다. 이 말씀 꼭 전해드리고 싶었습니다.

청장님의 작은 댓글... 관심...

웃으라고 해주시는 유머 하나하나가 진짜 얼마나 힘이 되는지 모르실 거에요...

저는 청장님께서 처음 저의 글에 '좋아요' 눌러주실 때 진짜 깜짝 놀라기도 하고 너무 기뻐서 스크린샷 해서 친구들 보여주고 자랑하고 했었지요...

경기경찰로 있으면서 몇몇 청장님을 모시고 뵈었지만, 이렇게 친근감이 느껴지고 진짜 본받고 싶은 선배 같은 분은 처음입니다.

앞으로도 없을 것 같고요... 양창수 주임이 청장님을 연모하는 느낌이 이해가 가더라고요. 청장님의 관심에 대한 조그마한 보답이라도 해드리고 싶은 마음이 점점 커져 꼭 무언갈 이루고 싶은 생각마저 들게 하는 분이 바로 청장님이라고 생각합니다.

직원들을 격려하고 직원들의 장점만 이끌어 내시는...

오늘 청장님의 내려가시는 뒷모습을 뵈는데 맘이 짠했습니다.

너무 직원들만 위하며 사셨던 건 아닌지 걱정도 되고요...

더 가까이서 청장님과 함께하지 못해 아쉽기도 하고요...

결론은 청장님 곁을 늘 지켜드리고 싶은 누군가가 많다는 것을 잊지 마시고… 청장님 진짜 짱! 최고 십니다~*^^

 ## 경기남부청 B

저도 어느 덧 26년째 경찰생활을 했지만 거품을 쏙 뺀 리더십이 조직 문화를 어떻게 변화시켜 갈 수 있는 지를 경험할 수 있었던 올 한해는 정말 의미 있는 한 해로 기억될 것 같습니다.

그 과정에서 함께 일했던 동료들의 잠재력과 무한한 가능성도 보았습니다.

그래서인지 이런 경험을 전국에 있는 모든 경찰관들이 함께 공유할 수 없었던 아쉬움은 그만큼 큰 것 같습니다.

떠나실 것을 알지 못한 것은 아니지만 막상 그 날이 되니 미처 아무런 대비도 없었던 것처럼 허둥거리는 나 자신을 보며 마음 한 구석이 휑한 느낌이 들었던 것은 불과 몇 시간의 앞일도 예측하지 못한 저 자신의 어리석음 때문이 아닐까 라는 생각도 듭니다. 하지만 한편으론 계시는 동안 마음을 담아 최선을 다 했기에 느낄 수 있는 감정은 아닌가 하는 생각으로 스스로를 위로하고 있습니다.

저는 아직 큰 세상의 리더가 되어보지 못한 우물 안 개구리이지만, 나름 청장님의 철학과 방식을 조금은 이해하고 있다고 생각하며, 공정한 우리 사회를 만들어 나가는 데 꼭 필요한 덕목이라고 생각합니다.

올 한 해 아쉬움을 떨치고도 남을 좋은 기회가 청장님께 반드시 올 것이라 믿습니다.

그래야 오늘 보다 나은 대한민국이 만들어 질 것이라 생각하며, 그게 바로 새해에 제가 바라는 가장 큰 바램입니다.

 경찰청 P

제 맘 속 경찰청장님이신 선배님~~
올 한 해도 새롭게 시작되었습니다.
특히 선배님께는 더욱 더 특별한 한 해라는 생각이 듭니다.
조직에서의 목표를 이루지 못하고 나가셨지만 여전히 바쁜 사회생활을 이어 가고 있는 선배님의 모습을 뵈니 부럽고 다행이라는 생각이 들었습니다.
더 좋은 소식이 기다리고 있지 않을까하는 기대도 해봅니다.
그리고 본청에서 일하면서 선배님께서 경찰에서 솔선수범하시며 이루어놓으신 무형의 자산이 경찰조직의 여기저기에서 자양분이 되어 경찰을 더 건강하게 만들어가고 있다는 생각을 해보았습니다.
비록 선배님처럼 무언가 이끌어갈 수 있는 사람이 되지는 못할 수 있지만 그 의미를 실천할 수 있는 사람이 되려고 오늘도 노력하겠습니다.
특히 존중과 배려, 양심과 실천은 제 인생의 두 번째 모토로 삼게 되었습니다.
항상 고마운 맘 잊지 않고 지내고 있습니다. 고맙습니다. 선배님.

정용선의 낯선섬김

초판 2쇄 발행일 / 2017년 4월 19일
지은이 / 정용선
편집디자인 / 조동원

펴낸이 / 최정재
펴낸 곳 / 을지출판사
대표이사 / 김범수
기획 / 신현상
마케팅 / 장지욱
관리 / 진민장
홍보 / 조태연

신고년월일 / 2016년 06월 15일
신고번호 / 467-96-00171
주소 / 인천광역시 동구 화도진로 113
전화 / (032) 773-5057, 010-8997-8057
Email / bsbj3030@hanmail.net
ISBN / 978-89-7198-206-8(03810)